Roxanne

Josi Schlichting ist 1989 im bergischen Hückeswagen geboren und auf der spanischen Insel Teneriffa aufgewachsen. Dort begann sie ein Studium der Tourismuswirtschaft. Anschließend kehrte sie nach Deutschland zurück und arbeitete in Hannover während ihres Studiums der Germanistik und Romanistik als Übersetzerin und verfasste Artikel für regionale Zeitschriften. Hauptberuflich bewegt sie heute Teams aus ihrer Komfortzone. Die Schriftstellerei ist seit jeher ihre große Leidenschaft. Unter anderem lektoriert sie das Literaturmagazin "LiMa" des Bundesverbands junger Autoren und Autorinnen e.V. (BVjA). Nach kleineren Erfolgen mit Kurzgeschichten wie "Stumme Schreie", "Bis es schmerzt" und "Dicke Fische" veröffentlichte sie Anfang 2017 mit "XY - Das Kind" ihren ersten Roman. Auf der Frankfurter Buchmesse des gleichen Jahres gewann sie den von BoD und Beemgee ausgerichteten "Deine Helden"-Wettbewerb. Das daraus entstandene und 2019 veröffentlichte Buch trägt den Namen "Roxanne".

Josi Schlichting

Roxanne
Roman

Bibliografische Information der Deutschen Nationalbibliothek:
Die Deutsche Nationalbibliothek verzeichnet diese Publikation in
der Deutschen Nationalbibliografie; detaillierte bibliografische
Daten sind im Internet über http://dnb.dnb.de abrufbar.

Herstellung und Verlag:
BoD – Books on Demand, Norderstedt
2. Auflage

ISBN: 978-3-7494-0877-1

Für Mama.

"Respira", me dices
mientras miras al mar y te miro,
y respiro.

Kapitel 1

Einer nach dem anderen betrat den Hörsaal, blickte um sich und fand einen Sitzplatz auf einem der hölzernen Klappsitze. Manche Studenten kannten sich bereits und suchten sich gemeinsam Plätze aus. Keine strategisch kluge Entscheidung, dachte Mika. Ganz anders als die, die sie selbst getroffen hatte. Mika war früh aufgetaucht, ungeduldig vor der Hörsaaltür auf- und abgegangen und die Erste gewesen, die den Raum betreten und sich einen Platz gesucht hatte. Ihre Wahl war, wie längst geplant, auf den Sitz direkt an der rechten Wand in einer der hinteren Reihen gefallen, in der Nähe eines der riesigen Fenster, durch die das milchige Licht der Morgensonne auf ihre blassen Hände schien. Nicht zu nah und nicht allzu weit vom Dozentenpult entfernt. Am wichtigsten war für Mika, wie in all den vorangegangenen Studienjahren, freie Sicht auf den Eingang zu haben. Sie würde die Tür durchgehend im Blick behalten, sogar aus den Augenwinkeln heraus. Sie würde das Gesicht von jedem, der den Saal betrat, sehen und auch wiedererkennen. Sie würde sehen, wie motiviert es wirkte. Und sie würde ihre Kommilitonen auch während der Vorlesungen beobachten können, sich fasziniert in den Zeichnern, den Übereifrigen und den Gelangweilten verlieren.

Bis die Vorlesung begann, fanden keine Auffälligkeiten statt. Mika lehnte sich aufatmend zurück und fing erst in der Folge damit an, sich auf das Semester zu freuen. Dann bemerkte sie allerdings eine unübersehbare und dennoch unbekannte Studentin, die den Raum betreten hatte, nachdem der Dozent für "Radar

Remote Sensing" sich auf den Weg zur Tür gemacht hatte, um sie zu schließen. Sie war anders als die anderen. Sie wurde vom Dozenten mit einer Umarmung begrüßt. Einige Kommilitonen tuschelten daraufhin und Ruhe kehrte erst wieder ein, als der Dozent das Wort ergriff: "Puh, dieser Kurs wird von Jahr zu Jahr von weniger Jungen frequentiert", stellte er fest. Während er sprach, lief die zuletzt eingetroffene Studentin hastig zu ihrem zukünftigen Platz in der ersten Reihe, den sie wählte, weil er einer der letzten freien Plätze war, weil sie keine Zeit hatte, sich umzusehen oder aber weil sie sich vorgenommen hatte, ohne Ablenkung fleißig zu sein. Sie wirkte ungeduldig und unreif in Mikas Augen. Ihr gelber Pullover war auf der Rückseite von Grasflecken bedeckt. Mika hielt sie für faul. Für jemanden, der lieber im Gras schläft, anstatt pünktlich zur Vorlesung zu erscheinen. Sie hielt sie für zu faul, um in einem Kurs zu sein, der für Doktoranden und ein paar Masterstudenten vorgesehen war. Und trotzdem war sie für Mika interessant genug, um die ersten Worte des Dozenten zu verpassen, den sie aufgrund von Beschreibungen im Vorlesungsverzeichnis zu ihrem vorläufigen Lieblingsdozenten ernannt hatte. Mika rieb sich die Schläfen, blendete ihre Analyselust aus und schaute den Dozenten an. Er sprach über sich und seine Forschungsarbeit am Institut. Wie immer am Anfang eines Semesters, nicht wichtig, dachte Mika und ihr Blick fiel wieder auf den gelben Pullover. Wieso hatte sie einen ihrer Lieblingsdozenten umarmt?, fragte sie sich. Vielleicht hatte sie nicht im Gras geschlafen, sondern sich geprügelt, überlegte sie oder Bodenkontakt-Sportarten ausgeübt. Vielleicht war sie auch gefallen, spekulierte sie weiter, weil sie schwach war, aufgrund von einer Krankheit oder einer Verstauchung. Dann schluckte sie. Sie mutmaßte über Krankheiten aufgrund lächerlicher Grasflecken, dabei sollte sie sich konzentrieren. Ihren Blick richtete sie wieder nach vorn. Mikas volle Aufmerksamkeit galt unverzüglich wieder ihrem Dozenten.

Inzwischen hatte er das Thema gewechselt und sprach über Drogen-Aufklärungsveranstaltungen, die alle Kommilitonen unbedingt besuchen sollten. "Freiwillig. Zum Wohle der Gesellschaft. Um anständige Menschen zu werden. Sollte Ihnen jemand Freifall anbieten, lassen Sie bitte die Finger davon, verstanden? Sie werden sich innerhalb weniger Tage vor sich selbst ekeln, wenn Sie nicht schon nach wenigen Minuten Ihre Selbstachtung verlieren."

Der Grasfleck drehte sich weg. Die unpünktliche Studentin suchte etwas in ihrer Tasche hinter sich. Erst jetzt bemerkte Mika die harten Gesichtszüge der Fremden, ihre dunklen Augen, die kleine Platzwunde an der Unterlippe, die dichten Augenbrauen und den markanten Unterkiefer. Aber sie hielt ihren Blick gesenkt, sodass der Ausdruck ihrer Augen verborgen blieb.

Sieh mich an, dachte Mika und hoffte, ihr penetrantes Starren würde an den anderen Teilnehmern der Vorlesung unbemerkt vorbeiziehen. In dieser Stadt kannte noch keiner ihre Eigenart, augenscheinlich apathisch zu beobachten.

Die Fremde schloss ihre Tasche, schob eine Strähne ihrer schwarzen Haare hinter ihr Ohr und sah auf. Ihr Blick blieb an Mika hängen. Zwei Sekunden hielten sie Augenkontakt. Zwei lange Sekunden, aus denen vielleicht auch drei oder mehr geworden wären, wenn Mika nicht bewusst weggesehen hätte. Sie fragte sich, warum sie sich gewünscht hatte, angesehen zu werden, und kämpfte zwischenzeitlich gegen ein Gefühl, das sich auf ihrer Skala bei neun befand: Scham. Hinzu kam der unangenehme Umstand, möglicherweise beobachtet zu werden, ohne selbst die Beobachtende zu sein. Da hatte sie ihren perfekten Platz, von dem aus sie die Überwachung eines Großteils des Raums problemlos vornehmen konnte, und dennoch war sie es, die weggesehen hatte. Sie war es, die beobachtet wurde. Vielleicht. Diese Ungewissheit befand sich ebenfalls auf dem neunten Rang ihrer Skala. Sie atmete aus, ballte ihre Fäuste und sah wieder zu der Fremden im gelben Pullover. Doch diese sah nicht mehr zu ihr hinüber, sondern zum Dozenten. Natürlich, dachte Mika verärgert. Nicht zu wissen, wie lange sie bereits nicht mehr zu Mika sah, löste weitere unangenehme Ungewissheitsgefühle in ihr aus. Sie holte tief Luft. "Verdammt", flüsterte sie, woraufhin sich ihre Nachbarin räusperte. "Entschuldigung", hauchte sie rasch hinterher.

Ihre Nachbarin schüttelte den Kopf. Wie die meisten Menschen, die Mika erstmals sahen, und auch wie viele, die sie bereits lange kannten. Die ersten Sekunden in der Nähe fremder Menschen waren für Mika klar entscheidend für die Zukunft jeder Beziehung. In 97 Prozent der Fälle endeten ihre ersten Begegnungen mit genau diesem Kopfschütteln ihres Gegenübers. Die restlichen drei Prozent mündeten meistens später in Distanzierungsversuchen.

Mika lockerte ihre geballten Fäuste, holte tief Luft und versuchte abermals, sich auf die Worte des Do-

12

zenten zu konzentrieren. Dennoch blieb das Gesicht der Fremden in Mikas Netzhaut gebrannt. Doch nicht mit einem liebenswürdigen Lächeln, das dazu einlädt, möglicherweise eine Freundschaft zu beginnen, erschien es in ihrer Erinnerung, sondern voller Wut, Misstrauen und einer Prise Gewalt. Eine wohlwollende Stimme in Mikas Kopf, die klang wie die ihrer Mutter, suggerierte ihr sanft, diesen Menschen nie wieder anzublicken. Doch eine andere, nach 14 Semestern neue, ungewohnt aufregende und raue Stimme lachte darüber. Erst zum Schluss, an dritter Stelle, kam üblicherweise ihre eigene Meinung, auf die sie viel zu selten hörte: "Es war nichts dabei", sagte Mika zu sich selbst.

"Wie bitte?", fragte ihre Nachbarin, die ebenfalls viel zu jung aussah und vermutlich erst kürzlich das Ende der Schulzeit begrüßt hatte. Sie muss sich in der Vorlesung vertan haben, dachte Mika.

"Ich bin Karla", fuhr die Nachbarin fort, obwohl nach Mikas Statistik kopfschüttelnde Menschen nicht auf sie zugingen. "Und du?"

"Shh", stoppte jemand aus den Nebenreihen ihre zaghafte Kommunikation.

Mika hatte sich auch in diesem Semester für ihre Promotion erhofft, von Stipendien leben zu können, und musste deswegen überdurchschnittlich abschneiden. Ihre Mutter konnte sie finanziell nicht unterstützen, sondern brauchte ihre Tochter und das bisschen zusätzliches Einkommen, das Mika durch Aushilfsarbeiten in der städtischen Schulbuchdruckerei beitragen konnte. Doch trotz all ihrer Vorsätze, zur Musterstudentin zu werden, rauschten nun die ersten Vorlesungsstunden des Semesters einfach an ihr vorbei. Sie hatte sich unterbewusst dafür entschieden, die neue regungslose Kommilitonin mit den Augen zu fixieren. Ihr Herz klopfte laut und deutlich und zudem schneller als sonst.

"Es reicht, wenn Sie das erste Buch der Literaturliste bis in zwei Wochen durchgearbeitet haben. Guten Tag." Der Dozent klappte seine Mappe zu und ging.

"Welche Literaturliste?", murmelte Mika.

Ihre Sitznachbarin schnaubte und ging wortlos. Sie muss es Mika übelgenommen haben, die Vorstellungsrunde nicht wieder aufgenommen zu haben.

Ist nicht weiter schlimm. Professor Wenzel gilt als nett, er wird mir sicherlich die Liste schicken, wenn ich ihn darum bitte, überlegte Mika, während sie ihren unbenutzten und sauber angespitzten Bleistift hinter ihrem Ohr verschwinden ließ. Sie trug ihren Bleistift seit Jahren hinter dem linken Ohr, sodass er bereits wie in einer für ihn vorgesehenen organischen Delle hing. Mika hasste Federmappen und auch sonst alle Gegenstände, die sie versehentlich vergessen könnte. Nicht einmal einen Anspitzer für ihren Bleistift führte sie mit sich. Wenn sie gerade nicht den elektrischen Anspitzer auf dem Flur vor den Hörsälen nutzen konnte und auch kein Messer zur Hand hatte, spitzte sie ihren Bleistift an einem Stein oder mit ihren Fingernägeln an.

Am Ende der Vorlesung angelangt, gingen einige Studenten in andere Hörsäle, aber viele blieben, so auch Mika und die Neue. Inmitten der Lautstärke und Bewegung während der akademischen Viertelstunde und dem Gehen und Kommen neuer Professoren gelang es Mika langsam wieder, die restlichen 398 Menschen im Raum wahrzunehmen. Und pünktlich zum

Ende der letzten Einführungsveranstaltung des Tages waren ihre Synapsen bereit, den Klang ihres Namens wahrzunehmen und aufzusehen.

"Frau Lindblad", rief eine Professorin. "Lindblad?"

Mika hob energisch ihren linken Arm, packte ihr noch unberührtes Notizbuch in die von ihrer Mutter selbstgehäkelte Tasche und schnellte die Stufen hinab zum Eingang nahe dem Pult.

"Hier ist Ihr Projektbrief". Die Professorin reichte Mika genervt schnaubend einen Umschlag. Sie trug eine Lesebrille auf der Nasenspitze, während sie Mikas Namen vom Umschlag ablas, bevor sie den Raum wieder verließ, um den Korridor herunterzugehen.

Mika bemerkte ihre Finger, als sie den Brief entgegennahm. Sie waren lang und so dünn, dass sie eher wie abgenagte Knochen wirkten, die an einer zittrigen Hand hingen. Symptome einer gestressten, ungeduldigen Koffeinsüchtigen, dachte Mika, eine Frau, die wahrscheinlich aufgrund ihrer mageren Erscheinung älter aussieht, als sie tatsächlich ist.

Mika kannte die Professorin nur von ihren Veröffentlichungen und bewunderte sie. Sie leitete sämtliche Forschungsgruppen zur Sicherheit des Tunnelsystems unter Berlin und Mika hatte sich um eine Forschungsstelle bei ihr beworben. Sie wollte ihre Promotion nach einem Jahr der Forschung an Photogrammetrie ändern, bevor ihr Doktorvater es für sie tat, und hatte sich immer wieder um eine Stelle bei Professorin Louisa Roth beworben.

"Projektbrief?", fragte Mika verwirrt, obwohl die Professorin längst nicht mehr in Sichtweite war.

"Du hast nicht zugehört. Professorin Roth verteilt Projekte für das Semester."

Ein kalter Schauer lief Mikas Rücken herunter, als sie sich umdrehte und feststellte, wer ihr diese Erklärung gegeben hatte. "Oh", entfloh es ihr, "aber ich brauche kein Projekt für die Promotion, es sei denn..."

"Ein Danke wäre auch o.k.", sagte die Fremde im gelben Pullover.

Schnell sah Mika fort und murmelte ein Danke. Sie hatte gar nicht gemerkt, wie nah die Fremde neben ihr stand, und sie hatte verpasst, ob etwas zu den verteilten Umschlägen gesagt wurde. Langsam entfernte sie sich von der Menschenansammlung im Eingang, die vermutlich zusammengekommen war, weil jeder einen Umschlag erwartete.

Jetzt, wo die Professorin gegangen war, löste sich die Traube auf. Einige schlurften enttäuscht zurück zu ihren Plätzen. Mika wollte den Raum verlassen und ihren Umschlag alleine öffnen. Ein Teil ihrer Konzentration galt jedoch noch dem Versuch, nicht in die Richtung der neuen Kommilitonin zu sehen, die im Türrahmen lehnte und ihren eigenen Projektbrief las. Ihre tiefe Stimme verankerte sich neben dem Bild ihres Gesichts in Mikas Kopf.

Sie rief sich selbst ins Gedächtnis, welchen Wert das Studium für sie hatte. Sie wusste, was sie wollte und wie sie ihre Ziele erreichen konnte. Sie würde sich auch jetzt nicht ablenken lassen.

Draußen im Flur las sie das Schreiben:

"Promotion / Projekt: Das Tunnelsystem Berlins.

Liebe Frau Lindblad,

Ihre Bewerbung um ebendieses Thema hat uns davon überzeugt, mit Ihnen hieran zu arbeiten. Wir möchten den folgenden Aufgabenbereich in Ihre Hände legen, da Dr. Sergejev und ich Ihre detaillierte Analyse bereits für unsere Arbeit nutzen konnten. Ihre Ansätze bezeugen, dass Sie das Tunnelsystem bereits kennen. Zudem würden Sie hervorragend in die Forschungsgruppe hineinpassen, die dafür verantwortlich ist, die Tunnelsicherheit zu optimieren. Der Ausschuss stimmt Ihrem Antrag auf einen Promotionswechsel zu und bietet Ihnen eine Doktorandenstelle im Fachbereich 'Sicherheit und Kontrolle' an. Sollten Sie unser Angebot annehmen, müssten wir uns schnellstmöglich genauer darüber unterhalten, wie tiefgehend Ihre Kenntnisse sind und woher sie rühren, da es sich um sensible Informationen handelt, wie Sie sicherlich wissen."

Unter Mikas Haut brach augenblicklich eine Art Waldbrand aus. Mika liebte das Tunnelsystem seit dem Moment, in dem sie erstmals davon in den Nachrichten gehört hatte. Sicherheit zu optimieren war seit der Erblindung ihrer Mutter und der Überfälle, die sie aufgrund dessen erleiden musste, ihr einziges Anliegen. Und das Sicherheitssystem des Tunnels ließ ihrer Meinung nach zu wünschen übrig. Sie selbst hatte mehrere Lücken ausfindig gemacht und diese mutig in ihr Bewerbungsschreiben eingebracht.

Sie las weiter:

"Es ist von größter Wichtigkeit, dass wir Ihnen vertrauen können, und ich bitte Sie daher, sich bei mir im Büro (Gebäude "Kolosseum", 3. Stock, Raum 312) vorzustellen, nachdem Sie alle Unterlagen gesichtet und sich für dieses Projekt und die dafür benötigte Loyalität und Verschwiegenheit entschieden haben, jedoch spätestens bis zum 30. Oktober. Gezeichnet: Prof. Louisa Roth."

Mika faltete den Brief wieder zusammen und schob ihn in den Umschlag. Ohne weiter darüber nachzudenken, machte sie sich auf den Weg zu Raum 312 in den dritten Stock des weitläufigen Universitätsgebäudes.

"Herein", hörte sie die Stimme der Professorin, kurz nachdem sie an die hohe und breite Eichenholztür geklopft hatte. Erleichtert trat sie ein.

Die Professorin saß in einem als Bürostuhl eher ungeeigneten Ohrensessel aus braunem Echtleder, den Mika förmlich riechen konnte. "Ja bitte?" Sie sah auf, über ihre schmale Brille hinweg und ihr Ausdruck erhellte sich, als sie erkannte, wer sie besuchen kam.

"Mein Name ist Mika Lindblad. Sie haben mich im Projektbrief 'Das Tunnelsystem Berlins' zu sich gebeten", erklärte sich Mika eilig.

"Frau Lindblad! Das ging schneller, als ich erwartet hatte." Die Professorin setzte ihre Brille ab. "Aber das ist gut. Je eher wir sprechen, desto besser für das Projekt."

Mika sah sich im Raum um. Der Schreibtisch ihrer Dozentin stand am Giebelfenster, direkt gegenüber vom Eingang, sodass Professorin Roth auf die Tür schaute, sobald sie hinter dem höhenverstellbaren Schreibtisch saß. Das würde im Notfall bedeuten, dass sie langsamer zur Tür kommen würde, als wenn der Tisch um lediglich 90 Grad gedreht würde. Dann könnte sie die Tür leicht erreichen, ohne um den Tisch herumrennen zu müssen. Besonders, wenn sie gerade im Stehen arbeitete. Sie könnte zur Not auch aus dem Fenster springen. Mika überlegte, ob man einen Sprung aus dem dritten Stock des Altbaus der Universität mit ihren hohen Decken überleben würde, und versuchte einen Blick nach draußen zu werfen. Wenn sich zum Beispiel ein überdachter Balkon im zweiten Stockwerk befinden würde, sähen die Fluchtmöglichkeiten wieder deutlich besser aus.

"Frau Lindblad, darf ich um Ihre Aufmerksamkeit bitten?"

Mika erschrak. "Also das Tunnelsystem kenne ich gut, weil...", stotterte sie los.

Die Professorin unterbrach sie: "Stellen Sie sich hier vor mich."

"Wie bitte?"

"Kommen Sie, Sie wollen mich doch nicht allen Ernstes glauben lassen, Sie wären schwerhörig." Eine dünne Falte zeigte sich zwischen den Augenbrauen der Professorin. "Ich kenne Ihren Werdegang in- und auswendig. Ich glaube Ihnen. Ich habe alle Ihre Arbeiten gelesen und auch die Artikel, die Sie für die Bewerbung bei der Campus-Zeitung geschrieben haben. Ich weiß nicht, woher Sie diese Gabe haben, aber jedes kleinste Detail saugen Sie auf und bringen es auf den Punkt. Das brauche ich. Wenn Sie sich dafür entscheiden, an unserem Projekt teilzunehmen, sollten Sie aber wissen, dass ich Ihre Arbeit überprüfen werde, ich werde Ihr Supervisor sein. Die gesamte Zeit über."

Mika war Professorin Roths Aufforderung inzwischen gefolgt und stand vor ihr. Ziemlich genau zwanzig Zentimeter sind das, dachte Mika, die sich überaus unwohl fühlte.

Ihre Dozentin richtete sich auf. Mika wich einen halben Schritt zurück. "Sie werden eine persönliche Schutzausrüstung erhalten und eine dreiwöchige Selbstverteidigungsausbildung absolvieren müssen, sollten Sie sich für das Projekt entscheiden", erklärte die Dozentin. "Außerdem werden Sie Vertrauenstests durchlaufen müssen, ohne Ankündigung. Das versteht sich von selbst."

"Ja, das versteht sich von selbst." Mika konnte ein bisschen Spott in ihrer Wiederholung nicht vermeiden.

"Überlegen Sie sich das gut", mahnte Professorin Louisa Roth.

"Ich entscheide?"

"Nein, die Ausbildung gehört dazu."

"Ich meine, ich darf mich für oder gegen das Projekt entscheiden, oder? Sie haben sich bereits für mich entschieden?"

"Es ist kein Projekt, sondern Ihre Promotion, und Sie haben sich um diesen Wechsel beworben. Ich verstehe nicht ganz, warum Sie das noch fragen. Aber seien Sie beruhigt, es gibt noch andere Kandidaten." Professorin Roths Mundwinkel zuckten. "Und ja, wir würden gerne mit Ihnen arbeiten."

Mika zögerte aufgrund des einzigen Hakens an der Sache. Die Selbstverteidigungsausbildung und ich sind nicht kompatibel, dachte sie.

"Sie können, wenn Sie nun doch unsicher sind, noch etwas darüber nachdenken", fuhr die Professorin fort, "jedoch nicht zu lange, wir wollen so bald wie möglich beginnen. Sie sollten wissen, dass wir uns jährlich die besten Studierenden aus allen Bewerbungen heraussuchen, Frau Lindblad. Ich nehme an, Sie haben mein Buch 'Save the Data' gelesen?" Louisa Roth baute eine bedeutungsvolle Pause ein. Als Mika nicht reagierte, fuhr sie fort: "Erste Voraussetzung noch vor der Sicherheitsausbildung ist es, dieses Buch zu lesen,

20

ansonsten müssen wir mit Ihnen fast ganz von vorne anfangen."

"Ich habe es gelesen, Verzeihung."

"Gut", erleichtert atmete Professorin Roth auf.

"Ist unter Ihrem Büro ein Büro mit einem überdachten Balkon?", fragte Mika nun.

Die strenge Falte verschwand und die Dozentin sah Mika verwirrt an. "Ein Balkon? Nein, warum?"

"Dann sollten Sie Ihren Tisch drehen, sodass das Fenster auf Ihrer linken und die Tür auf Ihrer rechten Seite liegen", riet Mika.

"Ich verstehe nicht..."

Mika unterbrach sie: "Ich bin dankbar. Danke, dass ich die Tunnel betreten darf."

"Heißt das, Sie sind interessiert?" Wieder zuckten Professorin Roths Mundwinkel.

"Ja."

"Warum?"

"Warum? Ich liebe das Tunnelsystem, es ist ein Gefühl, das mich seit jeher verfolgt. Ich könnte mich in den Tunneln verstecken. Mich in ihnen verlieren."

Beide lächelten. "Schön, das freut mich zwar sehr, ich will Sie jedoch darauf hinweisen, dass das für mich unter anderen Umständen keine akzeptable Antwort wäre." Ihre Stimme klang in diesem Moment für Mika wie die ihrer Mutter vor vielen Jahren. Professorin Roths Worte gingen ohne Pausen ineinander über. Sie sprach nicht hastig wie die meisten Dozenten, und wenn sie ihre Sätze beendete, klangen sie weiter. So begleiteten sie Mika bis nach Hause.

Auf ihrem Heimweg las Mika in der U-Bahn die Mappe zum Selbstverteidigungskurs, den sie in den kommenden Wochen über sich ergehen lassen musste, nachdem sie sich im ersten Abteil direkt hinter die Kontrollkabine an die Sicherheitsscheibe gelehnt hatte - ihr Lieblingsplatz. Der Platz war nicht immer frei, aber heute hatte sie Glück, so sagte sie sich. Heute war schon so vieles gut gelaufen. Sie lächelte. Bis ihr die neue Kommilitonin wieder einfiel. Sie würde sie am Folgetag einfach frei heraus fragen, warum sie an dieser Universität studiert und welchen Schwerpunkt sie hat. Sie würde ausnahmsweise die Initiative ergreifen.

Während sie durch die Scheibe und die Gardinen schaute, welche die Kontrollkabine vom Rest der U-Bahn trennten, um einzuschätzen, ob der Lokführer fit genug wirkte, holte sie die Projektmappe noch einmal hervor.

Ihre Kontaktperson, eine Frau, die Wächterin, die Mika im Tunnel bei ihrer Arbeit drei Monate lang begleiten würde, sollte sie so bald wie möglich aufsuchen, damit sie ihr beibrächte, "welche Informationen für die Öffentlichkeit bestimmt und welche Sicherheitskriterien für sie als öffentliche Person wichtig, aber geheim zu halten waren". Sie schaute sich die Schichtpläne der Tunnelwächter an und fand noch eine Verschwiegenheitserklärung. Ich werde meiner Mutter nichts erzählen dürfen, dachte sie. Aber erst nach geleisteter Unterschrift.

Durch langsames aber stockendes Abbremsen vor der nächsten Bahnhaltestelle fielen Mika einige Zettel auf den Boden. Sie bemühte sich ungewandt, alle aufzuheben, ohne weitere fallenzulassen. Verlegen sah sie sich in der Bahn um. Niemand schaute zu ihr. Erst da bemerkte sie, dass kein einziger Mann im Abteil saß, außer der Lokführer. Sie richtete ihre Aufmerksamkeit wieder auf ihn, der sie im Augenwinkel wahrgenommen hatte, seine schiefen Zähne zeigte und eines der Fenster öffnete, das ihn mit dem Zug-Inneren verband. "Guten Abend junge Dame", sagte er, "komm ruhig näher."

Mika näherte sich vorsichtig: "Hallo Mister, danke."

"Interessierst du dich für U-Bahnen?", seine blondweißen Haare ließen den unregelmäßigen Bartwuchs noch karger erscheinen, als er ohnehin war. Er hatte ungewöhnlich hohe Wangenknochen und sah müde, aber fröhlich aus. Sein Lächeln offenbarte weitere schiefe Zähne. Ein Zeichen für Vertrauenswürdigkeit, dachte Mika.

"Nein, ich stehe hier, weil ich schneller eingreifen könnte, sollte Ihnen etwas zustoßen oder jemand die Bahn entführen wollen."

Daraufhin lachte der Mann lauthals los. Es vergingen mehrere Sekunden, bis er bemerkte, dass sich Mikas Gesichtsausdrucke nicht verändert hatte. Sein Grinsen verflüchtigte sich langsam, er wischte sich eine Träne aus dem linken Auge und holte tief Luft. "Du willst eingreifen? Was kann denn schon passieren? Und weißt du überhaupt, was du tun müsstest?"

"Was passieren kann? 1983 schlief der Lokführer Daniel L. Peters während der Fahrt ein, weil ihm jemand Schlafmittel in den Kaffee gemischt hatte und die Bahn krachte mit voller Geschwindigkeit in eine andere, die an der nächsten Haltestelle stehenblieb."

"Dafür haben wir heute Automatismen", entgegnete er schnaubend.

"2031 wurde die Linie 7 für einen Bankraub von der Gruppe 3-1-2 übernommen und drei Geiseln starben. Nur ein Jahr später drehte eine Bahnfahrerin durch, weil sie gekündigt wurde und fuhr mit der Bahn an allen Haltestellen vorbei, ließ die Fahrgäste erst mitten im Tunnel aussteigen und entkoppelte manuell alle Waggons voneinander bis sie zufrieden in den letzten Feierabend ging. Und das sind nur Geschichten, an die wir uns alle erinnern, weil sie nicht so alltäglich sind. Jeden Tag passieren Unfälle durch Flüchtigkeitsfehler." Mika sprach emotionslos weiter: "Ob ich weiß, was ich tun muss? Dafür stehe ich jeden Tag hier und schaue Ihnen zu."

"Du glaubst, zuschauen reicht?"

"Ja."

Wieder schnaubte er.

"Entschuldigung, ich möchte Sie nicht beleidigen", beschwichtigte sie: "Aber der große rote Knopf, zum Beispiel, dient dazu eine Schnellbremsung vorzunehmen. Wenn der Zug sofort zum Stillstand kommen muss, muss dieser Knopf gedrückt werden. Den haben Sie noch nie benutzt, als ich zugesehen habe, aber Recherchieren ist nicht ganz so schwer."

Er unterbrach sie: "Das weiß jeder. Der große rote Knopf interessiert uns von klein auf, nicht wahr?"

Sie fuhr unbeirrt fort: "Mit dem Joystick auf der linken Seite fahren oder bremsen Sie, mit dem Monitor daneben können Sie ebenfalls bremsen, das Getriebe überprüfen und die Fahrgäste über alles Mögliche informieren, mit dem Schlüsselschalter rechts daneben wird der Zug überhaupt erst in Betrieb genommen. Meiner Meinung nach sollten Sie den Schlüssel am Handgelenk tragen, falls eine Entführung eintritt, wissen Sie?"

"Jetzt hast du auch noch Verbesserungsvorschläge? Was, wenn der Entführer meine Hand abhackt?", fragte er, während er den Kopf schüttelte. "Du bist pfiffig Kindchen, aber lass die anderen ihre Jobs machen. Die können das besser als du. Zuschauen darfst du trotzdem, wenn du jetzt still bist."

"Ich bin kein Kind, sehe jünger aus, als ich wirklich bin. Und selbst wenn, ich könnte den Zug steuern, wenn ich müsste."

Der Lockführer sah Mika an, schloss das Fenster und zog eine dunkelgrüne Gardine vor, sodass ihr auch das Zuschauen verwehrt wurde.

"Na toll Mika", murmelte sie zu sich selbst, "sag den Menschen nette Dinge, dann wirst du auch nicht immer ausgeschlossen." Sie zog einen Zettel aus ihrer Mappe, schrieb "Sie machen einen tollen Job" darauf und schob es durch einen schmalen Türspalt in die Fahrerkabine. Dann stieg sie aus.

Wenig später war sie zu Hause. Aufgeregt lief sie die engen Steintreppen des Gebäudes hinauf, in dem sie sich mit ihrer Mutter eine Wohnung teilte. 76, 77, 78, zählte sie flüsternd, 79, 80, geschafft.

"Wie war dein erster Tag?", fragt ihre Mutter wissensdurstig, noch bevor eine Begrüßung bis zur Eingangstür durchdringen konnte. Sie war aus der Küche in den Flur geeilt, um ihre Frage los zu werden. So war sie immer gewesen, voreilig, nach Informationen lechzend. Ihre Hände waren feucht vom Geschirr, dass sie kurz zuvor noch im weißen Porzellanbecken abwusch.

"Gut", antwortete Mika knapp, während sie die Haustür hinter sich abschloss und verriegelte. "Mehr als gut", fügte sie schnell hinzu, als ihre Mutter enttäuscht den Kopf neigte.

"Erzähl mir alles." Wie ein Kind, das endlich am Heiligen Abend nach dem Abendessen auf seine Geschenke zulaufen darf, stand Mikas Mutter mit hochgezogenen Brauen im Türrahmen der Wohnküche. Mika ging auf sie zu, um sie zu umarmen. Auf dem Esstisch hinter ihr stand das Abendessen schon bereit.

Liane Lindblad kochte jeden Tag - allerdings waren es häufig nur Fertiggerichte, die sie in der Mikrowelle erwärmte. Immer pünktlich um sieben Uhr.

Mika setzte sich ihr gegenüber an den Tisch, auf den grünen Stuhl mit der selbst geleimten Lehne, die unter dem Einfluss des Alters kürzlich gebrochen war. Den Stuhl hatte Mika zusammen mit seinen zwei anderen nur zwei Wochen zuvor nahe dem Müllplatz ihres Viertels gefunden und stolz nach Hause getragen, um die gemeinsamen Abendessen auf dem Sofa zu beenden. Ein ganz normales Abendessen am Esstisch hatte sie sich gewünscht und es inzwischen auch ihrer Mutter schmackhaft machen können. Wobei sie es wahrscheinlich nicht wirklich, sondern nur vermeintlich, eingesehen hatte.

"Habe ich heute schon erwähnt, wie toll ich unsere neuen Stühle finde?", fragte Mika stolz.

"Heute noch nicht, Schatz", lächelte ihre Mutter, "ich finde sie auch ganz wunderbar", log sie.

"Ich weiß, dass du das Essen auf dem Sofa vermisst, Mama. Aber ist es nicht jetzt viel einfacher und gut, für das Ritual, hier zu essen?"

"Wenn du nicht immer auf dem kaputten Stuhl essen wollen würdest...", sagte Liane, bevor Mika sie unterbrach: "Hey, du verletzt seine Gefühle!"

Mika hatte den Stuhl mit der geleimten Lehne zu ihrem erklärt, weil sie ihre Mutter vor Verletzungen schützen wollte. Trotz zwei völlig stabiler Versionen wollte sie fortan immerzu auf dem einen kaputten Stuhl sitzen, nur damit sich ihre Mutter nicht versehentlich draufsetzen konnte.

"Setz dich doch wenigstens auf einen der ungefährlichen Stühle", insistierte Liane.

"Aber die Nostalgie! Du wolltest, dass wir den kaputten Stuhl behalten und jetzt darf ich mich nicht draufsetzen?"

Mika konnte solch kleine Gefahren nicht ausstehen, hätte den Stuhl am liebsten sofort nach dem Bruch am Tag seines Einzugs entsorgt, ließ ihn jedoch weiter bei ihrer Mutter und sich wohnen, weil Liane es sich wünschte. Nachts hatte sich Mika schon mehrfach in die Küche geschlichen, um den Stuhl aufs Neue zu leimen.

"Erzähl mir von der Uni. Hast du die Kurse bestätigt bekommen, die du gerne besuchen würdest? Gefällt dir das alte Gebäude?", fragte Liane schriller, aufgeregter als zuvor.

"Das Gebäude, in dem ich hauptsächlich sein werde, ist von innen ebenso beeindruckend wie von außen, so wie wir es uns vorgestellt haben. Die Decken sind hoch, viel höher als bei den früheren Altbauten. In den Gängen befinden sich in regelmäßigen Abständen Rundbögen und jede Säule sowie Ecken und Türrahmen ragen mit Stuckverzierungen in den Raum hinein. Die Türen der Vorlesungssäle gleichen eher Toren als normalen Wohnungstüren. Sie lassen sich zu beiden Seiten öffnen und quietschen, wenn man sie bewegt. Außerdem schließen sie mit einem dumpfen Ton, wenn sie ins Schloss fallen, so schwer sind sie. Würde man eine der Türen schließen, wenn der Raum menschenleer ist, würde das Echo bis in die hintersten Ecken mehrmals nachhallen, so groß sind die Räume, die sich hinter den Toren verstecken. Es war nicht kalt. Ich hätte bei den hohen Decken Kälte erwartet. Aber vielleicht wird es im Winter eisig", berichtete Mika und stand auf, um sich Wasser einzugießen. "Möchtest du auch etwas trinken, Mama?"

Doch ihre Mutter wollte etwas anderes. "Erzähl mir mehr", verlangte sie. "Wie hast du dich gefühlt? Wie roch es? Gibt es einen großen Campusgarten wie an deiner bisherigen Uni?"

"Ja, sofort. Sei nicht so ungeduldig", antwortete Mika und setzte sich wieder mit ihrem Glas Wasser an den Tisch. Sie wusste, dass ihre Mutter bereits seit Wochen auf neue Beschreibungen wartete. Für Liane schien Mikas erster Tag eines neuen Semesters aufregender als für ihre Tochter zu sein. Dieses Mal hatte Liane aber die Beschreibung des Gebäudes noch viel sehnsüchtiger erwartet als zuvor, weil sie mit ihrer Tochter für die Promotion extra in die Großstadt umgezogen war. Also fuhr Mika fort: "Die Sitzreihen teilen sich einen langen Tisch, dieser wirkt wie ein niedriger Bartresen und die Sitze müssen aufgeklappt werden, wenn man sich auf sie setzen möchte. Sie bestehen aus dunkelbraunem Nussbaumholz und genauso riecht der Saal, wie in einem Kastanienwald, durch dessen Baumwipfel Sonnenstrahlen fallen, nachdem es nächtelang geregnet hat."

Mikas Mutter lächelte. Mika liebte genau diese Augenblicke. Dafür lohnte es sich, jedes Detail ihrer Umgebung einzusaugen und die Worte, die sie dazu am Abend an ihre Mutter weitergeben würde, immer und immer wieder in ihrem Kopf durchzugehen. Auf diese Weise konnte sie alles genau formulieren, wie es ihr am besten erschien. Die unschönen Details ließ sie einfach aus. In Lianes Vorstellung von Mikas Umgebung gab es keine Graffiti oder Kaugummis an den Wänden, es gab keinen Gestank nach Abwasser oder gefährlich aussehende Kommilitoninnen mit Grasflecken auf gelben Pullovern. "Außerdem roch es nach alten Büchern, die zwischendurch auf- und wieder zugeschlagen werden, um sie vom Wartestaub zu befreien. Hier gibt es tatsächlich Räume voller Bücher, ganz anders als im Norden. Ich weiß nicht, wie ich im Studium so weit kommen konnte, ohne all diese Bücher", sagte Mika nun.

"Danke, meine Kleine. Dein Essen wird kalt. Erzähle mir doch mehr, während du isst." Mikas Mutter begann selbst zu essen, während Mika ihr den panierten Fisch in mundgerechte Stückchen portionierte. "Lass mich das doch bitte selbst machen", protestierte die Mutter. Doch ihre Worte stießen auf taube Ohren. "Mika", insistierte sie.

"Mama, ich will dir nur helfen. Ist doch schön, wenn jemand einem hilft."

"Ich bin aber nicht unfähig oder gerade erst geboren." Liane und ihre Tochter schnaubten gleichzeitig. "Erzähl mir mehr von der Uni", wechselte Liane das Thema.

Mika hatte Lianes ersten Wissensdurst gestillt und konnte nun mit Pausen und über den Abend verteilt die restlichen Eindrücke preisgeben.

"Der Campus ist tatsächlich von riesigen Grünflächen umgeben. Auch hier gibt es Gemüsegärten, aber ich glaube, sie gehören zu den Gartenbauwissenschaftlern. Bis auf eine Handvoll Bäume gibt es aber nur

Gras, so weit das Auge reicht. Es ist alles so ordentlich und sauber, dass ich den Herbst am liebsten komplett aufhalten würde, damit die schönen Bäume ihre Blätter behalten können. Heute schien sogar die Sonne zwischendurch und, lass mich verrückt sein, aber sogar das Licht ist auf dem Campus einzigartig. Irgendwie magisch." Mika lächelte in sich hinein, überglücklich, den Tag so erlebt zu haben.

"Das freut mich wirklich sehr", sagte Liane. "Wie war es inhaltlich heute? Hast du viele interessante Veranstaltungen?"

"Ich darf in die Tunnel", sagte Mika kurz und knapp und dennoch vorsichtig.

Ihre Mutter hatte es nicht für gut geheißen, dass Mika sich dermaßen für den Berliner Untergrund interessierte. Sie ahnte, dass nicht nur offizielle Wege für die Sicherheit wichtiger Machthaber und Staatsdiener dort geschaffen worden waren. Doch ihre Mutter war ebenso vorsichtig bei der Wahl ihrer Antwort. "Die Tunnel", begann sie zögernd, "unglaublich. Jetzt schon? Ich meine, deine Promotion fing doch vor einer Sekunde erst an." Es folgte eine lange Pause. "Was ich damit sagen will, ist..., mein Glückwunsch, ich weiß ja, wie sehr du darauf gehofft hast, nur weißt du auch..."

"Ja", unterbrach Mika sie, "ich weiß, dass du dich sorgst. Das musst du aber nicht. Ich werde in Begleitung sein. Ich werde Sicherheitstrainings durchlaufen und ständig beobachtet werden. Es wird schon nichts passieren. Und wenn, umso besser, dann habe ich dazu beigetragen, alles sicherer werden zu lassen."

"Oder du warst bei einem Unfall oder einem Einbruch dabei und hast nichts beigetragen, sondern bist im Weg herumgestanden."

"Wow", antwortete Mika, "oder so, du wirst wahrscheinlich richtig liegen."

Sie beließen es dabei. Liane stellte keine Fragen mehr zu den Einzelheiten des Projekts, sondern ließ sich den Campus weiter beschreiben. Mika überlegte, ob sie ihrer Mutter von der neuen Kommilitonin erzählen sollte. Dass sie in Erwägung gezogen hatte, sie als erwähnenswert einzustufen, war Mikas eigenes Problem und auch ein bisschen wie ein Geheimnis.

Für Liane endete der Tag, so wie er angefangen und durch ihre Sunden geglitten war: dunkel. Seitdem sie das Augenlicht verloren hatte, war es für sie mühsam geworden, mitzuhalten. Die Welt hatte plötzlich angefangen, sich viel schneller zu drehen, als sie begreifen konnte. Sie selbst musste schmerzlich lernen, langsamer zu leben und trotz dessen keinen Zorn mehr zuzulassen. Ihr Kampf war zu groß für sie alleine. Zumindest anfangs war er es. Sie hatte über mehrere Jahre hinweg gebetet, um durchzuhalten, für Mika. Sie fragte sich nicht nach dem Lebenssinn. Den kannte sie sehr gut. Sie wollte lediglich stark genug sein, sich nicht anmerken zu lassen, wie hilflos und einsam sie sich fühlte.

Sie hatte den Tag über auf ihre Tochter gewartet, auf dem Sofa im Wohnzimmer, auf dem die Wolldecke lag, die sie vor Jahrzehnten in den Bergen Schwedens zusammen mit ihrem Vater gekauft hatte, weil sie das Rautenmuster darauf faszinierend gefunden hatte. Sie war mit den Fingern immer wieder über die Decke gefahren und hatte sich eingebildet, das Muster zu erkennen. In solchen Momenten lächelte sie für den Bruchteil einer Sekunde, bis ihr die Realität ins Gesicht spuckte. Dann fluchte sie, stand auf und ging auf und ab in ihrem 21 Quadratmeter-Wohnzimmer. Dann setzte sie sich wieder, versuchte sich zu beruhigen und überlegte, ob Mika sehr wütend werden würde, wenn sie doch nur für ein paar Stunden an die frische Luft gehen würde. Wenn sie unter Menschen käme. Auch an dem Tag hatte sie sich gefragt, ob es keine Blinden-Gruppen in dieser neuen Stadt gäbe, in der sie sich noch kein Bisschen auskannte.

"Mika", flüsterte sie im Türrahmen des Zimmers ihrer Tochter, welche wortlos die Küche aufgeräumt und für den Folgetag vorbereitet hatte, bevor sie sich zurückzog, "schläfst du schon?"

"Nein Mama, was ist?", fragte sie ebenso leise.

"Ich habe mich gefragt, ob es hier nicht irgendwo eine Gruppe für Blinde gibt, die zusammen handwerklich arbeitet oder Ausflüge veranstaltet oder sowas und ob du mir dabei helfen kannst, das herauszufinden." Liane hatte sich nur zur Hälfte in das Zimmer ihrer Tochter getraut und hielt sich am Türrahmen fest, als würde er ihr Halt geben. Sie zitterte und ihr Herz schlug ihr bis zur Kehle. Die abgezählten Minuten, die sie mit ihrer Tochter hatten und welche das einzige Bisschen Abwechslung in ihrem Alltag waren, hielt sie umklammert wie einen teuren Schatz. "Vielleicht gibt es ja auch Aushilfsjobs, die zu mir passen würden, was meinst du?"

Mika ließ sich mit der Antwort Zeit. "Mama ich verstehe das. Ich kann mich nicht in deine Lage versetzen, das meine ich damit nicht. Ich meine, dass ich verstehe, dass du dir Gesellschaft und eine Aufgabe wünschst. Ich verspreche dir, dass wir hier eine Gruppe für dich finden. Aber das mit der Arbeit haben wir schon so oft besprochen", erklärte sie auf dem Weg zur Tür. Sie suchte Lianes Hand.

"Ich weiß, aber ich muss doch..."

Mika unterbrach ihre Mutter: "Du könntest arbeiten, wenn es nur die Augen wären, Mama. Du bist zu hundert Prozent berufsunfähig. Das ist kein Segen, sondern ein Fluch, ich weiß. Aber du würdest keinen Job lange durchstehen und du weißt doch, dass du ständig zu deinen Untersuchungen musst. Denk an die Depressionen..."

Liane wurde ungehalten: "Seitdem wir in Berlin wohnen und ich regelmäßig zu meiner Ärztin gehe, habe ich meine Gedanken und Ängste gut in den Griff bekommen, das weißt du."

"Mama..." Mika umarmte sie, "ich helfe dir, eine Gruppe zu finden, versprochen."

Liane wusste, dass sie ihr Leben mit Mika gefährdete, wenn sie ihre Gesundheit auf die Probe stellte.

"Mama, ich kann nur ahnen, wie sehr du dir diese scheinbar bedeutungslosen Dinge deines früheren Lebens zurückwünschst und ich will dir immer noch helfen, das Beste daraus zu machen, glaube mir. Aber diene Ärztin hat dir stark davon abgeraten, zu arbeiten. Du warst so schnell überfordert, als wir das versucht haben", erinnerte sich Mika.

"Ich bin ein Nichtsnutz", schluchzte Liane.

"Nein Mama, du bist eine Heldin."

Kapitel 2

Das Tunnelsystem war genauso, wie Mika es nach minutiöser Recherche für ihre Bewerbung erwartet hatte, und gleichzeitig ganz anders, als sie es sich in ihrer Kindheit und darüber hinaus immer vorgestellt hatte. Sie hatte dunkle, enge Gänge erwartet, an deren Decken Rohre und Kabel hingen, von denen es tropfte. Sie hatte einen modrigen Geruch erwartet und viele Schleusen. Sie hatte, wenn sie ihre Industriezeitalter-Phantasien beiseiteschob, wenigstens etwas Platzangst und labyrinthische Tunnel mit Zeichen an den Abzweigungen erwartet, die nur die Wächter verstehen konnten. Sie begegnete jedoch breiten Wegen mit ebenso hohen Decken, wie es sie in der Uni gab. Es gab keine Zeichen an den Wänden, die sie hätte deuten müssen, sondern richtige Ampeln, bei denen das rote Licht klassischerweise signalisierte, dass der Durchgang verboten war. Sie fand keinen Tunnelplan - den würde sie auch nicht zu Gesicht bekommen. "Zu gefährlich wäre das", erklärte ihr die pummelige Tunnelwächterin Hanne Breitbach, während Mika ihre erste Führung durch die Haupttunnel erhielt. Sie fuhren mit einem kleinen Wagen durch die Tunnel, der Mika an einen Golf-Caddy erinnerte.

"Das hier ist die Hauptstraße", sagte die Wächterin stolz, als sei sie die Herrscherin über diese Unterwelt. "Diese Straße untertunnelt ganz Berlin von Ost nach West ohne Kurven. Von ihr gehen geradlinig alle Nebenstraßen ab sowie weitere kleinere Straßen."

Es gibt sie also doch, dachte Mika, die kleinen, engen Straßen, die in geheime, kleinere, engere, tropfende

Gänge mündeten. Sie hoffte es. Sie wünschte sich Geheimnisse, Dunkelheit und irgendwie auch etwas Platzangst, die sie während der Recherchearbeit nirgends beschrieben fand und die sie vor ihrer Mutter verharmlost umschreiben würde.

An einer der Abzweigungen brachten sie das Gefährt zum Stehen, sodass Frau Breitbach ihre Passkarte einscannen lassen konnte, um die Tür neben ihnen zu öffnen. "Hinter dieser Tür befindet sich das Hauptkontrollzentrum. Das ist die wahrscheinlich vertraulichste Information, die du in diesem Semester erhalten wirst, und sollte jemand außer dir hiervon erfahren, jemand, der diese Informationen besser nicht haben sollte, wirst automatisch du als Erste verdächtigt", erklärte sie und musterte Mika abwartend.

"Oh, ja, verstanden", reagierte diese rasch. "Zieht das Kontrollzentrum regelmäßig um?"

Bei diesen Worten der jungen Promovierenden fiel Hanne Breitbachs Kinnlade herunter.

"Ich meine, also, dann wäre es nicht so gefährlich, diese Infos an so Unwissende wie mich weiterzugeben, wissen Sie?" Mika biss sich auf die Zunge, bis ihr die Tränen kamen. Der pulsierenden Ader auf Frau Breitbachs Stirn zufolge war sie nach nur zehn Minuten im Tunnel zu weit gegangen.

Sie stellten den kleinen Wagen ab und stiegen aus. Die Wächterin betrat wortlos das Kontrollzentrum. Es ließ Mika gleichermaßen unbeeindruckt, wie schon die hellen, ordentlichen, großzügigen und fast sterilen Tunnel zuvor, die sie nun hinter sich ließen. Hier befanden sich keine dreißig uniformierten Angestellten, die vor flugzeugcockpitartigen Anlagen saßen und in Headsets sprechend die Zeit vergaßen. Es war kein dunkler Raum, in dem hier und da ein blaues Licht aufblitzte, wenn etwas Ungewöhnliches im Tunnel passierte. Mika entdeckte nur zwei Wachmänner mit Backwaren auf den Schößen und leeren Kaffeebechern vor sich, die auf jeweils einen Monitor mit Kontrolllämpchen starrten, während sie immer wieder einnickten und durch das Schnarchen des Partners geweckt wurden. Gegenüber von den beiden Männern blieben Mikas Blicke an einer Wand hängen, die übersät war mit Bildschirmen. Bei diesem Anblick leuchteten ihre Augen geradezu. Sie zählte 200 Bildschirme, zehn Mal zwanzig davon à achtzig Zoll, die sich an der Wand ausbreiteten. Jeder von ihnen zeigte einen Teil des Tunnels und wechselte nach zwei Sekunden zu einem anderen Teil. Mika hatte gelesen, dass sich das gesamte verflochtene Tunnelsystem über 300 Kilometer erstreckte – und sie erkannte sofort eine verbesserungswürdige Lücke. Die Bildschirme waren viel zu groß. Es wird niemandem möglich sein, jemals alle Bilder gleichzeitig zu erfassen, dachte sie.

"Frau Breitbach, wenn 300 Kilometer des Tunnelsystems vollständig beobachtet werden sollen, sodass kein Unbefugter unbeobachtet an den Kameras vorbeikommt, müssten mindestens drei Bilder gleichzeitig auf den Bildschirmen erscheinen", sagte sie zu der Wächterin.

Frau Breitbach lachte. "Kindchen, das haben wir alles bereits komplett durchgetestet. Keiner kommt an unseren Kameras vorbei, sie filmen abwechselnd nach dem Chaosprinzip unterschiedliche Gänge nacheinander, sodass das Bild neben dem, in dem ein Eindringling vorbeihuscht, den nächsten Schritt des Verbrechers zeigen würde."

"Außer, er bleibt stehen und bewegt sich alle zwei Sekunden in den nächsten Bereich des Tunnels", gab Mika zu bedenken.

"Wo er spätestens von einer Kamera gefilmt wird, die sich weiter entfernt befindet", erklärte Frau Breitbach. "Ich fürchte, Sie haben das Chaosprinzip nicht verstanden. Außerdem ist es lächerlich, anzunehmen, ein Eindringling würde unser Überwachungssystem so genau kennen. Wie gut, dass wir die Intervalle regelmäßig ändern", fuhr sie fort und zögerte dann kurz. "Schlimmstenfalls können wir jedes Bild hinterher nachverfolgen. Es ist alles aufgezeichnet in unserem Archiv", schloss sie nach einer Sekunde, wieder in einem stolzen Bariton.

"Sie meinen, nachdem einem Verbrecher eventuell vermummt die Flucht gelungen ist?", provozierte Mika weiter.

Hanne Breitbach verstand die Anspielung und schnaubte. "Gehen wir weiter", sagte sie.

Wohin?, dachte Mika, die das Kontrollzentrum für das Herz des gesamten Systems hielt und am liebsten geblieben wäre.

"Wie sind Sie eigentlich hier gelandet?", wollte sie dann wissen. "Sie sind die jüngste Studentin, die wir je hatten, wenn ich mich recht erinnere." Frau Breitbach hielt die Tür des Kontrollraums für Mika geöffnet und signalisierte ihr, nach rechts in einen Gang abzubiegen, der den anderen glich. Er war hell aber enger als die anderen. Der Golf-Caddy hätte nicht dort reingepasst.

"Ich promoviere. Und so jung bin ich leider gar nicht mehr. Ich wurde ausgewählt. Eigentlich konkurrenzfrei, wenn ich richtig zwischen den Zeilen gelesen habe. Ich hätte auch ablehnen können."

Frau Breitbach zischte: "Ja, ja, Sie haben ganz bestimmt richtig zwischen den Zeilen gelesen. So pfiffig schätze ich Sie auch ein."

"Warum schnauben Sie?", fragte Mika verärgert.

"Ganz ehrlich?", fragte Frau Breitbach zurück. "Du willst ehrlich wissen, warum ich so reagiere? Ich verstehe die Auswahlkriterien nicht. Du bist zu jung. Meine Meinung. In drei Wochen wirst du Professorin Roth auf Knien anflehen, dir ein anderes Projekt zu geben." Sie lachte. "Hier sind die Toiletten."

Mika blieb stehen und musterte die Frau empört. "Wieso glauben Sie das? Und wann genau habe ich Ihnen erlaubt, mich zu duzen?"

Hanne Breitbach ging unbeeindruckt weiter den schmalen Gang hinunter, an den Toiletten vorbei und Mika folgte ihr notgedrungen und bemerkte eine flackernde Leuchte. Sie verkniff sich den Hinweis darauf, dass sie höchstwahrscheinlich bald ausgewechselt werden müsste. "Ach guck dich doch an, Kindchen, du siehst nicht so aus, als könntest du dich gegen einen kleinen Hund wehren, wenn er dich anspringt", sagte die Wächterin. Der schmale Gang führte die beiden wieder zum Haupttunnel.

"Wie ist das möglich? Sagten Sie nicht, der Haupttunnel wäre gerade? Wir kann er hinter uns und vor uns liegen?", fragte Mika verwirrt.

"Da hast du's. Du bist nicht klug genug für den Job. Die Kurve hast du nicht bemerkt, oder? So dumm sind unsere Einbrecher auch. Jeder von ihnen hat sich bisher verlaufen." Hanne Breitbach lachte und führte Mika in den breiten Tunnel. Mika hatte jedes Gefühl der Orientierung verloren und ärgerte sich über sich selbst, während sie der Wächterin folgte. Sie überlegte, ob die Situation eine Diskussion wert war. Da blieben sie an einem größeren Tor stehen, das Mika schon einmal gesehen hatte.

"Wir sehen uns morgen wieder", sagte Hanne Breitbach zum Abschied der Einweisung, die höchstens eine Stunde gedauert hatte. "Und vielleicht hörst du dann zu und stellst erst Fragen, wenn die eigentliche Projektarbeit beginnt." Das war ein klarer Befehl, keine Bitte.

"Das war's schon?", begann sie ihren Protest und fuhr fort, bevor Frau Breitbach etwas entgegnen konnte: "Ich stelle keine belanglosen Fragen, natürlich", antwortete Mika brav und machte sich viel zu früh wieder auf den Weg zur Fakultät. Sie fror. Dieser Herbsttag sollte für sie nicht so angenehm sein wie der vorangegangene. Zudem war sie müde. Sie hatte vor Aufregung in der vergangenen Nacht kaum geschlafen. Ihr biologisches Einschlaf-Raumspray hatte seine versprochene Wirkung nicht erfüllt, sodass Mika in der dunklen und stillen Wohnung umhergegeistert war. Sie hatte ihren Kopf erziehen und wissen lassen wollen, dass der wache Zustand nicht mit einer liegenden Position in Verbindung zu bringen war.

Auf dem Campus angekommen, zog sie für eine Sekunde in Betracht, Koffeintabletten bei der mutmaßlichen Dealerin im gelben Pullover zu besorgen und hätte damit Gewissheit, dass sie tatsächlich dealte.

Kapitel 3

"Wach auf", sagte jemand neben Mika, nachdem ein Schubs nicht gereicht hatte, um sie wach zu bekommen. Mika zuckte auf der Holzbank des Korridors zusammen, an welchem ihr Hörsaal grenzte, und erkannte langsam, dass die Fremde im gelben Pullover vor ihr stand.

"Was?", antwortete sie benommen, "wie spät ist es?"

"Spät", sagte die andere, "die Vorlesung fängt an und du wirst sie bestimmt ungern verpassen, so glücklich, wie du gestern über den Brief von Professorin Roth warst."

"Hm, danke", stammelte Mika, während ihre Kommilitonin den Saal neben der Bank betrat, auf der sie eingeschlafen war. Sie versuchte ihre Gedanken zu sortieren und wollte gerade den Hörsaal betreten, als ihr Telefon klingelte.

"Hallo Mama", sprach Mika in ihr Headset, als sie sah, wer sie anrief, "was gibt's?"

"Ich wollte dich bitten, gleich noch beim Supermarkt vorbeizugehen. Wäre das möglich?"

"Oh, ich fürchte, dass die Läden auf meinem Heimweg geschlossen sein werden, ich könnte aber noch in die Innenstadt, da finde ich bestimmt noch geöffnete Geschäfte."

"Verstehe, ich dachte, du kommst gleich heim, wie gestern." Ihre Mutter klang enttäuscht.

"Ich werde dir später den Stundenplan erklären. Entschuldige, dass ich gestern nicht mehr daran gedacht habe. Bitte warte mit dem Essen heute nicht auf mich, du wirst schon vorher Hunger haben."

"Nicht auf dich warten? Ja, ist gut. Aber ich warte gerne."

Mika hatte geahnt, dass es für ihre Mutter schwer werden würde, die gewohnten Rituale aufzubrechen.

"Wir verschieben dienstags einfach das Essen um ein, zwei Stunden", fuhr Liane fort.

"Ja, so machen wir es", stimmte Mika zu.

"Wie war es denn im Tunnel?"

"Erzähle ich dir später."

Auf der anderen Seite der Leitung kniff Liane die Augen dermaßen zusammen, dass sie das Gefühl hatte, unzählige kleine Sternchen zu sehen. Anders als versprochen, hatte Mika noch keine Gruppe gesucht, in der Liane Anschluss und Ablenkung finden könnte.

"Ist in Ordnung, Schatz", sagte Liane sanft.

Sie verabschiedeten sich, während Mika den Hörsaal zusammen mit weiteren Kommilitonen betrat, die zu spät gekommen waren, anders als sie es gewohnt war. Ihr Platz war zu ihrem Ärger bereits belegt und sie musste sich mit einem weniger Idealen zufriedengeben. Er lag zwar in der hintersten Reihe, jedoch weiter in den Raum hinein, in der Mitte und etwas näher an der Tür. Zu dicht, dachte Mika. "Ich muss jetzt auflegen", sagte sie dann und schaute auf, in die Augen der Fremden im gelben Pullover, der diesmal aber gar nicht gelb, sondern grau war. Die Farbe war ihr in der vorangegangenen Minute gar nicht bewusst aufgefallen.

Auch die Fremde schaute zu Mika auf. Ihre Brauen zogen sich zusammen und ihr Kiefer spannte sich an. Ihre Blicke verfolgten Mika finster, obwohl sie sich dafür umdrehen musste, bis diese den freien Platz eingenommen hatte. Mika fühlte sich gehetzt. Sie war der Fremden unterlegen in diesem Machtspiel. Sie überlegte, ob Professorin Roth diese Frau angeheuert hatte, um sie zu kontrollieren. Hör auf mit den Hirngespinsten! Warum sollte sie jemanden auf mich ansetzen?, dachte sie. Wenn dem aber so war, tat ihre Kommilitonin es nicht professionell genug, dachte sie. Die Kommilitonin sah weiter zu Mika, während sie mit jemandem neben sich sprach. Es war eine Studentin, die Mika am ersten Vorlesungstag nicht wahrgenommen hatte. Sie fragte sich, ob sie das neue Gesicht wirklich übersehen hatte. Das war unwahrscheinlich. Sie tuschelten und tauschten etwas, das Mika nicht erkennen konnte, unter dem Tisch aus. Hah! Sie dealt!, dachte Mika. Ein Radiergummi oder Liebesbriefe werden sie garantiert nicht hier austauschen! Wer tut sowas schon?, fragte sie sich.

Die Vorlesung hatte längst begonnen, während sie sich voreilig eine Spitzelgeschichte zusammenreimte. Wieder hatte sie den Auftakt verpasst. Zu allem Überfluss befand sich auf dem Sitz zweiter Wahl ein Kaugummi. Mika sah es zum Glück noch rechtzeitig und legte ein Blatt aus einem ihrer Hefte darauf und versank wieder in Gedanken.

Jede Minute verging so langsam, dass Mika nach Blicken auf Ihre Uhr hätte weinen können. Ihre Konzentration ließ drastisch nach und ihr fielen die Augen immer wieder zu. Sie dachte an die Koffeintabletten. Ihre Kommilitonen nahmen durchaus auch stärkere Aufputschmittel, aber sie schämte sich bereits dafür, an Koffeintabletten zu denken. Diese waren zwar auch verboten, aber vielleicht dealte die Fremde wirklich damit und hatte Mika nur beobachtet, weil sie erkannte, dass sie ihre Aufputschmittel gebrauchen könnte.

Sie wich dem nahezu unvermeidlichen Blick zur mutmaßlichen Dealerin in der ersten Reihe aus und fühlte aus dem Augenwinkel heraus trotzdem deren Blick auf sich ruhen. Unmöglich, dachte Mika, sie sitzt mit dem Rücken zu mir, sie kann mich gar nicht anstarren! Vielleicht sollte sie einfach, wie am Vortag geplant, zu ihr gehen und sie darauf ansprechen. So könnte sie Gewissheit erlangen.

In der Stadtzeitung, den Campus-Blättern und sogar in den Radio- und Fernsehnachrichten kursierte seit Wochen eine einzige Schlagzeile: Die Droge Freifall wurde entdeckt. Geboren sei sie bereits vor ein oder zwei Jahren. Mittlerweile nahm die Sucht überhand und es seien auch bereits die ersten Jugendlichen daran gestorben. Sie führe zu Organversagen und würde einen langsamen und für Angehörige hässlichen Tod verursachen. Langsam verbreitete sich die Beschreibung, Freifall wäre der schwarze Tod, da die Adern der Betroffenen mit der Zeit dunkler wurden. Mika hatte noch niemanden kennengelernt, der dunkle Adern hatte. Sie mied die Campus-Toiletten und jegliche Art von Winkel im Gebäude so gut es ging, um die Quote aufrechtzuerhalten. Winkel hielt sie ohnehin für Platzverschwendung. Mika hatte sogar gehört, dass ein Kleinkind Freifall konsumiert hatte. Gerüchte gab es zu vielen unglaublichen Begebenheiten, aber dieses Gerücht gehörte zu den Unglaubwürdigsten.

Am Ende der Vorlesungen wartete Mika, bis sich der Saal leerte, um die gewohnte Beobachterrolle wieder aufleben zu lassen. Sie spürte, wie ihre Muskeln sich entspannten, je mehr Leute den Raum verließen. Exakt 388 Kommilitoninnen und neun Kommilitonen traten diesmal aus dem Raum und durch den Vordereingang, zwischen dessen Türzargen die Letzte von ihnen stehenblieb. Das Herz sank Mika in die Hose, aber sie versuchte entspannt zu wirken. Dieser Schachzug ist mir egal, was auch immer er bedeuten mag, dachte sie. Die Hintertür des Raums war bisher ungenutzt geblieben. Sie zögerte. Es amüsierte die Fremde offenbar, dass Sekunden vergingen, bis Mika sich dazu entschloss, doch durch den Haupteingang hinauszugehen. Sie behielt Mika durchweg im Blick.

Mika ging an ihr vorbei, ohne sie anzusehen, dabei stolperte sie über eine Kabelleiste. Schneller als sie denken konnte, hatte die Kommilitonin nach Mikas Arm gegriffen und sie vor einem Sturz bewahrt.

Nach dem Schreck pochte Mikas Herz. Sie schaute verwirrt auf die Kabelleiste und dann zur Fremden, die noch immer Mikas Arm festhielt, um der Szene mehr Absurdität zu verleihen. Langsam ließ sie ihren Arm sinken. Mika zögerte. "Ich, ich hatte noch nie ein vergleichbares Problem", stammelte sie.

"Danke würde reichen." Die Fremde lachte und schloss die Tür hinter ihnen ab. "Ich habe Schließdienst. Gehört zu meinem Projekt", erklärte sie schließlich.

"Ein sehr lustiges Projekt, offenbar", bemerkte Mika.

"Es ist nicht lustig, ich habe..."

Mika unterbrach die Fremde: "Das war keine Frage."

"Ein einfacher Dank ist doch nicht so schwer."

Überrascht über ihre Courage sah Mika die Fremde fortgehen. Sie durfte und wollte sich nicht weiter ablenken lassen. Vielleicht war sie zu hart gewesen, aber diese Person jagte ihr Angst ein. Irgendetwas in ihr ermahnte sie, sich von ihr fernzuhalten. Außerdem hatte sie vorgehabt, mit Professorin Roth über Hanne

Breitbach und das Projekt zu sprechen, also ging sie entschlossen ebenfalls den Gang hinunter in Richtung der Dozentenbüros.

"Einen Moment Geduld, bitte", erhielt Mika als Antwort auf ihr Klopfen an die Bürotür von Raum 312.

Sie setzte sich in der Nähe des Büros und wartete. Die hölzerne Bank, auf der sie saß, war größer als nötig. Größer als die neben dem Hörsaal, auf der sie eingeschlafen war. Sie konnte den Boden nicht mit den Füßen berühren und ihre Arme konnte sie nur mit Mühe ablegen. Entspanntes Sitzen wie bei Armlehnen anderer Sitzgelegenheiten üblicher Größe war hier nicht möglich. Sie fragte sich, warum vieles an diesem Ort so übertrieben groß war und warum die Hälfte des Gebäudekomplexes nicht für Wohnungen oder Zimmer für Studenten verwendet wurde. Auch die Fenster hätten zur Wohnung eines Riesen gehören können. Im Gang, in dem sie saß, waren sie ebenso bunt wie in den Hörsälen. Wie Kirchenfenster reihten sie sich an der Südseite des Gangs aneinander. Diesmal fiel kein milchiges Licht durch die Scheiben hindurch und auf Mika herab, denn der Tag hatte sein Licht bereits fast vollständig aufgebraucht.

Mindestens 15 Minuten vergingen, bis ausgerechnet wieder die Fremde im grauen Pullover vor ihr stand. "Verfolgst du mich?", fragte sie neckisch. Es war eine Art, Dinge zu verharmlosen, die Mika noch nie richtig deuten konnte.

"Nein, ich wollte...", begann sie zu erklären, doch dieses Mal unterbrach sie ihr Gegenüber. Wieder deutete Mika das als Machtspiel, das die Fremde noch schnell gewinnen wollte.

"Verschone mich", sagte sie nun eindeutig ernst und ging.

Erneut sah Mika ihr entgeistert hinterher. Wenn diese launische Art eine Taktik war, um von sich selbst abzulenken, würde Mika sich das nicht gefallen lassen. Sie würde aber ab dieser Sekunde kein Wort mehr in ihre Richtung sprechen. Die Fremde zu ignorieren und sie sich als tatsächliche Dealerin vorzustellen, würde leicht werden und ihre Probleme vorerst lösen.

"Frau Lindblad ist alles in Ordnung?" Professorin Roth schaute aus ihrem Büro heraus. "Haben Sie vorhin hier angeklopft?"

"Ja, ich wollte kurz ein paar Fragen zum Projekt stellen." Mika sprang auf.

"Ist es dringend?"

"Ähm", stotterte Mika.

"Ich habe nicht viel Zeit, können Sie morgen wiederkommen?"

"Sicher." Die Enttäuschung lag gewichtig in Mikas Stimme, wie Blei auf dem Meeresgrund. Das hielt die Professorin dennoch nicht davon ab, ihre Massivholz-Bürotür wieder zu schließen.

Mika konnte sich nicht sofort rühren. Sie starrte schwer atmend die geschlossene Tür an. Während des Masters hatte es für sie keine Hürden gegeben. Professoren hatten immer Zeit für sie gehabt, weil sie wussten, dass Mika ihre Fragen und Aussagen auf den Punkt bringen würde. Mika dachte jedenfalls, sie würde dafür geschätzt. Plötzlich freute sie sich wie ein Kleinkind auf ihre Mutter, die mit lauwarmem Mikrowellenessen auf sie wartete und die vielleicht schon Badewasser für sie eingelassen hatte, das mit jeder

Minute kälter wurde. Den Kloß im Hals schluckte sie herunter und begab sich mit schnellen Schritten auf den Weg nach draußen.

Nach der ersten Abzweigung, noch im Unigebäude, erschrak sie. Die mutmaßliche Dealerin hatte ihr aufgelauert. Nein, sie hat wahrscheinlich noch etwas aus ihrem Spind geholt, korrigierte Mika ihre Vermutung und beruhigte sich selbst. Sie ging mit rasendem Herzschlag an ihr vorbei. Dreißig Schritte trennen mich vom Gebäudeausgang, überschlug Mika stumm die Entfernung in ihren Gedanken. Neunundzwanzig, achtundzwanzig...

"Ich habe auf dich gewartet", hörte sie da die ungewöhnlich tiefe Stimme bestätigen. "Soll ich dich nach Hause begleiten?"

Wohl doch nichts im Spind vergessen, dachte Mika und sagte schnell: "Ich finde den Weg alleine." Hastig holte sie Luft, als das Beben ihrer Stimme ihr Bewusstsein erreichte: "Danke."

"Aber es ist dunkel."

Und ich kenne dich nicht. Was ist wohl gefährlicher, sagte die Stimme in Mikas Kopf.

"Professorin Roth ist immer so kurz angebunden", ignorierte die Kommilitonin Mikas Bitte, sie alleine nach Hause gehen zu lassen.

Während Mika vor ihr schneller über den Flur ging, überlegte sie, ob sie einen anderen Heimweg wählen sollte. Sie überlegte, zu Fuß zu gehen und nicht in die U-Bahn einzusteigen.

"Schon gut", entgegnete Mika mit zittriger Stimme.

"Na gut, dann verreck doch im Dunkeln", hörte Mika die Fremde laut sagen. Sie war inzwischen stehengeblieben.

Du hast endlich verstanden, dass ich ohne dich gehen will, dachte Mika und ging schnell weiter und weiter, hektisch, bis sie sicher war, dass die Fremde ihr wirklich nicht folgte.

Die Stille der Abendstunden auf dem Gelände der Universität traf Mika unvermittelt. Sie vermutete, ihre Kommilitonin hatte sich den Schließdienst ausgesucht, um das Gelände alleine betreten zu können und irgendwas Verbotenes zu tun. Sie hatte diese Aura, die Mika bei Verbrechern erwarten würde. Wenn sie ihr aber anbot, sie zu begleiten, würde sie nichts im Gebäude anrichten, sondern vielmehr Mika angreifen wollen. Wäre das ihre Absicht, könnte sie ihr aber auch ungefragt folgen. Sei nicht so paranoid, ermahnte sie sich selbst, vielleicht gibt es ja doch eine kleine Chance, dass die mutmaßliche Dealerin mich lediglich aus Sicherheitsgründen und völlig selbstlos begleiten wollte. Mika lachte leise in die Dunkelheit hinein.

Der Heimweg war wider Erwarten windig und hatte, wie ihre Kommilitonin angekündigt hatte, durchaus potential, gefährlich zu werden. In Mikas Kopf spielten sich sieben riskante Szenarien ab, die sie der Tragweite der möglichen Konsequenzen nach sortierte und immer wieder in Gedanken durchging: Der Baum zwanzig Meter vor mir könnte umfallen und mir kurzzeitig den Weg versperren oder, schlimmer noch, mich zerquetschen; ein Räuber könnte aus dem Auto dreißig Meter vor mir aussteigen und mich überfallen oder, schlimmer noch, mich entführen; ich könnte in der Dunkelheit einen Stein auf dem Weg übersehen, stolpern und mir den Arm brechen, ich könnte gegen irgendetwas laufen oder irgendwo reinfallen oder einfach so umkippen und bis zum Morgengrauen auf medizinische Versorgung warten müssen.

Hastig schaltete sie die Taschenlampe ihres Headsets bis zur nächsten funktionierenden Straßenlaterne ein und erhellte damit den Gehweg. Warum ist mir das nicht eher eingefallen?, fragte sie sich und fasste sich an die Schläfen. "Atme Mika", sagte sie leise, "selbst wenn du umkippst, wird dein Headset einen Notarzt rufen. Wenn sie dich entführt, wird die Polizei deinen Standort schnell ermitteln, und wenn sie dich vorher umbringt, war es wenigstens ein sehr schneller Tod."

Unter ihr zerbrach ein Ast, sodass Mika vor Schreck in die Luft sprang. Der Gedanke, schnell zu sterben, und die Tatsache, dass sie diesen Weg zum ersten Mal spät abends ging, lenkte sie abermals davon ab, sich zu beruhigen.

Stell dich nicht so an, ermahnte sie sich in Gedanken, es sind nur noch ein paar Straßen und für deine Mama ist es jeden Tag so dunkel, egal wie spät es ist. Also sei kein Weichei! Zitternd ging sie weiter und überlegte, die unverschämt spät stattfindende Vorlesung auf das folgende Semester zu schieben. Erstmals empfand sie die Idee, einen Selbstverteidigungskurs zu besuchen, gar nicht mehr so abwegig.

Das Erreichen ihres Wohnkomplexes nach nicht einmal vierzig Minuten erschien ihr wie ein Wunder. Das U-Bahn-Ticket könnte sie sich künftig für die fünf Stationen wirklich sparen, dachte sie. Nach den Panikschüben, die sie sich selbst kaum mehr erklären konnte, strahlte sie vor Glück beim Anblick ihres Wohnblocks mit seinen dreiunddreißig Hochhäusern á zwanzig Stockwerken und den mittlerweile rostigen Fenster- und Türrahmen. An diesem Abend war er für

Mika ausnahmsweise kein Ort der Klaustrophobie, sondern das Paradies. Sie fragte sich, wie sie die folgenden Jahre an dieser Universität überstehen kann, wenn sie wöchentlich das Gleiche durchmachen musste, während sie die Treppen dem engen Fahrstuhl vorzog. Nun, diese Sorgen würde sie bis zum Zeitpunkt der Veröffentlichung des neuen Stundenplans und somit ein halbes Jahr vor sich herschieben.

Kurz bevor sie die Haustür ihrer Wohnung aufschloss, knallte irgendwo im Haus eine Tür und Mika schrie vor Schreck auf. "O.k., der Weg war ganz und gar nicht harmlos und ich werde dieses Bahnticket wohl weiterhin brauchen", stotterte sie, während sie die Wohnung betrat.

Sie setzte sich vorsichtig auf den kaputten Stuhl und versuchte, das Zittern unter Kontrolle zu bekommen.

"Du bist so still", stellte Mikas Mutter beim Abendessen fest, nachdem ihre Tochter seit ihrer Ankunft kein Wort verloren hatte und sie schweigend aßen.

"Oh, ja, entschuldige, ich bin müde." Noch während Mika antwortete, wurde ihr die Ausrede unangenehm. "War nicht mein Tag."

Kerzen wärmten die Küche. Mikas Mutter hatte die Wohnung mit einer Mischung aus Weihnachten und Halloween dekoriert. Auf jeder freien Fläche befanden sich Kerzen, Tannenzweige und orange Lampions. Sie kannte die Traditionen aller Feste, hatte sich aber vor Jahren dazu entschlossen, nicht mehr mühsam Dekorationsgegenstände zu sortieren, sondern das zu nehmen, das ihr in die Hände kam. Sie hatte im Laufe der Jahre alle möglichen Objekte gekauft und wieder gemischt in Kisten aufbewahrt, sodass sie langsam vergaß, welche Dinge zu welchen festen gehörten. Mika vermutete zumindest, sie habe es vergessen. Dass ihrer Mutter egal war, welche Objekte zu welchen Festen gehörten, kam ihr nicht in den Sinn.

Sobald ein Feiertag in Aussicht war oder jemand das erste Mal im Jahr darüber sprach, konnte Mika damit rechnen, dass die Wohnung einen Wandel durchmachen würde. Dass Halloween und Weihnachten gleichermaßen durcheinander ihren Weg in die Wohnung fanden, machte Mika nichts aus. Sie lächelte. Sie liebte das Chaos. Sie liebte die Art ihrer Mutter, solche Festzeiten zu leben. Sie stellte sich vor, wie ihre Mutter im Supermarkt ihres Vertrauens die Aufträge weitergab: "100 orangefarbene Lampions, drei Kürbisse, fertig geschnitzt, vier rote Blockkerzen, 500-Gramm-Tannenzweige..." Und wenn sie sich auch wunderte, warum ihre Mutter diese ganzen bunten und staubigen Gegenstände immer wieder in der Wohnung verteilte, fragte sie nicht weiter. Vermutlich brauchte sie die Rituale, um sich näher am Geschehen der Welt zu fühlen, die sie nicht mehr sehen durfte. Sie wollte sie auch nicht fragen, von welchem Geld sie das alles bezahlte.

"Hast du den Einkauf ohne Hilfe hochgetragen?", fragte sie ihre Mutter.

"Ja, natürlich, ich bin groß und stark. Außerdem leben hier mehr nette Menschen, als du glauben magst. Erst vorhin half mir ein netter junger Mann mit den Einkäufen in den Bus zu steigen."

"Aber Mama, du sollst nicht alleine rausgehen", zischte sie empört, "was, wenn der nette junge Mann nur bis zu deiner Haltestelle nett ist? Was, wenn er dir bis in die Wohnung gefolgt wäre und einen Überfall im Sinn gehabt hätte?"

"Ich kann doch nicht immer auf dich warten und hier Däumchen drehen", sagte sie von ihrer Tochter abgewandt. Ein tiefer Atemzug füllte ihre Lungen. Für eine Sekunde richtete sich ihr Oberkörper vollständig auf und Liane spürte ein Kribbeln im Nacken und ihren Fingerspitzen.

"Wieso nicht? Es ist nur ein Tag in der Woche, an dem ich etwas später komme, Mama."

"Weil ich vereinsame, Mika. Es ist nicht nur ein Tag in der Woche, an dem du später kommst. Es sind manchmal sieben Tage, an denen du den ganzen Tag weg bist. Du bist auch sonst den Großteil des Tages abwesend. Ich will tagsüber herauskönnen. Auch wenn ich das Licht nicht sehe und die Sonne auch hier am Fenster spüren kann, fehlen mir dennoch die Geräusche der Menschen und Autos. Ich will das Herz dieser Stadt schlagen hören, verstehst du mich denn wirklich nicht?", fragte Liane verzweifelt. "Ich will andere Stimmen hören, mit Kassierern und Kellnern sprechen und mich erschrecken, wenn ein Fahrzeug hupt, weil ich voreilig über die Straße gehe. Ich würde mich so gerne in einem Club anmelden, in dem ich mit jemandem sprechen kann, bevor ich hier noch durchdrehe! Du hast mir bisher dabei nicht helfen können. Ich schminke mich sogar aus lauter Langeweile und sehe vermutlich wie ein gruseliger Clown aus!" Sie drehte sich zu Mika und offenbarte damit verschmierten Mascara. "Es fällt mir oft schwer, zu atmen. Ich drehe durch und das nur, weil meine eigene Tochter vor jedem Angst hat!" Liane hob sofort die Hand vor den Mund: "Entschuldige, ich will dich nicht dafür verantwortlich machen. Ich hätte dich mutiger großziehen müssen. Das ist nicht deine Schuld."

Die Worte kamen so an, wie sie gemeint waren. "Entschuldige", sagte Mika, "du musst dich nicht vor mir rechtfertigen. Entschuldige, dass ich dir das Gefühl gegeben habe, du müsstest hierbleiben. Dir darf einfach nichts passieren und manchmal verliere ich deshalb den Blick für das Leben, das für dich auch spannend sein sollte. Jeder Tag ist für jeden Menschen gefährlich, ich darf da keine Unterschiede machen."

Mika schaute ihre Mutter genauer an. Sie war so sehr damit beschäftigt, sie zu maßregeln, dass sie tatsächlich nicht bemerkt hatte, wie bunt ihr Gesicht war.

"Bist du bereits geschminkt aus dem Haus gegangen?", lachte sie.

"Ja", lachte Liane mit, "sehe ich wirklich gruselig aus?"

"Wie der Durchschnittsgruselige", grinste Mika, "aber dennoch wunderschön."

Die Farben um die Augen und den Mund waren nicht alles, was Mika plötzlich komisch vorkam. Ihre Mutter trug gelbe Leggins und eine grüne Wollmütze auf dem Kopf. Nie zuvor war Mika eingefallen, sich um das Äußere ihrer Mutter zu sorgen.

"Wollen wir gleich mal zusammen in deinen Kleiderschrank schauen und das mit dem Schminken üben?" Der Ton ihrer Stimme war von verteidigend zu sanft gewechselt und Mikas Kopfschmerzen kehrten zurück.

"Das wäre schön", sagte Liane leise. "Weißt du, der nette Mann, der die Einkäufe für mich getragen hat, ist unser Nachbar."

"Ich dachte, er half dir nur die Einkäufe bis in den Bus zu tragen", sagte Mika wieder etwas schriller.

"Ich sagte nicht, er half mir ausschließlich bis in den Bus, Mika. Jedenfalls ist er wirklich sehr freundlich. Er hat uns schon häufiger hier gesehen, und bevor du wieder mit deinen Stalker-Ängsten anfängst, lass dir sagen, dass ich einfach ein nettes Gespräch mit ihm hatte. Er arbeitet bei der Stadt und hat sich unter anderem dafür eingesetzt, die Grünanlagen um diese Häuser herum anzulegen. Ich habe es einfach genossen, Kontakte zu knüpfen."

Mika versuchte mühsam, ihre Gedanken um die Kopfschmerzen herum zu sortieren.

"Ich weiß, dass du dich sorgst, Kind", fuhr Liane fort. "Das tust du, seitdem du laufen kannst, aber das Leben zieht an mir vorbei und ich will auch ohne dich fähig sein, zumindest einzukaufen. Ich bin nicht degeneriert, ich bin nur blind."

Sie schwiegen daraufhin, bis ihre Teller fast leer waren.

"Was ist passiert, dass du dich so verrückt machst und kaum etwas erzählst? Glaubst du wieder, der Nachbar würde dich beobachten?" Ihre Mutter brach die Stille und lachte.

"Das ist nicht witzig", fauchte Mika frustriert. Die Nachbargeschichte lag längst hinter ihnen und dennoch traf sie Mika wie kaltes Wasser im Gesicht. "Aber vielleicht hast du recht und ich übertreibe."

"Hast du mal darüber nachgedacht, Gespräch mit einem Psychologen neu aufzunehmen?", fragte Liane nun vorsichtig, ahnend, dass sie die Unterhaltung nicht mehr retten könnte, wenn sie jetzt schieflief.

"Nein, ehrlich gesagt, habe ich bis gestern gedacht, alles wäre gut, aber ich habe mich vielleicht geirrt. Vielleicht bin ich noch nicht dazu bereit, in einer neuen Stadt zu versuchen, wie jeder normale Mensch klarzukommen", gab Mika nach kurzem Zögern zu.

"Du bist stark, zweifelsohne. Ich sage das und meine das. Ein Psychologe ist auch nur ein Arzt, der sich so etwas wie deine entzündeten Mandeln anschaut und gegebenenfalls entfernt", bemerkte ihre Mutter.

Mika musste lachen. Sie wollte nicht über ihre Angstzustände sprechen. Sie wollte das ganze Thema so weit wie nur möglich verdrängen, um die riesige Chance nicht zu gefährden, in der Tunnelsicherheit zu promovieren.

"Ich habe damals zugegeben, dass ich mir die Nachbargeschichte ausgedacht habe", sagte sie leise. "Ich weiß aber auch, dass es dir nicht wirklich darum geht." Ja, sie hatte es zugegeben und dennoch bis heute das Geheimnis gehütet, dass er sie wirklich beobachtet und wahrscheinlich bei ihrem Anblick am Fenster masturbiert hatte.

"Wie war es im Tunnel? Du sagtest, du erzählst mir später alles."

Mika starrte den Rest ihrer Mahlzeit appetitlos an. "Es war ganz in Ordnung."

"Oh, ganz in Ordnung? Was bedeutet das? Du hast dich so darauf gefreut", sagte Liane. "Erzähl mir ein bisschen. Was ist da unten so wichtig und warum ist das alles unterirdisch?"

"Was kann ich darauf antworten?", sagte Mika gereizt. "Du hast festgestellt, dass ich mich darauf gefreut habe, und erinnerst mich daran, wenn ich dir sage, dass mein Tag nicht ganz so toll war. Was soll ich dazu sagen?"

Mikas Mutter verstummte und hörte ebenfalls auf zu essen. "Vielleicht magst du mir ja morgen von deinem Tag erzählen", sagte sie, stand auf und tastete sich den Weg zum Küchenausgang. Auf der Türschwelle zögerte sie.

"Und ich will keine einfache Entschuldigung von dir hören", vielleicht zeigst du mir zur Abwechslung einfach mal, dass dir unsere Unterhaltungen wichtig sind."

"Ich weiß", murmelte Mika. Missmutig stand auch sie auf und fing an, den Raum penibel aufzuräumen. Den Pfeffer stellte sie links neben die Mikrowelle an die Wand und daneben das Salz. Die Stühle ordnete sie im 90°-Winkel um den runden Küchentisch herum an, darauf achtend, dass das Mängelexemplar auf ihrer Seite blieb. Die Essensreste fanden ihren Weg in die mit Blindenschrift etikettierten Frischhalteboxen in eine von sieben passenden Schubladen im Kühlschrank, für jeden Wochentag gab es eine. Sie bereitete den Frühstückstisch vor, stellte einen Wasserkessel auf den Herd, ließ je einen Teebeutel in zwei Tassen in der Spüle fallen und legte eine Packung mit Toastscheiben neben den Toaster. Eier wurden angestochen und in einen Topf gelegt, daneben ein Messbecher mit 500 Milliliter Wasser und eine Eieruhr, auf welcher beide Hälften eine Erhebung an den Stellen hatten, die Liane am nächsten Morgen zusammenführen würde.

Mika stellte sich in die Küchentür und überprüfte das Ergebnis der Routine, überlegte, ob sie etwas vergessen hatte und schaltete kurz darauf zufrieden das Licht aus. Vor der Schlafzimmertür ihrer Mutter blieb sie stehen. "Gute Nacht", flüsterte sie etwas leiser als sonst. "Da unten sind Server und der Grund, weshalb sie unterirdisch sind, ist, dass sie zu wichtig sind, um in der Nähe von Magnetfeldern Schaden zu nehmen oder geklaut zu werden. Die Tunnel sind ganze 35 Meter unter der Erde, falls jemand mit Datenträgern in ihre Nähe kommt, mit oder ohne Absicht. Datenträger fallen in der Nähe der Server aus und das würde auch Mobilfunkgeräte einschließen. Darum dürfen Menschen mit Headsets überirdisch problemlos telefonieren und unterirdisch nicht, ganz vom mangelnden Empfang da unten abgesehen. Nur Mitarbeiter bekommen Zugangscodes zum WLAN. Ich habe meinen allerdings noch nicht bekommen. Bald aber." Sie berührte die Tür seufzend, bevor sie sich in ihre eigenen zwölf Quadratmeter verzog.

Liane hatte sie gehört und dennoch gefürchtet, zu antworten. "Wir brauchen eine Lösung, Mika", flüsterte sie, nachdem sie hörte, wie Mikas Zimmertür ins Schloss fiel. "Wir brauchen Menschen um uns herum, die uns davon erzählen, wie sie ihre Zeit verbringen, damit du siehst, dass Sicherheit und abwarten nicht alles ist." Liane schlief in dieser Nacht wieder zu wenig. Ihre Wände näherten sich ihr und erdrückten sie in ihren Träumen, obwohl sie sie nicht sehen konnte. Sie wollte Mika rufen, und tat es dich nicht.

In Mikas Zimmer war für sie die Welt im Gleichgewicht. Sie vergaß ihre Sorgen schnell und auch wieder die Bitte ihrer Mutter, nach einer Gruppe für sie zu suchen. Mika schloss die Tür ihres kleinen Reiches hinter sich, lehnte sich an sie und ließ den Tag Revue passieren. Langsam rutschte sie an der Tür herab auf den Boden. Ihr Kopf auf die Knie gelegt, dachte sie an das Studium.

"Ich lasse das nicht an mich heran. Ab morgen konzentriere ich mich mehr auf die Arbeit. Auf die Aufgaben und die Uni. Die mutmaßliche Dealerin und die Breitbach werden mir ab morgen egal sein", flüsterte sie zu sich selbst.

Sie blieb auf dem Boden sitzen und fing an, Bilder der Dinge zu malen, die sie den Tag über mit den Augen aufgesogen hatte, um sie minutiös ihrer Mutter beschreiben zu können. Sie malte häufig auf, woran sie sich erinnerte, wenn sie nicht schlafen konnte und doch zu müde war, um Bücher zu lesen. Die großen bunten Milchglasfenster des Vorlesungssaals fanden ihren Weg auf Mikas Zeichenpapier, so wie der gelbe Pullover.

Der in diesem Zimmer mit Teppichen versteckte Dielenboden war so kalt, dass Mika durch die Wolle hindurch fror. Sie konnte jedoch nicht aufstehen. Ihre Überlegungen fesselten sie in ihrer Regungslosigkeit. "Vielleicht sollten wir wieder in den Norden ziehen. Da war alles ruhig und für Mama in Ordnung."

Das Frühstück ließ Mika ausfallen und sie wechselte auch nur wenige Worte mit ihrer Mutter, bevor sie den Weg zum Tunnel einschlug. Sie packte zwei Pullover ein, um nicht zu frieren. Schlafmangel war sicherlich nicht förderlich bei Forschungsarbeiten mit wenig Bewegung im unbeheizten Tunnel.

"Danke für die paar Worte zum Tunnel, dank derer ich zwar nicht ganz so angenehm geträumt habe, aber durchaus tief schlafen konnte", hatte Liane noch gelogen, bevor Mika die Wohnung verließ.

Völlig unmotiviert positionierte sich Mika im Eingang des Tunnels militärisch vor Frau Breitbach. Mit geröteten Augen und schweren Schritten folgte sie ihr, um ihren Dienst zu beginnen. Schon am Eingang zum Untergrund hatte sie bereut, ihr Bett verlassen zu haben. Sie fragte sich, ob sie das Promotionsthema vielleicht doch wechseln sollte, wenn sie in den Jahren als Doktorandin unter einer Tyrannin wie Hanne Breitbach arbeiten musste. Während sie auf Anweisungen der Tunnelwächterin wartete, überlegte sie, welche Projekte ebenfalls mit der Sicherheit der Stadt zu tun hatten. Andererseits würde sie sich in Grund und Boden schämen, wenn sie der unfreundlichen Wächterin erklären müsste, warum sie nicht einmal drei Wochen durchgehalten hatte.

"Guten Morgen Frau Lindblad." Die mürrische Frau begleitete sie in das Kontrollzentrum, in dem sie am Vortag ihren Rundgang abgebrochen hatten. Sie war offensichtlich nicht begeistert davon, sie wieder herumführen zu müssen. Ich könnte auch auf einen Babysitter verzichten, dachte Mika. Viel lieber wäre sie ohne Begleitung durch die Tunnel gegangen.

"Ich hoffe, Sie sind ausgeschlafen", sagte Hanne und grinste dabei, als sähe sie Mika an, dass sie damit zu ärgern war. "Heute werden Sie die Überwachungskameras nicht aus den Augen lassen, um sich mit allen Gängen und den Vorgängen vertraut zu machen. Damit Sie sehen, was Sie tatsächlich im Blick haben, wenn die Ansicht alle drei Sekunden wechselt, und morgen alle vier und übermorgen alle zwei."

Sie wollte sie eindeutig ärgern.

"Das werde ich auch morgen und übermorgen machen?", fragte Mika, ahnend, dass sie bei der öden

Aufgabe auf die Koffeintabletten der mutmaßlichen Dealerin würde zurückgreifen müssen.

"Nein, keine Sorge. Sie werden das nicht morgen und übermorgen machen, sondern die gesamten nächsten vier Wochen."

"Wie bitte?", fragte Mika schrill. "Ich bin keine Praktikantin, sondern Promovendin."

"Ja, ja", grinste Hanne Breitbach, "und wenn du Superwoman wärst, würdest du dennoch wochenlang auf diese Monitore starren. Wir lassen niemanden so frisch auf die Gänge los. Zuerst ziehst du aber das hier an." Sie reichte ihr ein Bündel, das so aussah, als wäre es die Uniform, die sie ebenfalls trug. "Das trägst du ab jetzt immer, wenn du herkommst, verstanden?"

"Habe ich den Zeitpunkt verpasst, in dem wir angefangen haben, uns zu duzen?", wollte Mika wissen.

"Ich entscheide, wann ich jemanden respektvoll sieze, klar?"

Mika versuchte, sich zu beruhigen. Professorin Roth würde dieses ganze Missverständnis für sie geradestellen, glaubte sie. "Warum stinkt es hier so?", fragte sie dann und biss sich sofort auf die Zunge. Der Schlafmangel löste offensichtlich ihr Mundwerk. Vielleicht war Hanne der Grund für den Gestank. Vorsichtig sah sie auf, doch die Wächterin ging unbekümmert weiter in Richtung Kontrollzentrum.

"Die Kanalisation läuft genau über uns entlang. Hier wird es immer stinken", sagte Hanne Breitbach, "wenn die Sonne scheint, etwas mehr." Dann lachte sie und fügte hinzu: "Du bist nicht nur die jüngste Studentin, sondern auch die empfindlichste."

Der Gestank reizte Mikas Kopf in Form von kleinen Stichen. Unangenehmer als der Dunst fielen ihr die

Tropfen auf, die von der Decke rieselten, und auch die Dunkelheit in dem Abschnitt, in dem sie nun waren, störte sie. "Wieso ist dieser Gang so viel dunkler als die, die wir gestern besucht haben?", fragte sie.

"Besucht haben", äffte Hanne Breitbach sie nach, "niedliche Umschreibung. Du wolltest mehr Gänge sehen, hier siehst du sie. Es ist hier dunkler, weil es keine Verwendung für diese Gänge gibt. Sie werden nicht beleuchtet, um keine Energie zu verschwenden. Sie werden dennoch selbstverständlich mit Nachtsichtkameras bewacht, obwohl kein Mensch Zugriff auf diese Gänge hat."

Mehrmals unterdrückte Mika auf dem Weg Würgereizwellen. Von Hanne erfuhr sie kein Mitleid, sie grinste nur. Mika hätte wetten können, dass sie lange überlegt hatte, durch welche unangenehmen Gänge sie Mika führen könnte.

"Hier sind Toiletten, da kannst du dich umziehen", signalisierte Hanne, "direkt gegenüber vom Kontrollzentrum. Ich warte hier auf dich, da du dir den Weg zur gegenüberliegenden Tür vermutlich nicht merken kannst."

Mika schluckte jegliche Schlagfertigkeit runter und ging in die Toilette, um sich umzuziehen. Die Kabinen waren so grell, wie der Hauptkorridor, in dem Hanne Breitbach auf sie wartete, die Hygiene der Toiletten ließ allerdings zu wünschen übrig. Sie ekelte sich und verstand zum wiederholten Male nicht, warum Menschen unter den Umständen im 22. Jahrhundert überhaupt noch arbeiten mussten.

Umgezogen im Kontrollzentrum angekommen setzte Hanne Mika auf einen der freien Drehstühle. Die anderen waren von anderen Beamten belegt, die nicht einmal den Kopf gehoben hatten, um sie zu begrüßen. "Hallo", sagte sie nichtsdestotrotz und erklärte Hanne Breitbach die Taktik: "Ich schaue immer von links nach rechts, von oben nach unten. So habe ich alle Bilder vor Augen und nicht das Gefühl, etwas verpasst zu haben."

Für den Bruchteil einer Sekunde dachte Mika darüber nach, zu erklären, wie sinnlos das war, denn Hanne würde garantiert mindestens ein Zehntel einer Sekunde benötigen, um ein einziges Bild zu betrachten, bevor sie zum nächsten wechselte. Sie würde also beim dreißigsten Bildschirm von den 200, die vor ihnen hingen, ankommen, wenn der Erste wieder wechselt. Dann wäre sie also noch längst nicht mit allen durch. "O.k.", sagte sie aber nur und nahm sich vor, jedes zweite oder dritte Bild zu überspringen und auch ab und zu den Fokus auf die Gesamtübersicht zu legen, um mindestens Bewegung wahrzunehmen.

Sekunden vergingen wie Stunden und schnell wurde Mika ihrer neuen Aufgabe überdrüssig. Sie schaffte es nicht, sich vollkommen auf die Überwachung der Gänge zu konzentrieren. Das passierte ihr auch, wenn sie Prüfungen schrieb oder Vorlesungen besuchte, die sie nicht interessierten. Stattdessen mischte sich anderes in ihre Gedanken. Sorgen, die sie sich um ihre Mutter machte. Fast zehn Jahre waren seit ihrer Erkrankung vergangen und Mika verstand nicht, warum ihre Mutter sich immer noch nicht bereitwilliger von ihr unterstützen ließ. Sie fühlte sich oft noch wie ein Kind behandelt, dabei hatte sie plötzlich erwachsen werden und damals für ihre Mutter sorgen müssen. Bin ich zu einer Helikoptertochter geworden?, fragte sie sich. Bevor sie wegen der Promotion in die Großstadt gezogen waren und als Mikas Mutter noch sehen konnte, hatten sie stundenlang gemeinsam im Wald oder an Seen Rehe und Enten beobachtet. Das schlechte Gewissen schlich sich mit der Wucht einer Neun unter Mikas Haut. Sie war viel zu lange nicht mehr mit ihrer Mutter spazieren gegangen. "Ich bin wirklich wie ein Gefängniswächter", murmelte sie. "Aber immerhin biete ich keinen fremden Menschen an, sie bereitwillig nach Hause zu begleiten."

Immer noch Bildschirme überspringend und darauf konzentriert, nicht einzuschlafen, nahm Mika beiläufig die Risse in den Wänden neben den Monitoren wahr. Sie fühlte sich wie in einem schlecht verputzten Bunker, an dessen trostlosen Wänden nicht einmal ein Kalender hing. "Sicherheit", sagte sie, "besteht nicht nur darin, Menschen vor anderen Menschen zu schützen, sondern auch vor sich selbst!"

"Shh", hörte sie einen der Wächter antworten.

"Wie meinst du das?", fragte der andere.

"Bei unergonomischen und so traurig ausgestatteten Arbeitsplätzen wird dein eigener Verstand auf Dauer zu deinem Feind. Ich meine, ihr seht hier nicht einmal die Sonne und starrt auf Blaulicht. Ihr habt den ganzen Tag über kaum die Möglichkeit, den Raum zu verlassen, die Augen auszuruhen oder mal etwas Angenehmes zu sehen. Warum hängen hier keine Bilder?"

"Bilder?", fragte der interessierte Wächter.

Dann schüttelte Mika den Kopf und schaute wieder auf die Monitore. Mit der linken Hand tastete sie derweil in ihrer Jackentasche nach Kopfschmerztabletten. Vor den Bildschirmen sitzend erschien das Gesicht der mutmaßlichen Dealerin vor ihrem geistigen Auge. Mikas Hände begannen auf der Tastatur vor ihr zu zittern, es fiel ihr schwer, ihren Blick scharfzustellen. Sie rieb sich die Augen. Zu allem Überfluss gesellte sich wieder die Müdigkeit zu ihrem Kopfschmerz und der Tendenz, sich ablenken zu lassen.

"Lindblad, schon zu viel von dieser simplen Aufgabe?", lachte Hanne, die immer noch hinter ihr stand. "Deko an den Wänden hat noch niemanden davon abgehalten, zu kündigen. Das ist wissenschaftlich erwiesen."

Mika antwortete nicht, sondern kniff sich selbst in den Arm und holte tief Luft, um niemanden an die Kehle zu springen. Die Fremde erschien aber wieder in ihrer Erinnerung. Sie saß vor Mika, regungslos mit ihrem urteilenden Blick, der nichts Persönliches preisgab.

"Ich habe auf dich gewartet", sagte die Fata Morgana. Warum hatte sie das gesagt? Sie wollte Mika garantiert zu irgendetwas provozieren. Mika musste etwas haben, das sie wollte.

Aus den Augenwinkeln sah Mika, wie Hanne ein Foto mit ihrem Headset machte. Sie überlegte, ob sie selbst fotografiert wurde, und drehte sich zu ihr um. "Was machen Sie da?", fragte sie und stellte fest, dass Hanne eine Blaupause des Tunnelsystems, die komplett für Mika sichtbar auf dem Schreibtisch vor der Wächterin ausgerollt lag, fotografierte.

"Misch dich nicht in Erwachsenendinge ein", knurrte Hanne.

"Dürfen Sie das Tunnelsystem mit Ihrem Headset fotografieren?" Ungläubig drehte sie sich zu den anderen Wächtern: "Und Sie sehen einfach dabei zu?"

Die einzige Reaktion von einem der Beamten war wieder ein lautes "Shh!"

"Du gehst mir ganz schön auf die Nerven", sagte die Wächterin nun mit einem scharfen Blick und verließ den Kontrollraum.

"Ich kann nicht fassen, dass Sie das zulassen! Erpresst sie Sie?", fragte sie mutig ihre temporären Kollegen und stellte fest, dass derjenige, welcher sie um Stille gebeten hatte, einen Film auf seinem Monitor schaute. Mika schnellte zu ihm, nahm ihm die Kopfhörer ab und schaute so wütend sie konnte in seine Augen.

"Das ist eine Nummer zu groß für dich, Kleine."

"Zu groß? Zu groß?", wiederholte sie lauter, "das ist nicht zu groß, das ist eine Lachnummer!"

Kurz darauf hörte Mika Hanne Breitbachs Stimme vor der Tür: "Sei schnell, o.k.? Ich hole die Schlüssel."

Hanne betrat den Raum wieder mit einer Frau, die einen Motorradhelm unter dem Arm hielt, und gab ihr ein Päckchen. "Danke für die Bilder", sagte die Motorradfahrerin. Ihr fehlte ein Schneidezahn, sie hatte rot unterlaufene Augen und ihre Stimme klang rau und übermüdet.

Mika zuckte zusammen, als Hanne rasch zu ihr blickte. "Los, verschwinde", sagte sie zu ihrer Bekannten.

Als sie den Raum verlassen hatte, muss die Wächterin das Gefühl gehabt haben, sich rechtfertigen zu müssen: "Das war ein Kurier. Sie soll einfach schnell ein Geschenk zu mir nach Hause bringen, o.k.? Deswegen die Bilder."

Mika erkannte eine Lüge schnell. Und sie konnte die fadenscheinige Erklärung nicht akzeptieren. "Das Bild kann schnell gehackt werden, wissen Sie?", bemerkte sie.

"Du solltest dir überlegen, wie wichtig dir dein Projekt ist."

"Das ist kein Projekt", stellte Mika erneut fest. Dann seufzte sie und unterdrückte den Rest. Sie blickte zu den beiden Schlafmützen vor den Bildschirmen und fragte sich, ob ihnen ihre Umwelt wirklich so egal war, wie sie wirkten, und warum Frau Breitbach ihnen nicht den Marsch blies. Sie seufzte und fing an, jede Frage und jeden Verbesserungsvorschlag in Gedanken abzuspeichern. Sie hoffte darauf, irgendwann die Gelegenheit zu bekommen, all das furchtlos aussprechen zu dürfen.

"Studentin Mika, du bist nicht nur hier, um etwas zu lernen. Eine Hand wäscht die andere, oder? Geh und hol uns Kaffee." Hanne Breitbach lachte, dann lachten auch die zwei Schlafmützen. Mika starrte sie alle entsetzt an: "Kaffee? Sie gefährden die Sicherheit der Tunnel ohne Gleichen und bitten mich Kaffee zu holen?"

"Sofort", setzte Hanne nach.

"Kein Bitte?", fragte sie schneidig, "ich meine, natürlich gerne." Schnell hasste Mika sich selbst dafür, so leicht nachzugeben. Gern hätte sie nachgesehen, wer in den Gängen umhergeisterte, doch die Wächterin folgte ihr durch die Tür und den kurzen, grellen Flur entlang zur Personalküche. "Helfen Sie mir dabei, die Becher zu tragen, oder warum begleiten Sie mich in die Küche?", lachte Mika.

"Du hast jeden Respekt verloren, wie tollkühn von dir. Dir ist klar, dass die Kellneraufgabe die Letzte sein wird, die du hier haben wirst?", fragte die Wächterin.

"Sie drohen mir?", daraufhin drehte sich Mika kurz vor dem Kücheneingang zu ihr, sodass die korpulente Beamtin ihre Geschwindigkeit schnell drosseln musste und dicht vor Mika stehenblieb. "Sie wissen schon,

dass ich gerade gesehen habe, wie Sie unerlaubter-
weise vertrauliche Informationen an Fremde weitergegeben haben."

"Ich habe was? Das hast du dir doch ausgedacht."

"Ihr Kurier wurde gefilmt."

"Welcher Kurier?"

Mika begriff, wo das Ganze hinführte. Sie beschloss,
in Ruhe über den Einsatz ihres Wissens nachzudenken
und drehte sich wieder zur Küchentür. Hanne Breitbach blieb dicht hinter ihr. "Ich behalte das für mich,
o.k.?", sagte Mika so freundlich, wie es ihr möglich
war, "aber bringen Sie mir im Gegenzug einfach endlich Nützliches bei. Zeigen Sie mir, wie sicher die
Tunnel Ihrer Meinung nach sind, bitte."

Hanne Breitbach dachte offensichtlich darüber nach.
Sie zögerte und Mika hatte Gewissheit, dass ihr Ku-
rier-Geschäft nicht harmlos sein konnte, wenn sie sich
den Deal durch den Kopf gehen ließ.

Die kleine Küche enthielt nur einen Tisch, an dem
vier Stühle standen. Auf dem Tisch fand Mika einen
Wasserkocher, eine Filterkaffeemaschine und mehrere
Tassen. Der Raum hatte ebenfalls keine Fenster, wie
jeder andere Raum, den sie im 35 Meter tiefen Tunnel
bisher sehen durfte. Das Gemäuer war auch hier roh
verputzt und nicht für Pausen einladend. Hanne Breitbach erklärte Mika, wie sie Kaffee vorbereiten sollte
und wem welche Tasse gehörte.

"Es gibt ein neues von mir entworfenes Sicherheitssystem, das du heute kennenlernen wirst", kündigte
Hanne Breitbach stolz an. "Und da es neu ist, kann es
hier und da noch Tests und Verbesserungen vertragen.
Die darfst du gerne für dich behalten, verstanden?"

"Ja", antwortete sie, obwohl sie wieder nicht verstand, warum sie eigentlich Teil des Sicherheitsprojekts war.

"Haben Sie hier keinen Kühlschrank?", fragte Mika ungläubig.

"Wofür?", wollte Hanne wissen.

"Ernsthaft? Milch oder Joghurt oder sonst irgendwas, das Menschen an einem Arbeitstag frisch halten möchten?"

"Wir trinken schwarzen Kaffee", sagte die Wächterin ernst. Sie schaute Mika an, als wäre sie verwirrt. Derweil war der Kaffee fertiggebrüht. Mika goss ihn in die entsprechenden Becher, ohne sich einen Seufzer verkneifen zu können.

"Wo Professorin dich ausgegraben hat, bringe ich auch noch in Erfahrung", sagte die Wächterin. Sie hielt Mika die Tür auf, ohne ihr einen Becher abzunehmen. Gelangweilt folgte Mika der Wächterin durch den kurzen muffigen Gang zurück in das Kontrollzentrum und wartete darauf, dass sie gleich einen Schlag auf den Kopf kriegen würde, bevor die Wächterin sie einmauerte oder die mutmaßliche Dealerin auf sie beide einschlug. Warum sagst du es nicht einfach, fragte sie sich selbst, was hält dich davon ab?

"Also, es gibt ein mehrstufiges Sicherheitssystem, das zum Beispiel je nach Fortschreiten eines Einbruchs stärker wird." Eine unnötige Pause entstand. "Das sollte dich nicht langweilen, das ist die Zukunft."

"Ich bin nicht gelangweilt", erwiderte Mika rasch, "ganz und gar nicht. Das ist wahnsinnig spannend."

Die Wächterin stellte Mika allen Ernstes ihre eigenen Ideen vor, die sie in ihrer Bewerbung um die Doktorandenstelle ausformuliert hatte. Mika überlegte, ob sie anfangen sollte, wie ein Schoßhund zu hecheln.

Bei der Vorstellung, im Kloakendunst die Zunge raushängen zu lassen, kam ihr bald Magenflüssigkeit die Kehle raufgeschossen. Wie würde sie für Sicherheit sorgen können, wenn sie nicht einmal mit den Gerüchen im Tunnel umgehen konnte?

"Gut, das sollte es auch sein. Viel spannendere Dinge wirst du wahrscheinlich nie zu hören bekommen."

Zähneknirschend sah Mika Hanne an und nickte. "Erzählen Sie mir mehr." Sie würde standhalten und herausfinden, ob sie getestet wurde.

"In der ersten Stufe geht der Alarm los, ist klar. Alle Türen verriegeln sich, die Beleuchtung wird deaktiviert. Sobald aber zwei Minuten vergangen sind, in denen kein Wachmann den Einbrecher gesehen, gehört oder auf irgendeine Weise gemeldet hat, weil er zum Beispiel bedroht wird, geht Stufe zwei los. Diese Stufe hat es bereits in sich. Sie ist meiner Meinung nach besser als die Dritte. In Stufe zwei fließt Strom durch alle Tunnelwände. Das ist toll, oder?"

Das selbstgefällige Grinsen der Wächterin verstärkte Mikas Anspannung. Strom in den Wänden war nicht die Lösung, die sie vorgeschlagen hatte. Ihrer Meinung nach sollten auch Verbrecher nicht sofort lebensgefährlich verletzt werden. Für sie bestand Stufe zwei aus der Verriegelung sämtlicher Luken, in denen Flutlicht die Kameraaufnahmen unterstützen sollte, und falls ein Eindringling sich in der gleichen Luke wie ein Wächter oder eine andere Person befand, würden alle Einsatzkräfte sofort dorthin sprinten.

"In Stufe drei, sollte der Einbrecher sich noch nicht selbst fixiert haben, rückt Verstärkung an und jeder Ausgang wird bewacht. Kein Fahrzeug im Umkreis von zwei, fünf und zehn Kilometern des Tatorts wird ohne Durchsuchung weitergelassen, bis der Fall geklärt ist. Der öffentliche Verkehr wird eingestellt und auch alle Angestellten werden durchsucht und befragt." Henne zeigte auf die Kameras: "Beeindruckend, nicht wahr? Sollte der unwahrscheinliche Fall eines Einbruchs während deines Aufenthalts im Tunnel eintreten, wirst du die Glückliche sein, die das Spektakel auf den Bildschirmen mitverfolgen darf. Es wird wohl eher langweilig. Wenn du aber etwas siehst, dann meldest du es sofort, verstanden?"

"Ja, verstanden."

"Ich sage zwar immer, dass früher alles besser war, als wir noch Patrouille gehen konnten und nicht wegen der Drohnen auf unseren Hintern sitzen mussten und immer fetter wurden, aber einiges ist heute doch viel besser. Hätten wir das alles mal früher gehabt, dann wäre so einiges nicht passiert."

"Was meinen Sie? Was ist denn früher passiert?", wollte Mika wissen.

"Du weißt nicht, was hier schon alles passiert ist? Warum bist du dann im Tunnel? Ich hatte gehofft, weil er dich fasziniert. Und dann kennst du nicht einmal seine Geschichte?"

Mika wich Hannes entsetztem Blick angeekelt aus. Diese Frau hatte nichts Interessantes an sich. "Ich hätte auch nicht gedacht, dass mir das entgehen würde", gab sie zu.

"Ich habe keine Zeit, dir Geschichten zu erzählen", sagte Hanne, "aber ich will die Ehre dieser Wände nicht beflecken und ein unwissendes Herz hier durchwandern lassen." Hanne ging ein paar Schritte tiefer in den Tunnel hinein, am Eingang des Kontrollzentrums vorbei und lachte lauthals los. Das Echo ihres Gelächters wiederholte sich immer wieder. "Folge mir", befahl sie dann.

"Ich, ich...", stotterte Mika.

"Ich tue dir schon nichts, wenn du dich gut benimmst", lachte Hanne. Dann ging sie weiter und weiter, ohne auf Mika zu warten.

"Ich habe die Kaffeebecher noch in den Händen", beendete Mika ihren Satz, folgte der Beamtin jedoch weiter. Viel schlimmer, als der verbitterten Hanne zu folgen, wäre es gewesen, im Labyrinth alleine zurückzubleiben. Falls Hanne eine falsche Bewegung andeutete, wollte Mika sich darauf verlassen, sich selbst retten zu können, um die Panikattacken tief in ihrem Unterbewusstsein halten zu können. Plötzlich hoffte Sie darauf, bald einen Termin für den angedrohten Selbstverteidigungskurs zugeschickt zu bekommen.

Hanne Breitbach murmelte abwesend etwas vor sich hin. Wie ausgewechselt fuhr sie mit ihren Händen über das Mauerwerk, als sei sie mehrere Jahre zurückversetzt worden. Als sei Mika gar nicht mehr bei ihr. "Kaum eine Mauer war im Zweiten Weltkrieg verputzt, überall fanden wir Lücken zwischen den roten Backsteinen, Geheimverstecke für Schmuggelware. Hier gab es keine Kameras und kaum Wachpersonal, zu gefährlich waren die Tunnel und keiner traute sich, hier zu arbeiten, da konnte die Stelle noch so gut bezahlt sein."

"Was wurde im Gemäuer versteckt?"

"Puh", die Wächterin drehte sich für die Antwort nicht um, "die Frage sollte eher lauten: Was wurde hier nicht versteckt? Wir haben Geld, Koks, eingelegte Frösche, Bücher und sogar Mehl gefunden. Ein Drogenhändler muss schrecklich reingelegt worden sein damals."

"Und das alles in den Lücken zwischen den Backsteinen?"

"In den Lücken oder dahinter. Viele Dinge wurden offensichtlich nicht hinter wackeligen Backsteinen versteckt, sondern nachträglich eingemauert. Wir haben hier sogar Leichenteile gefunden."

"W-wie b-bitte?"

"Erinnerst du dich an den Mordfall des alten Jenkins?"

"Diesem einen korrupten Politiker?"

"Diesem einen? Ja, ja", lachte Hanne, "diesem einen korrupten Politiker. Ihn fanden wir hier nicht, aber es heißt, seine Überreste seien hier irgendwo eingemauert worden."

Mika wich von der Wand zurück, an der sie sich gerade entlanggetastet hatte und etwas Kaffee schwappte über ihre Hände. "Aua!"

Die Schritte der Beamtin verlangsamten sich. "Boom!", rief sie plötzlich und Mika entwich ein weiterer Schrei, den sie selbst nie zuvor gehört hatte.

Hanne Breitbach lachte kurz auf, wurde aber schnell wieder ernst. "Als ich so jung war wie du, habe ich das System ebenfalls erstmals betreten. Es war bei Weitem nicht so ausgereift wie jetzt. Die 300 Kilometer der heutigen Tunnel beschränkten sich damals auf zehn. Und das ist nicht einmal 20 Jahre her. Wenn ich dir das jetzt erzähle, bin ich verblüfft, wie rasant sich alles verändert hat. Der Tunnel wurde sogar als Bunker genutzt und hier wurden schon Blindgänger gefunden. Alles ganz anders als heute."

"Warum waren Sie hier unten, als sich keiner sonst hierher traute?"

Hanne lächelte Mika an, zum ersten Mal, seitdem sie sich kannten. "Weil ich mutiger war als all die Waschlappen, die zuvor eingestellt worden waren. Ich war motiviert und voller Ideen, das Verbrechen endlich von diesem Ort zu verbannen."

Mika unterdrückte ein Schnauben. "Und dann haben Sie angefangen aufzuräumen?"

"Oh nein, Kindchen, es mussten viele Jahre harter Arbeit vergehen. Ich hatte hier nichts zu sagen. Niemand hat mich auch nur angesehen. Wenn, dann wäre alles heute noch unendlich sicherer."

Unendlich, dachte Mika, geht nicht.

Hanne atmete schwer an einem wehmütigen Kloß im Hals vorbei. "Waren schöne Zeiten. Jetzt müssen wir allerdings zurück, sonst vertrödeln wir deinetwegen noch den ganzen Tag."

Sie bogen in einen kleineren Tunnel, den Mika ebenfalls noch nicht kannte und kamen direkt vor der Tür des Kontrollzentrums wieder heraus. "Wie ist das möglich?", fragte Mika verblüfft doch erhielt keine Antwort.

Sie betraten den Kontrollraum und keiner der anderen Wächter blickte auf. "Der Kaffee ist ja schon fast kalt!", zischte Hanne, als Mika den ersten Becher übergab.

"Also...", fing Mika mit ihrer wütenden Rechtfertigung an, doch ein lauter Knall unterbrach die beiden. Mika zuckte zum dritten Mal in kurzer Zeit zusammen und schrie schriller auf als zuvor. Der Kaffee aus den anderen Bechern verteilte sich auf Hannes Uniform und einer der Schaltflächen vor der sie stehengeblieben waren. "Shit", rief sie, "bist du vollkommen von Sinnen? Du machst alles kaputt! Weißt du, wie teuer der Scheiß ist?" Die braune Flüssigkeit verteilte sich schnell auf den blinkenden Knöpfen vor ihnen. Einige davon hörten nach wenigen Sekunden damit auf, zu blinken. Der Alarm war ebenfalls laut losgegangen und rotes Licht blitzte aus einer Signalleuchte immer wieder auf.

"Es, es, es tut mir leid, oh Gott." Mika suchte hektisch auf allen acht Tischen im Raum nach Taschentüchern, fand aber keins und zog den neuen Pullover ihrer Uniform aus. Damit tupfte sie den Kaffee weg.

"Bist du verrückt?!", schrie Hanne Breitbach und schubste Mika heftig fort, "du drückst doch unkontrolliert irgendwelche Knöpfe! Verschwinde vom Tisch!"

Mika prallte mit ihrer Hüfte gegen einen anderen Tisch des Raums. Sie stand nur noch in ihrem Shirt da, fror und krümmte sich vor Schmerz. "Was war das?", fragte sie erschrocken und durch ihren angespannten Kiefer hindurch.

Hanne fluchte und ging unbeholfen von links nach rechts. Nur zwei Minuten nach dem Knall fiel der Strom aus. "Verdammt", rief sie.

"Wir müssen ruhig bleiben", sagte Mika und schaltete die Taschenlampe ihres Headsets ein.

"Ruhig?", brüllte Hanne, "ruhig? Du machst alles kaputt!"

Wahrscheinlich sorgt sich die Wächterin um ihr Päckchen, dachte Mika.

Dank dem Licht der Taschenlampe konnten sie sich im Kontrollzentrum zurechtfinden. Erneut hörten sie ein Geräusch. Der Notstromgenerator muss angesprungen sein, vier von 200 Bildschirmen leuchteten auf. Auf ihnen war nichts Ungewöhnliches zu sehen. Die teilweise beleuchteten Abschnitte des Tunnels waren leer. Dunkle Abschnitte hätten dank Nacht-sichtkameras ebenfalls deutlich erkennen lassen, ob sich jemand in ihnen bewegte.

"Du bleibst hier", kommandierte Hanne und ließ Mika zitternd zurück. Sie drehte sich zu den Bildschirmen um und versuchte herauszufinden, was geschehen war. Sie sah nach wenigen Sekunden auf den Monito-ren, dass Hanne und weitere Wächter wie aufge-scheuchte Hühner durch die Gänge rannten. Sie ver-teilten sich, anstatt in den jeweiligen Trakten stehen-zubleiben und auf die Tore und Server aufzupassen, die sich dahinter befanden. Mika notierte in Gedanken mehr und mehr Fehler im Tunnel und im Verhalten des Wachpersonals. Mehr Probleme, die keinesfalls zur Sicherheit der Stadt beitrugen. Sie beobachtete die inkompetenten Angsthasen, bis sie hörte, wie die Tür hinter ihr ins Schloss fiel. Erschrocken drehte sie sich um und versuchte, durch das blinkende rote Licht zu erkennen, wer vor ihr steht, während auf den Bild-schirmen zu sehen war, wie Hanne und die anderen herumrannten.

Mika stockte der Atem. Es war die mutmaßliche Dea-lerin. Offenbar fehlten nicht nur Mika die Worte. Sie zitterte und befürchtete, die Fremde würde glauben, sie habe Angst. Was, wenn sie ebenfalls Teil des Tun-nelprojekts ist, überlegte Mika. Schließlich trug sie dieselbe Uniform wie die Wächter. Das konnte aber nicht sein. Das Schließen der Hörsäle war Teil ihres Projekts. Das würde erklären, warum sie auf dem Monitor aufgetaucht war und nicht die Aufmerksam-keit der anderen erregt hatte, überlegte sie weiter.

Die Fremde zog ihren Pullover aus, reichte ihn Mika und bewegte sich rückwärts zurück zum Ausgang.

"Du frierst", stellte sie fest und sah an Mika herunter. Mika nahm den Pullover entgegen und nickte unbeholfen.

"Du, du musst nach jeder Abzweigung warten", erklärte sie noch, während sie versuchte, die Szene zu begreifen. "Beobachte die Kamera in deinem eigenen Gang, du hast immer drei Sekunden Zeit, bis du wieder im Fokus bist. Solange sie nicht blinkt, wirst du nicht gesehen." Dann stockte sie. Warum hatte sie das gesagt? Und warum um alles in der Welt blinkten die Kameras, wenn sie filmten? Wieder schrieb Mika eine Lücke auf ihre imaginäre Tunnelprobleme-Liste.

Die mutmaßliche Dealerin entfernte sich weiter, stieß sich beim ruckartig Umdrehen die Nase an der Wand neben dem Ausgang und tastete nach der Türklinke, ohne Mika aus den Augen zu verlieren. Einen Moment lang blieb sie regungslos mit der Klinke in der Hand stehen.

"Und berühre keine Wand", Mika schluckte, "du könntest einen Stromschlag bekommen." Sie blickte von einem Auge in das andere der Fremden und bemühte sich, ihre Atmung unter Kontrolle zu bekommen. "Was machst du hier?", hätte sie fragen können, oder "Warum fliehst du?"

Auch die mutmaßliche Dealerin sah aus, als würde sie etwas sagen wollen. Vielleicht machte Mika sich in diesem Augenblick völlig grundlos strafbar. Vielleicht überlegte sie, ob Mika eingebrochen war. Dann verschwand sie und ließ die Tür einen Spaltbreit geöffnet.

"Verdammt!" Mika hörte, wie Hanne brüllend durch die Gänge lief. Sie sah sie stolpern und durch die Tür des Kontrollzentrums in den Raum platzen, durch die vor wenigen Augenblicken der Eindringling verschwunden war.

"Was ist passiert?", fragte Mika vorsichtig.

Hanne Breitbach betrachtete sie skeptisch. "Du warst die ganze Zeit hier, richtig?"

Mika zitterte trotz ihres trockenen Pullovers, der ihr Alibi zunichtemachen könnte. Hatte die Wächterin bemerkt, dass es nicht ihrer war? "Ja, wie Sie es befohlen haben."

"Das war kein Befehl, sondern eine Bitte."

Mika wusste nicht, was sie jetzt noch hätte sagen können.

"Wir befürchten, eine Einbrecherin entkommen lassen zu haben", erklärte Hanne nun offen, als wäre es ein Gespräch bei Kaffee und Kuchen. "Nicht einmal Stufe zwei hat geholfen. Ich verstehe das nicht! Vielleicht hat der Stromausfall den Elektrizitätsfluss unterbrochen."

"Wie kommen Sie darauf? Woher wissen Sie, ob jemand hier war?", fragte Mika und ihre Stimme bebte. "Außerdem sollte Stufe drei dann den Rest erledigen, oder?"

"Ach Kindchen, du musst keine Angst haben, wir haben alles unter Kontrolle. Wie du weißt, haben wir die Aufnahmen", Hanne lachte selbstgefällig und Mikas Herz rutschte weiter in ihre Hose. War das der Grund, weshalb die Fremde nett zu ihr gewesen war? Damit Mika Mitgefühle entwickelte und sie nicht verpfiff? Wahrscheinlich. Dennoch musste Mika an die Kameraaufnahmen herankommen, um ihren eigenen Kopf aus der Schlinge zu ziehen.

"Außerdem bewachen unsere Kollegen den Eingang dieses Raums", erklärte die Beamtin, als könne der

Gedanke, von den zwei Schlafmützen beschützt zu werden, Mika beruhigen. "Ich schlage vor, du gehst jetzt nach Hause."

"Ich, ich? Jetzt schon?"

"Aufgeschreckte Angsthasen stören uns bei der Arbeit", schnaubte Hanne. Es schien ihr jedoch zu gefallen, das Mädchen, dass sie für vorlaut hielt, ängstlich zu sehen. "Ich bringe dich nach Hause. Warte hier, während ich meine Sachen hole. Umziehen brauchst du dich gleich nicht, bring die Uniform einfach wieder mit. Die Aufnahmen sichern wir morgen in Ruhe."

Morgen, dachte Mika, was ist das nur für eine Schnarchnase? Das gesamte System bestand aus Lücken und Vollidioten, die sie kaum noch zählen konnte.

Hanne verließ sie und Mika war wieder alleine und nervös, dennoch reagierte ihr Verstand blitzschnell. Sie setzte sich an einen der Computer, meldete sich mit Hanne Breitbachs Daten an, die sie sich bei der Einarbeitung gemerkt hatte, und löschte alle Aufnahmen der letzten fünfzehn Minuten. Sie bestätigte den Vorgang, indem sie die Zutrittskarte scannen ließ, die Frau Breitbach in ihrer Selbstgefälligkeit neben ihr liegengelassen hatte. Alles ging dermaßen schnell und einfach, dass Mika kaum glauben konnte, dass die Sache damit ausreichend vertuscht wäre. Sie entfernte sich eilig wieder vom Kontrolltisch aus Angst, doch noch von den beiden Wächtern vor der Tür überrascht zu werden. Ohne groß darüber nachzudenken, legte sie sich in Gedanken Erklärungen zurecht, dass der Stromausfall dafür verantwortlich hätte sein können, sollten Ermittlungen nicht sofort Hanne Breitbach das Chaos anhängen. Zur allergrößten Not würde sie sich

78

selbst als trottelige Anfängerin verantwortlich machen. Aber wofür eigentlich? Oder für wen? Sie stand in dem Fall für eine Verbrecherin ein. Sie kannte die Fremde nicht einmal und nannte sie selbst mutmaßliche Dealerin. Sie konnte nur gefährlich sein. Möglicherweise hatte Mika ihr auch nur geholfen, weil sie gerade nicht gefährlich wirkte, um das ganze System mit einem harmlosen Einbruch zu hinterfragen. Vielleicht würde sich ab diesem Tag einiges ändern.

Bevor Hanne wiederkam, schaltete Mika die Kamera im Kontrollzentrum komplett ab und löschte noch die letzte Aufnahme, in der sie dabei gefilmt wurde, wie sie Aufnahmen löschte.

"Wollen wir los?" Der Kopf der Wächterin erschien in der Eingangstür.

Mika drehte sich hastig um und verhielt sich wie jemand, der bei etwas Verbotenem erwischt wird. "Ja, bitte."

Am ersten Schleusentor angekommen, fiel Hanne Breitbach auf, dass sie ihre Zutrittskarte nicht dabei hatte. "Mist", fluchte sie, "du wartest hier, ich hole kurz meine Karte aus dem Kontrollraum."

Während sich die Wächterin entfernte, atmete Mika auf. Hanne Breitbach hatte soeben Mikas Alibi gestärkt. In der Zwischenzeit hätte jeder mit Hannes Karte Daten löschen können.

Kapitel 4

"Guten Morgen", hörte Mika die bereits bekannte tiefe Stimme sagen und zuckte abermals zusammen. Ihr Ruhepuls muss in dem Semester inexistent gewesen sein. Die mutmaßliche Dealerin lehnte im Türrahmen des Hörsaaleingangs. Mika ging langsam an ihr vorbei. Sie konnte spüren, wie ihre Kommilitonin sie nicht aus den Augen ließ. Sie antwortete nicht auf den Gruß.

"Kommen Sie bitte nach der Vorlesung zu mir, Frau Lindblad, ja?" Professorin Roth war gerade dabei, einen altmodischen Projektor im Hörsaal aufzubauen.

"Ja, sicher", sagte Mika schnell. Unschlüssig stand sie vor den Stufen zu den Studentenpulten. Die erste Woche des Semesters war noch nicht vorbei und sie war bereits in einen Einbruch verwickelt worden, hatte sich unerlaubten Zugang zu Sicherheitsaufnahmen verschafft, sie gelöscht, war schon mehrmals zum Gespräch gebeten worden und würde wahrscheinlich das Projekt ihres Lebens verlieren und schlimmstenfalls exmatrikuliert werden.

"Willst du ewig da stehenbleiben?" Die mutmaßliche Dealerin stand mit hochgezogenen Augenbrauen hinter ihr.

Mika drehte sich ungläubig um. "Was ist dein Problem?", fragte sie viel mutiger, als sie sich fühlte.

Sie sah, wie ihr Gegenüber den Kiefer anspannte, sich umsah und näher kam. "Du", flüsterte sie, "und jetzt geh mir aus dem Weg, ich will mein Studium nicht in den Sand setzen, weil ich es dank einer penetranten Kontrollsüchtigen nicht auf meinen Platz geschafft habe." Sie griff nach Mikas Schulter, stieß sie zurück und bewegte sich an ihr vorbei in die Reihe, vor der sie standen. Mika fiel nicht, weil die Hand auf ihrer Schulter sie aufrecht gehalten hatte. Wütend und verwirrt zugleich blickte sie dem gelben Pullover nach. Sie verhielt sich übertrieben auffällig. Unklug, nach der Aktion am Vortag, dachte Mika.

Mehr Studenten warteten ungeduldig am Treppenabsatz, um auf ihre Plätze zu gelangen. Mika suchte sich eilig einen freien Platz in der letzten Reihe, blickte zum Gelb in der Ersten und versuchte, das Stechen in ihrer Schulter zu ignorieren. Sie suchte nach ihrem Tablet und versuchte herauszufinden, wer diese Person wirklich war. Erfolglos. Sie konnte nichts herausfinden außer ihrem Namen, der neben einem unscharfen Passfoto im Teilnehmerverzeichnis der Vorlesung verewigt war, in der sie gerade saß. Roxanne Jacobs.

"Sie kennen sicherlich alle mein Buch 'Save the Data'...", begann Professorin Roth die Vorlesung. Neunzig Minuten später konnte Mika viele gelangweilte Gesichter um sich herum erkennen und mit Professorin Roths Abschiedsworten leerten sich die ersten Bänke. Mika ging missmutig zu ihrer Dozentin.

"Sie wollten mich sprechen?"

"Ja, richtig. Sie werden verstehen, dass ich noch gestern Abend ein außerordentliches Meeting mit Frau Breitbachs Team ins Leben rufen musste, nachdem ich mit der Polizei und unserem Anwalt gesprochen habe. Ich frage mich, wie es Ihnen mit den Geschehnissen geht." Die Dozentin sortierte sorgfältig die Boardmarker, die sie während der Vorlesung gebraucht hatte, mit Bedacht, ihre langen, rot-lackierten Fingernägel zu schonen.

"Sie meinen, weil es gestern einen Einbruch gab, ja?"

"Natürlich", sagte die Dozentin und schnaubte gelangweilt.

Mika überlegte, wie vorsichtig sie äußern durfte, dass es ihr gut ging. "Ich weiß nicht."

"Sie sind ja auch erst seit ein paar Tagen dabei. Ich vergesse meistens, wie traumatisierend manche Erlebnisse am Anfang sein können."

Mika versuchte zu lächeln. Traumatisiert wollte sie nicht rüberkommen und sie wollte schon gar nicht, dass Schwäche auf ihr Alter geschoben wurde, nachdem schon Frau Breitbach sie für zu jung hielt. "Nein, ich glaube, es geht mir gut."

"Ich fürchte, dass Sie das noch nicht wissen können, und würde Sie darum gerne von dem Projekt befreien."

"Wie bitte? Befreien? Heißt das, ich darf nicht mehr dabei sein?", fragte Mika erschrocken.

Ungläubig sah Professorin Roth ihre Studentin an. Spätestens jetzt hatte Mika sich das Vertrauen in ihre Kompetenz verspielt – so dachte sie zumindest selbst. "Bitte, Frau Professorin Roth, es geht mir wirklich gut und ich möchte unbedingt Teil des Projekts bleiben. Gerade jetzt, nach dem Vorfall, ist doch das Ziel unserer Arbeit umso wichtiger. Bitte lassen Sie mich weiter dabeibleiben. Ich habe bereits viel..." Mika unterbrach sich selbst. Sie wusste nicht, welchen Einfluss Hanne Breitbach hatte. Sie wusste aber, dass sie Mika still wie ein Mäuschen im Team haben wollte, obwohl es Mika für die Erforschung der Sicherheitslücken überhaupt im Team gab. "Ich will das Projekt nicht verlieren, Frau Professorin Roth, ich kann mich anpassen." Mika schüttelte innerlich den Kopf, so absurd fand sie sich selbst. Sie war für dieses Projekt ausgewählt worden und würde sich nicht anpassen.

Die Professorin unterbrach ihre Aufräumarbeiten, lehnte sich rücklings an den Tisch, verschränkte die Arme und neigte den Kopf. Dabei musterte sie Mika aufmerksam. Ihr Outfit war so eng, dass sich unterhalb der verschränkten Arme die unnatürlich schlanke Figur der Dozentin deutlich abzeichnete. Sie atmete ruhig. Langsam schenkte sie Mika ein Hauch von einem Lächeln. "Sie haben Ideen, das sagten Sie bereits. Sie bemerken sehr viel und ich glaube daran, dass Sie einiges liefern können. Hanne Breitbach sprach auch über dieses Thema mit mir, aber ich kann nicht so verantwortungslos handeln und sie weiterarbeiten lassen. Ich möchte Sie bitten, konkrete Vorschläge schriftlich auszuarbeiten und ich spreche mit Doktor Sergejev über Frau Breitbach und wie wir mit Ihnen fortfahren." Louisa Roth wandte sich wieder ihrer Aktentasche zu und signalisierte Mika damit, dass die Unterhaltung beendet war.

"Warten Sie", bat Mika, "es tut mir leid, wirklich, ich wollte mein Wissen nicht über das einer erfahrenen Tunnelwächterin stellen", beteuerte Mika, doch dann dachte sie darüber nach, ob sie wirklich weitere Verbesserungsvorschläge liefern sollte, wenn sie ohnehin als die Ideen einer anderen Person zelebriert wurden. So ist das Leben als Promovendin, schloss sie am Ende stumm seufzend. Sie verlagerte ihr Gewicht mehrmals von einem Bein auf das Andere und wurde sich ihrer Verlegenheit bewusst. In einem Versuch, souverän zu wirken holte sie tief Luft und hob ihr Kinn. "Ich will Teil dieses Projekts sein."

Professorin Roth begutachtete Mika wieder länger kritisch. Ihr Blick ruhte derart intensiv auf den Augen ihrer Studentin, dass es Mika schwerfiel, dem Augenkontakt standzuhalten. Sie blinzelte nicht ein einziges Mal, bevor sie wieder sprach. "Mika Lindblad, Sie dürfen Frau Breitbach nicht so ernst nehmen. Sie ist eine mittlerweile unkündbare Narzisstin", sagte sie schließlich langsam und als wäre dies das Natürlichste der Welt. "Wie gesagt, wenn Ihnen Optimierungen in den Sinn kommen, lassen Sie mir diese Bitte direkt zukommen. Ich werde Sie nicht zurechtweisen oder Frau Breitbach darüber informieren. Ganz im Gegenteil, sie wird nicht mehr allzu lange im Dienst bleiben. Spätestens, wenn das Projekt abgeschlossen ist und wir damit anfangen können, unter anderen auch Ihre Ideen umzusetzen, wird sie versetzt werden. Sie dürfen und müssen also zur Sprache bringen, was Ihnen bereits aufgefallen ist."

Sprachlos starrte Mika durch Professorin Roth hindurch. "Aber Sie wollen mich doch vom Projekt befreien, oder? Und warum muss sie versetzt werden? Sie ist doch schon so lange dabei. Über zwanzig Jahre."

"Nein. Ich bin spontan", antwortete ihre Professorin mit einem schmalen Lächeln – Mika unterdrückte ein Auflachen –, "und lasse Sie vorerst weiterarbeiten. Frau Breitbach ist noch gar nicht so lange im Wachdienst. Zumindest keine 20 Jahre. Fünf Jahre höchstens. Es stimmt aber, dass sie auch vorher im Tunnel gearbeitet hat, und zwar als Reinigungskraft. So etwas geht, wenn man Vorgänger hat, die aus Liebe dumme Entscheidungen treffen." Die Professorin lachte auf. Liebe löste das also in ihr aus, dachte Mika.

84

Eine neue unangenehme Pause entstand und Mikas Augenlider zuckten unkontrolliert. Sie ging zum Wasserspender des Saals und bediente sich. Professorin Roth folgte ihr mit dem Blick und sprach weiter: "Erzählen Sie mir, wie die gestrige Schicht für Sie ablief und was Sie vom Einbruch gesehen haben." Sie lehnte sich wieder an den Tisch und verschränkte erneut die Arme.

Mika sah vom Wasserspender auf. Fünf Jahre, dachte sie, warum hatte die Wächterin gelogen? Wäre ihre Mutter im Raum, hätte Mika vermutlich zu weinen begonnen. Sie kehrte zum Dozentenpult zurück, stellte sich in sicherem Abstand vor ihre Dozentin und begann zu berichten: "Ich habe mir die neuen Sicherheitsstufen von Frau Breitbach erklären lassen und gegen zehn Uhr Kaffee für alle geholt."

"Sie haben Kaffee für alle geholt?"

"Ja, das macht mir nichts aus. Ich meine, ich bin doch die neue Studentin. Außerdem war das eine nette Abwechslung. Der Kaffeegeruch hat den Kanalisationsgeruch für eine Weile übertönt und Frau Breitbach hat mich begleitet."

Professorin Roth lachte. "Um Gottes willen, Sie sind Wissenschaftlerin in diesem Projekt und dürfen gerne Kaffee für sich selbst zubereiten. Sie müssen es aber nicht für Hanne Breitbach oder ihre Handlanger tun. Wenn Sie sich alle gemeinsam Kaffee zuführen wollen, sollen Sie sich den von mir aus auch gemeinsam als Teambuildingmaßnahme holen. Und warum um alles in der Welt mussten Sie Kanalisationsgerüche übertönen?"

"Ich denke, Frau Breitbach wollte mir mehr zeigen, weil ich neugierig war", antwortete Mika, um sich sofort zu fragen, warum sie die unfreundliche Wächterin in Schutz nahm. "Im Kontrollzentrum riecht es wohl offenbar häufig so übel."

"Es tut mir leid, dass Sie das durchleben mussten. Wir stempeln das als Anfängerscherz ab, ja? Im Kontrollzentrum wird es nicht nach Abwasser stinken, glauben Sie mir. Fahren Sie bitte fort."

Mika ging mit ihrem Wasserspender-Pappbecher ans andere Ende des Raums. Sie wollte sehen, wie sich der Himmel verdunkelte. Draußen vor dem Fenster formte der Wind langsam Gewitterwolken. Ich hoffe, ich komme trocken nach Hause, dachte sie und berichtete dann vom Fenster aus weiter: "Ich holte also Kaffee und verschüttete ihn in Frau Breitbachs Schoß, als wir einen Knall hörten." Skeptisch musterte sie das Gesicht ihrer Zuhörerin, doch bemerkte keine Veränderung. "Es tut mir leid. Das mit dem Kaffee."

"Fahren Sie fort, die Uniform ist unser kleinstes Problem." Die Professorin bewegte sich vom Pult ebenfalls zu den Fenstern. Sie lehnte sich neben Mika an die Wand. Deutlich zu nah und zu tief in Mikas Komfortzone eingedrungen, blieb sie entspannt stehen und wartete auf Mikas weitere Beschreibung der Geschehnisse.

"Nachdem das geschehen war, ging das Licht aus. Ich habe natürlich nicht gewollt, dass der Kaffee einen Stromausfall auslöst."

"Hat Frau Breitbach Ihnen eingeredet, dass das der Grund war?"

"Also, ich weiß nicht", Mika fing an, sich selbst armselig zu finden, "also, dann gingen Frau Breitbach und die anderen beiden in die Tunnel, auf die Suche."

"Bitte, was?" An der Stelle zeigte die Professorin erstmals klare Emotionen. Sie lehnte zwar noch an der Wand neben Mika, fasste sich jedoch mit einer Hand an die Stirn.

"Ähm", zögerte Mika, "es gab eine Diskussion, wie katastrophal die ganzen Zufälle seien, und dann rannten alle in die Gänge, um den Einbrecher zu finden. Ich sollte im Kontrollzentrum bleiben."

Professorin Roth fuhr mit der Hand durch ihre langen Haare und runzelte die Stirn. "Das Team ist bei Stufe zwei in die Tunnel gerannt? Ich arbeite nur mit Idioten zusammen!" Dann verhärteten sich ihre Gesichtszüge und sie fragte: "Sie blieben alleine im Kontrollzentrum zurück?"

Mikas Hände schwitzten so, dass sie das Gefühl hatte, Schweißperlen könnten jeden Augenblick von ihren Fingerspitzen gleiten. "Ja." Sie schaute auf Studenten, die auf dem Campusrasen Sport trieben, um dem Drang zu widerstehen, ihre Dozentin anzuschauen, die ihr grundlos noch näher gekommen war.

"Und Sie haben niemanden gesehen oder gehört? Es gibt nämlich keine Kameraaufnahmen."

Der erste Blitz erhellte das Anthrazit hinter der Professorin, dicht gefolgt von langanhaltendem Donnerrollen. Die sporttreibenden Studenten packten ihr Hab und Gut rasch zusammen und verschwanden im Gebäude. Mika zuckte beim Donner zusammen. "Nein, niemanden. Vielleicht hat der Stromausfall die Aufnahmen unterbrochen", log sie.

"Sie brauchen keine Angst vor dem Gewitter zu haben", sagte sie leise und berührte Mikas Arm. "Sie sagen der Stromausfall könnte nur im Kontrollzentrum die Aufnahmen gelöscht haben? Unwahrscheinlich."

Mika fing an, ihre eigenen Finger zu kneten. Die Stelle, an der ihre Dozentin ihren Arm weiter streifte, brannte. Sie kämpfte dagegen an, sich zu entfernen und konnte sich nur schwer auf ihre Worte konzentrieren. Sie verfluchte sich dafür, nicht absolut alle Aufnahmen des Tunnels gelöscht zu haben.

"Sie haben also nichts gesehen?", insistierte die Professorin.

"Es, es war d-dunkel", begann sie zu stottern.

"Stimmt." Louisa Roth ersparte ihr weitere Erklärungen und die Not, weiter lügen zu müssen, indem sie ihre Worte so stehenließ. Sie nahm ihre Hand wieder zu sich, neigte den Kopf nachdenklich und beschloss kurz darauf, wieder zu ihrer Aktentasche zurückzukehren. "Wenn Ihnen ein Gesicht in der Dunkelheit einfällt, wäre es wichtig, dass Sie sich melden. Hier ist meine Nummer, unter der ich versucht bin, zu jeder Tageszeit erreichbar zu sein." Mikas Professorin schrieb ihre Telefonnummer auf einen Zettel und sagte währenddessen: "Bitte geben Sie sie unter keinen Umständen weiter. Am besten merken Sie sich die Nummer schnell und verbrennen den Zettel."

Mika überlegte, ob sie Details vergessen hatte. Ihr fiel der Kurier ein. Sie räusperte sich. Sie würde diesen Teil für sich behalten. Sie wollte noch irgendetwas in der Hand haben und später behaupten, sie wäre wegen der Explosion noch so verwirrt gewesen, dass sie daran nicht mehr gedacht hatte, falls sie gefragt würde.

"Passierte sonst noch etwas?", hakte die Professorin noch ein letztes Mal nach, setzte sich auf einen der Studententische vor den Bänken der ersten Reihe und schaute zum wiederholten Male ruhig, aber gespannt zu Mika rüber. Sie hatte ihre langen Finger ineinander verschränkt und die Beine übereinandergeschlagen. Mika konnte ihre Knöchel sehen und eine rote Narbe, die ihr linkes Schienbein hochlief und in ihrem Hosenbein verschwand. "Was passierte dann?", insistierte sie.

Mika konnte nicht ausschließen, dass die Professorin wusste, was dann passiert war, und dass sie ihre Loyalität testen wollte.

"Nichts. Ich wartete regungslos im Kontrollzentrum, wie von mir erwartet, und irgendwann kam Frau Breitbach zurück und fuhr mich nach Hause." Ein langer tiefer Atemzug folgte auf das Unterschlagen der wichtigen Dealerin-Details. Professorin Roth lächelte. "Mein Zeitgefühl war in der Dunkelheit etwas ungenau, denke ich, aber ich glaube, es sind nicht einmal fünfzehn Minuten vergangen zwischen der Explosion und der erfolglosen Suche nach Einbrechern im Tunnel."

"Gut, dass Ihnen nichts passiert ist."

"Haben Sie denn bereits eine Spur?", fragte Mika vorsichtig.

Die Professorin sah auf und sagte: "Der Eindringling schickte uns freundlicherweise einen Brief, in dem er oder sie breit schildert, wie der Einbruch geglückt ist. Einerseits ist das für uns gut, andererseits ertrage ich keine Lücken und dass sich jemand auch noch darüber lustig macht. Diese Person ist zudem äußerst dumm, weil wir die Lücken natürlich schließen werden, sodass eine Rückkehr ausgeschlossen ist. Und wir gehen stark davon aus, dass ein zweiter Einbruch folgen wird."

Ein Brief?, dachte Mika. Sie kratzte sich unbeholfen im Nacken. "Warum gehen Sie davon aus?", fragte Mika, wieder vorsichtig und ohne abschätzen zu können, ob sie zu weit ging. "Und welche Wege hat der Eindringling ausfindig gemacht? Das wüsste ich wirklich gerne."

"Weil nichts gestohlen wurde und keine weiteren Türen aufgebrochen wurden. Dieser Einbruch hat dem Eindringling rein gar nichts gebracht, Frau Lindblad. Außer natürlich, dass die Person, die ohne Probleme durch unsere Tunnel wandern konnte, jetzt ein klares Bild davon hat. Wenn Sie diese Informationen nicht vertraulich behandeln, werden Sie an keiner Universität des Landes je wieder eine Promotion beginnen dürfen, merken Sie sich das."

Eine weitere Frage wäre eindeutig zu viel, selbst ein komplett unsensibler Mensch hätte das bemerkt, dachte Mika.

Professorin Roth sprach dennoch weiter: "Die Wege, die ausfindig gemacht wurden, haben wir bereits geschlossen. Im Brief des Einbrechers heißt es, die Notfalltüren der Tunnel seien unbewacht und leicht zu öffnen gewesen. Außerdem wurden wir spöttisch darauf hingewiesen, dass die aufgebrochenen Notfalltüren heute Morgen noch immer offenstanden. So etwas darf selbstverständlich niemals vorkommen", sagte die Professorin und schlug mit der flachen Hand auf den Tisch, auf dem sie saß. "Frau Lindblad, Sie sollten künftig selbst wie ein Eindringling durch die Tunnel wandern und jede kleinste Sicherheitslücke schließen", fügte sie energisch hinzu.

Ein Blitz schlug ganz in ihrer Nähe ein. Der Donner folgte sogleich. Mika schrie auf.

Louisa Roth schaute hinaus, wechselte die Reihenfolge ihrer überschlagenen Beine und atmete tief ein. "Ich schlage vor, dass wir diese Unterhaltung jetzt beenden. Sie berichten mir. Vor allem aber sagen Sie Bescheid, falls Sie doch eine Pause brauchen oder Ihnen noch etwas zu gestern einfällt, einverstanden?"

"Einverstanden." Mika nickte eilig.

"Ich werde Frau Breitbach sagen, dass ich Sie ermahnt habe. Sie beschwerte sich darüber, dass Sie die Arbeitsabläufe behindern würden. Ich bitte Sie also, sich zurückzuhalten und zu beobachten. Saugen Sie einfach alles mit Ihren Augen auf, dann denkt Frau Breitbach, Sie wären wirklich ermahnt worden."

"Auf Wiedersehen", sagte die Professorin nun, als Mika sich nicht rührte.

Sie gab sich einen Ruck und marschierte zur Tür. Mit feuchten Handinnenflächen griff sie nach dem Knauf der schweren Hörsaaltür und verließ den Raum, ohne ihre Dozentin noch einmal anzublicken.

Sie hatte die Tür langsam geöffnet, bereits ahnend, wer auf sie warten würde. Roxanne. Der Schließdienst ließ sich nicht überspringen. Sie schaute sie misstrauisch an, während andere Studenten allein schweigend und in Gruppen lachend an ihnen vorbeiliefen. "Worüber habt ihr gesprochen?" Angst bewegte sie scheinbar dazu, unvorsichtig in der Menge an Zeugen zu sein.

Mika schwieg, denn sie wollte das Gespräch nicht in der Nähe der Professorin.

"Ich habe dich etwas gefragt", insistierte Roxanne.

Mika traute sich nun, die mutmaßliche Dealerin genauer anzusehen. Eine Zornesfalte zeichnete sich deutlicher als zuvor zwischen ihren dunklen Brauen ab. Sie schwitzte und kaute stärker auf ihrem Kaugummi herum. Eine prominentere Ader pulsierte an ihrem Hals, der aus dem bekannten gelben, immer noch grasbefleckten Pullover ragte, dessen Ärmel leicht aufgeribbelt waren. "Du sprichst nicht gerne, was?", bemerkte sie dann.

"Wie bitte?"

"Na ja, du beantwortest keine Fragen, aber starrst mich ständig an."

Mika wurde sich schlagartig ihrer Macht bewusst, wollte ihr Gegenüber fast schützen vor sich selbst.

"Also, worüber habt ihr gesprochen?"

"Das geht dich nichts an."

Es spielte aber keine Rolle, was Mika sagte. Die Folgen ihrer Antwort hätte sie nicht vermeiden können. Roxannes eisige Hände schnellten aus den Ärmeln des gelben Pullovers an Mikas Nacken. Erschrocken griff sie nach der Hand ihrer Angreiferin, um sich zu befreien, erfolglos. Keiner der vielen Studenten auf dem Korridor kam ihr zu Hilfe. Die folgenden drei, vier oder fünf hastigen, stolpernden Schritte hatten sie schnell hinter sich gebracht. Mika wurde in die Toilette gegenüber des Hörsaal geschoben und gegen eine Wand gestoßen. Die kühlen Kacheln fingen ihre Schultern und ihren Hinterkopf hart auf, sodass sie aufschrie.

"Sei still", befahl ihr die Feindin und zog sie zur Tür, durch die sie reingekommen waren. Ihre Augen bohrten sich dunkler als zuvor in Mikas. "Lüg mich nicht an, sonst wirst du zum letzten Mal gelogen haben."

Mikas Lungen brannten, sie wollte sich beruhigen und erklären, worüber sie vor wenigen Minuten gesprochen hatte, schaffte es aber nicht. "Lass mich", presste sie heiser durch die zugeschnürte Kehle. Sie fing an, wie wild um sich zu schlagen und zu treten.

Roxanne schlug einmal in Mikas Magengrube und drückte sie mit ihrem Unterarm am Hals fester gegen die Eingangstür. "Du bist gar nicht so klug, wie ich dachte" lachte sie, "ich gebe dir aber noch eine Chance, weil dein Gesicht ohne Narben schöner ist."

Mika hätte gelacht, wenn sie die Szene als Außenstehende beobachtet hätte. Sie hätte die Angreiferin für halbstark gehalten. Für jemanden, hinter dessen Worten nichts zu finden ist. Nach Luft ringend versuchte sie sich anzupassen. Sie war aber im Nachteil und für Konflikte ungeeignet. Sie fragte sich, ob noch irgendein Student auf einer der Toiletten wartete, bis die brutale Szene beendet war, anstatt ihr zu Hilfe zu eilen. Außerdem fragte sie sich, warum zur Hölle sie alles aufs Spiel gesetzt hatte, um einer Person zu helfen, die sie jetzt verprügelte. Das grelle Licht der langen Neonröhre drei Meter über ihnen blendete Mika dermaßen, dass ihr schwindelig wurde und sie den Versuch aufgab, ihre Angreiferin fortzustoßen. Stattdessen wollte sie sich an ihr festhalten.

Einer der Wasserhähne in ihrer Nähe tropfte. Erstmals nahm Mika das Tropfen bewusst wahr. In Abständen von ungefähr elf Sekunden fielen die Tropfen aus einem der fünf Kupferhähne in die verkalkten Porzellanbecken. Sie konzentrierte sich auf das regelmäßig wiederkehrende Geräusch. Der Arm an ihrem Hals lockerte sich und ein zweiter Arm half ihr, aufrecht zu stehen. Ironischerweise dankbar stützte sich Mika ab, dachte aber unverzüglich, sie dürfe sich das nicht gefallen lassen, und fing an, mit frisch gefüllten Lungen auf Roxanne einzuprügeln.

Ein weiterer Schlag ihrer Gegnerin in ihre Magengrube reichte, um sie stillzustellen. Mika fiel zu Boden. Sie lag zusammengekauert an der Tür und weinte.

"Wenn du noch einmal versuchst, deine Fäuste gegen mich einzusetzen, wirst du es bereuen, für immer, glaube mir", zischte Roxanne.

Der Raum drehte sich vor Mikas Augen, die Waschbecken schwankten und der Geruch nach Urin kam ihr abrupt stärker in die Nase, als er tatsächlich präsent war. "Professorin Roth hat mich gebeten, ihr zu berichten, was ich gestern gesehen habe", erklärte sie langsam, unter Tränen und noch nach Luft ringend.

"Ich habe ihr gesagt, dass die zwei Wachen, mit denen ich im Kontrollzentrum war", sagte Mika mit Unterbrechungen, "den Raum nach dem Stromausfall verlassen haben." Sie versuchte einen Augenkontakt zu vermeiden, wollte ihre Augen aber weit offen halten, um vor weiteren Überraschungen geschützt zu bleiben.

"Und was noch?" Ungeduldig zog Roxanne Mika wieder hoch und drückte ihren Arm gegen Mikas Hals.

Jemand öffnete die Tür, die sofort durch ihr gemeinsames Gewicht wieder zugedrückt wurde.

Erneut schrie Mika auf.

Kapitel 5

Fest entschlossen, ihre Einsamkeit ein bisschen zu verringern und die Zeit mit ihrer Tochter zu verlängern, machte sich Liane Lindblad mit reichlich Vorlaufzeit im Gepäck auf den Weg zur Universität. Wenn sie den Weg gut gekannt hätte, wäre sie maximal eine Stunde vor Vorlesungsende losgegangen. An dem Abend hatte sie jedoch zwei Stunden eingeplant. Sie hielt an der Hoffnung fest, Mika würde sich an den Stundenplan halten. Sie hatte keinen Versuch unternommen, sich zu schminken, sondern setzte ihre große Sonnenbrille auf, mit der sie wie eine Fliege aussah. Außerdem trug sie ausschließlich schwarze Kleidung, die sie leicht finden konnte, nachdem Mika ihre Kleiderschrankfächer in Farben unterteilt mit Blindenschrift markiert hatte. Ihr Wintermantel war jedoch rot und ihre Wintermütze dunkelgrün.

Der Blindenstock, den sie lieber zu Hause gelassen hätte, weil sie immer noch nicht richtig damit umgehen konnte, hing an ihrem Handgelenk, als sie nach dem Fahrstuhl-Knopf vor ihrer Wohnungstür tastete.

"Hallo Liane", sagte die ihr bekannte Männerstimme, kurz bevor sie einsteigen konnte. "Wo soll's denn hingehen?"

"Hallo", begrüßte sie ihren Nachbarn, "ich möchte meine Tochter von der Uni abholen", erklärte sie stolz.

"Das klingt nach einem Abenteuer! Möchtest du, dass ich dich begleite?", fragte er.

Ja, wollte sie sagen, das möchte ich gerne. "Nein, danke, das ist aber nett von dir anzubieten", sagte sie stattdessen. "Ist ein Mutter-Tochter-Ding, weißt du?" "Verstehe", lächelte der Nachbar, "sie wird sich sicherlich freuen!"

Der Fahrstuhl hatte nicht auf sie gewartet, also musste Liane ihn erneut rufen und feststellen, dass die ersten ungeplanten fünf Minuten damit bereits verflogen waren.

Ihr Weg zum Bus lief problemfrei. Den war sie bereits Hunderte Male alleine gegangen. Sie stieg in den richtigen Bus, fand einen Sitzplatz in der Nähe des Ausgangs und ertastete sich die Klingel, welche den Busfahrer signalisieren würde, dass sie aussteigen möchte. Erleichtert atmete sie auf und dachte, dass alles wunderbar nach Plan verlief. Sie hörte andere Passagiere darüber sprechen, wie sich das Wetter in der folgenden Stunde verschlechtern sollte und wurde hellhöriger, also sie es ohnehin durchweg war: "Es soll gewittern? Bist du sicher?", sagte eine ungläubige Frauenstimme. "Ja, wenn ich es dir doch sage!", antwortete eine genervte Männerstimme. "Dann müssen wir aber schnell noch mit Panda raus!", stellte sie fest.

Mit einem Mal wurde Liane rastlos. Was kann denn schon ein Gewitter ausrichten?, dachte sie mit einem Versuch, sich selbst zu beruhigen. Nur noch 15 Haltestellen und 25 Minuten Fahrt trennten sie vom einzigen Umsteigepunkt ihrer Route. Sie versuchte sich auf die Durchsagen der Haltestellen und die Dauer der Fahrt zu konzentrieren. Manchmal stimmten die angekündigten Haltestellen nicht mit denen überein, die tatsächlich dran waren.

"Siehst du?", sagte die bereits bekannte Frauenstimme in der Nähe wieder, "es fängt schon an, zu regnen!"

"Und nicht gerade wenig", bestätigte ihre Begleitung.

Liane bewegte sich ungeduldig auf ihrem Platz hin und her. "Ist alles in Ordnung?", fragte eine freundlich und älter klingende Damenstimme.

"Meinen Sie mich?", wollte Liane sichergehen.

"Ja, meine Liebe, ich meine Sie", schmunzelte die Dame.

"Ich bin etwas nervös. Ich würde gerne meine Tochter in der Uni abholen und weiß nicht genau, ob das Wetter mir einen Strich durch die Rechnung zieht. Stimmt es, dass die nächste Haltestelle die Oranienstraße ist?"

"Ach wie schön. Dass Kinder im Studentenalter von ihrer Mama abgeholt werden, ist nicht üblich und bestimmt etwas ganz Besonderes", lachte die Dame, "ja, das ist die Oranienstraße."

"Naja ich weiß nicht, sie wird sich hoffentlich freuen und nicht gleich offenlegen, wie peinlich und unverantwortlich sie meinen Besuch findet", erklärte Liane, die hörte, wie der Regen immer lauter gegen die Busscheiben prasselte.

"Unverantwortlich? Wieso denn das?", fragte die Dame und noch bevor Liane sich überhaupt eine Antwort überlegen konnte, begab sich der Bus in eine Vollbremsung. Die Reifen quetschten, Passagiere schrien auf, Koffer und Taschen schienen umgekippt oder gar durch den Bus geflogen zu sein. Liane wusste nicht, wo sie sich festhalten konnte und fuchtelte wie wild, orientierungslos in der Luft herum. Die Dame neben ihr hatte im Schockmoment begreifen können, dass Liane Hilfe benötigte und griff nach ihrer Hand. Erst als der Bus vollständig gebremst hatte, atmete sie auf, um Liane zu beruhigen.

"Was ist passiert? Was ist?", fragte Liane immer wieder. "Fahren wir nicht weiter? Ist jemand verletzt?" Sie stellte die Fragen und hatte gar nicht bemerkt, dass sie sich selbst den Kopf gestoßen hatte.

"Es ist niemand verletzt. Der Bus musste abrupt bremsen, weil ein Baum durch den Sturm vor uns auf die Straße geknickt ist."

Inzwischen hörte Liane auch den Donner, der immer häufiger um sie herum grollte.

"Aber Sie haben sich den Kopf gestoßen", stellte die Dame bei genauerem Hinsehen fest. "Warten Sie, ich gebe Ihnen ein Taschentuch."

"Ich habe selbst eins, danke sehr", sagte Liane und tupfte sich die Stirn ab. "Werden wir den weiterfahren?"

"Sieht so aus, als würde es noch ein Weilchen dauern."

"Ich muss aber doch zu meiner Tochter", entgegnete sie entsetzt.

"Ihre Tochter wird doch wohl verstehen, dass Sie aufgrund vom Sturm verspätet ankommen. Wollen wir ihr eine Nachricht zukommen lassen?", fragte die Dame fürsorglich beruhigend.

"Es ist eine Überraschung", sagte Liane. Sie war aufgewühlt und fühlte das Kribbeln, das sich häufig unter ihre Haut schlich, wenn sie nicht wusste, was um sie herum passierte oder wenn sie ungeduldig wurde. Sie fuhr immer wieder mit dem Taschentuch über ihre Stirn, obschon die kleine Wunde unlängst verschlossen und getrocknet war. Der Donner kehrte wieder und wieder zurück, die übrigen Passagiere telefonierten, um Termine abzusagen oder diskutierten, wie es viele Menschen in Situationen taten, die ihre Planung durchkreuzten. Liane begriff, dass sie nichts daran ändern konnte, und lehnte sich zurück. Mit der linken Hand ertastete sie unter der Armlehne etwas, das sich wie ein getrocknetes Kaugummi anfühlte und zuckte zusammen. "Warum tun Leute sowas?", murmelte sie.

"Wie bitte?", fragte ihre Nachbarin.

"Ach nichts, nur ein Kaugummi."

"Ich verstehe, ja, davon gibt es viele."

Liane ärgerte sich darüber, solchen Dingen nicht ausweichen zu können und versuchte sich still zu verhalten und ihre Hände ineinander verschränkt auf dem Schoß zu bewahren. Der Duft nach nassem Asphalt kroch in ihre Nase, dazu gesellten sich etwas Benzinduft, Abgase und Schweiß. Sie lächelte. Die Mischung war nicht im Entferntesten ihre Liebste, sie war jedoch da, in ihrer Nase, außerhalb ihrer langweiligen vier Wände.

Endlich fuhr der Bus weiter. "Die Straßen werden langsam geräumt, auch wenn der Regen noch nicht nachgelassen hat", erklärte die freundliche Dame neben Liane.

"Danke." Liane drückte auf einen Knopf an ihrer Armbanduhr und hielt sie an ihr Ohr. "Si-eb-zehn-uhr-fünf-und-vier-zig", hörte sie die mechanische Stimme darin sagen.

"So spät schon!", schrie sie auf, "ich muss in fünfzehn Minuten bei Mika sein! Das schaffe ich niemals", stellte sie erschrocken fest.

Aufgewühlt und unvorsichtig stieg sie wie gewohnt, jedoch viel später als geplant, in den nächsten Bus. Der Regen hatte sie ein kleines bisschen während des

Umsteigens erwischt. Jemand stand für sie im Bus auf, als sie sich den Weg zum Platz neben dem Ausgang ertastete. In diesem Bus befanden sich deutlich weniger Mitfahrer als im Vorangegangenen, stellte Liane fest. Oder alle waren still und konzentriert. Drei, vier, fünf, dachte sie, bis sie klingelte. "Sind wir hier am Südcampus?", fragte sie in die Leere. "Ja", antwortete jemand, der vier oder fünf Reihen weiter entfernt gesessen haben musste. "Danke", sagte sie und stieg aus.

Auch am Campus regnete es. Sie weitete ihren Blindenstock aus und suchte sich den Weg zum Eingang. Mika hatte beschrieben, dass der Weg durch den Rasen gepflastert war, sie musste sich also lediglich am harten Boden orientieren, dachte sie. So leicht war es zu ihrem größeren Pech jedoch nicht. Sie überquerte auf gut Glück mehrere Kreuzungen und hoffte, im richtigen Gebäude zu landen.

Kapitel 6

"**A**lso, was hast du ihr noch gesagt?", wollte Roxanne wissen. Sie hielt Mika lediglich durch den Druck an ihrem Hals aufrecht gegen die Tür gedrückt.

"Nichts, nichts", hauchte Mika. "Nichts, ich habe ihr gesagt, dass die Wachleute irgendwann zurückkamen und dass eine Wächterin mich nach Hause gefahren hat."

Daraufhin löste sich Roxanne vollständig von Mika, die an der Tür hinab auf die Knie sank. "Umso besser für dich", bemerkte sie unentschlossen.

Der dumpfe Knall der Hörsaaltür auf der gegenüberliegenden Seite der Toilettenräume erschreckte beide Studentinnen.

"Entschuldigung", hörte Mika ihre Feindin leise sagen. Sie kam näher, reichte ihr die Hand und zog sie hoch. "Ich bringe dich nach Hause."

"Nein", lehnte Mika sofort ab. "Nein, ich gehe alleine. Und ich will auch nicht, dass du mir noch einmal anbietest, mich zu begleiten." Und bevor neue Gewalt entstand, fügte sie noch schnell ein "Bitte" hinzu.

Sie verließen beide verstört den Raum. Kommilitonen, die an ihnen vorbeigingen, schauten rasch zu Boden, als hätten sie Angst davor, sich einzumischen. Mika fasste sich an den Hinterkopf, noch während die Toilettentür ins Schloss fiel, und stieß jemanden mit ihrem Ellenbogen an. Verwirrt drehte sie sich um – und sah erstaunt ihre Mutter.

Diese versuchte sich stolpernd von dem Stoß zu fangen und landete dabei in Roxannes Armen.

"Lass sie los", rief Mika.

"Oh, oh, Mika, ich bin so froh, dass du da bist. Ich dachte schon, ich hätte dich verpasst und dass du bereits auf dem Heimweg bist. Kind, ich bin so erleichtert!"

Völlig entgeistert schnellte Mika zu ihrer Mutter, umarmte sie und stieß Roxanne zur Seite. "Mama, was tust du hier? Wie bist du durch das Gewitter hierhergekommen? Doch nicht etwa zu Fuß? Warum hast du nicht angerufen?"

"Zu Fuß und mit dem Bus, Kind, ich bin erwachsen. Ich bin zum Glück gut durch das Gewitter gekommen", log sie, "außerdem habe ich mehrfach versucht, dich zu erreichen."

Roxanne sah von einer zur anderen. Sie verstand die Unterhaltung, als sie sich rückwärts von den beiden entfernte und auf einen Blindenstock trat. Vorsichtig hob sie ihn auf und reichte ihn Mikas Mutter. "Das ist Ihrer, nehme ich an", sagte sie mit einer für Mika neuen, gutmütigen Stimme.

"Danke sehr." Mikas Mutter streckte ihre Hand aus, die Mikas Feindin wie selbstverständlich ergriff. "Ich bin Liane", sagte sie und nahm ihren Blindenstock entgegen. "Danke, dass Sie mich vor einem Sturz bewahrt haben."

"Ist doch kein Problem, ich habe mich sowieso noch mit ihrer Tochter über eine Hausarbeit unterhalten, die wir zusammen angehen müssen", gab auch Roxanne als Unwahrheit preis.

"Ist das so? Ich wusste gar nicht, dass Gruppenarbeiten noch bei Doktoranden anstehen. Aber ich bin ja auch nur die Mama, der erzählt man nicht alles, nicht wahr?", lachte Liane schrill, glücklich darüber festzustellen, dass ihre Tochter nicht zum Einsiedler wurde.

"Mama!", fauchte Mika.

"Wer ist deine liebe Freundin, Mika? Willst du uns nicht vorstellen?"

Mika stand völlig erstarrt da. "Nein. Ich meine, das ist nicht meine Freundin." Verwirrt nahm sie den Arm ihrer Mutter und trennte sie von der mutmaßlichen Dealerin. "Komm, wir gehen nach Hause."

Aber ihre Mutter war noch nicht fertig. "Warte, Liebes, es ist schön zu wissen, dass du nette Menschen um dich hast. Lass uns doch bitte deine Freundin als Dankeschön zum Essen zu uns nach Hause einladen, dann könnt ihr auch gleich an eurer Hausarbeit arbeiten." Liane blieb einfach stehen und strahlte bis über beide Ohren.

"Was? Nein, Mama, wir sind keine... Außerdem... Wieso danken?" Mika versuchte der Situation mit sinnvollen Argumenten aus dem Weg zu gehen, während Roxanne sie mit einem schiefen Lächeln und verschränkten Armen musterte. "Sie hat zu viel zu tun, stimmt's?" Mika wünschte sich sehnlichst, ihre Mutter könnte sehen, was für Blutergüsse Roxanne ihr zugefügt hatte und eins und eins zusammenzählen. "Mama, lass uns bitte gehen."

"Nein, ich komme gerne, ich habe viel Zeit", sagte Roxanne schnell. Sie warf Mika dabei einen drohenden Blick zu. "Danke für die Einladung, es wird bestimmt schön, unsere Freundschaft zu vertiefen."

"Wie wunderbar", sagte Liane, "Kommen Sie doch gleich morgen Abend vorbei, ja?"

Mika hörte Roxanne zustimmen, während sich ihre Hände zu Fäusten ballten. Sie schüttelte den Kopf und Roxanne nickte langsam. Sie lächelte. Die Situation gefiel ihr. Das Lächeln zeichnete sich auf ihren dünnen Lippen ab, ohne ehrlich gemeinter Freude dahinter, während sie Mika ansah. Eine Strähne ihrer langen, schwarzen Haare fiel vor ihre Augen. Sie muss sich aus dem Zopf befreit haben, als sie Mika gegen die Tür gedrückt hatte. Wenigstens ist dieser Teil des Tages auch an ihr nicht spurlos vorbeigegangen, dachte Mika. Davon abgesehen wirkte sie entspannt, ja, aufgesetzt glücklich. Dass Liane ausgerechnet in ihre Richtung gestolpert war, war wahrscheinlich wie ein Geschenk für sie. Die leichteste Art, Mika im Blick zu behalten. Sie konnte sich in ihr Leben schleichen, sie sogar erpressen, jetzt, da sie wusste, dass ihre Mutter hilfebedürftig ist. Roxanne würde erfahren, wo sie wohnt, und ihr vielleicht sogar auf dem Weg zum Tunnel auflauern, sie überfallen, ihren Uniformpullover zurückklauen. Wenn sie bereits unerlaubt im Tunnel war, ging es ihr höchstwahrscheinlich darum, Daten zu stehlen oder Banken zu überfallen, die unterirdisch mit Tresoren verbunden sind. Da könnte sie genauso gut versuchen, Mika und ihre Mutter zu überfallen. Sie wusste schließlich nicht, dass bei ihnen nichts zu holen war.

"Kommen Sie gut nach Hause", riss Roxanne Mika aus ihren Gedanken.

"Danke, gleichfalls", gab Liane zurück, "komm Mika, es regnet gerade nicht mehr, wie ich glaube, vielleicht schaffen wir es trocken heim."

"Nehmen Sie sich lieber ein Taxi", empfahl Roxanne, während sie sich von Mika und ihrer Mutter entfernte. "Man hört den Regen in den Tiefen dieser Fakultät nicht. Nicht einmal den Donner hört man in den Gängen."

Mika schaute ihr wütend hinterher. Roxanne humpelte kaum merklich. Ich hoffe, ich bin dafür verantwortlich, dass dir dein Bein schmerzt, dachte Mika. Dann schaute sie zu ihrer Mutter. Ihr schnürte sich die Kehle zu, als sie wahrnahm, wie sehr ihre Mutter in den Regen gekommen war.

"Mama, du bist ja ganz nass", sagte sie, "komm, gib mir deinen Mantel und nimm meinen."

"Ach das bisschen Regen hat noch keinen umgehauen! Fühlt sich auch mal ganz schön an", lächelte Liane und lehnte den Manteltausch ab. Dann klappte sie ihren Blindenstock zusammen, hakte sich bei ihrer Tochter ein und küsste sie auf die Wange. "Es tut so gut, mit dir unterwegs zu sein", schmunzelte sie.

"Das ist aber doch kein Spaziergang", entgegnete Mika.

"Schade."

Sie verließen die Uni langsamen Schrittes. Der Regen war zu Nieselregen geworden. Mika spannte dennoch einen großen gelben Schirm auf. Die kleinen Pfützen auf dem Weg versuchte sie nicht einmal zu umgehen.

"Wollen wir auf den Bus warten oder bevorzugst du die U-Bahn, Mama?"

"Ich würde gerne zu Fuß nach Hause gehen", sagte sie zufrieden. Mika lächelte. Sie schaute ihre Mutter genauer an, während sie eingehakt den Heimweg angingen. Vom nahen sah sie sie selten. "Wir wollten noch das Schminken üben", erinnerte sie sich. Liane lächelte daraufhin und tiefe Falten erstreckten sich neben ihren Augen, fast bis zu den Ohren. Sie entdeckte mehr Sommersprossen, als sie in Erinnerung hatte. Auch Altersflecken können sich dazu gemogelt haben, dachte sie. Dann gab sie auch ihrer Mutter einen Kuss

105

auf die Wange. "Ich freue mich, dass du hergekommen bist. Es wäre aber vielleicht ein bisschen beruhigender für alle Beteiligten, wenn du dich angekündigt hättest und das sage ich ohne Wertung. Du kannst dir ja überlegen, ob du das beim nächsten Mal so machen möchtest", erklärte Mika herzlich.

Der Abend blieb nass und kalt, der Himmel hatte sein Wolkengrau dem immer wiederkehrenden Schwarz überlassen und erinnerte Mika an ihren ersten Heimweg zur dunklen Stunde. Diesmal fühlte sie sich sicher, mit ihrer Mutter an ihrer Seite, auch wenn sie wusste, dass sie Angreifern oder umkippenden Bäumen ausgeliefert wären. Je weiter sie sich vom Campus entfernten, desto menschenleerer wurde der Weg. Die Laternen schenkten Passanten immer noch nicht genug Licht. Mika hatte wieder die Taschenlampe ihres Headsets eingeschaltet und konzentrierte sich darauf, nicht über Sturmüberbleibsel zu stolpern.

"Du bist so still, woran denkst du? Überlegst du, was wir morgen kochen können?", fragte Liane und Mika fragte sich, ob sie wirklich nicht ahnte, wie es ihr mit der Einladung ging. Und sie fragte sich, ob ihre Mutter so stark vom Wunsch geblendet war, Freunde in Mikas Leben zu bringen, dass sie verpasst hatte, zwischen den Zeilen zu lesen.

"Mama, ich will nicht, dass du einfach so fremde Leute zu uns einlädst", fing sie an zu erläutern.

"Ach Mika, hör auf, allen gleich zu misstrauen. Kein Wunder, dass du keine Freunde hast, wenn du so paranoid durch die Welt gehst wie bisher. Lass deine alte Mutter dir mal unter die Arme greifen", entgegnete Liane energisch. "Weißt du, ich war beliebt, als ich jung war. Mein Leben vor dem Unfall war durchgehend voller Freundschaften und deswegen ist es auch voller schöner Erinnerungen. Das ist viel mehr wert als ständig Risiken zu analysieren und angsterfüllt herumzulaufen."

"Es wird Nudeln mit Tomatensauce geben", unterbrach Mika ihre Mutter.

"Wirklich? Willst du dir nicht etwas mehr Mühe geben?"

Nudeln sind netter als abzusagen, dachte Mika. "Nein, nein, keine Nudeln, natürlich nicht. Es wird irgendetwas mit Kürbis geben. Die sind gerade günstig und du magst Kürbis."

"Erzähl mir von ihr, wie hast du sie kennengelernt, habt ihr gemeinsame Kurse?"

"Mama, ich habe Kopfschmerzen, können wir das vertagen, bitte?" Mika hasste sich dafür, zu lügen.

"Natürlich", sagte ihre Mutter, "du trinkst zu wenig. Vielleicht erzählt mir deine Freundin morgen mehr."

"Sie ist nicht meine...", seufzte Mika, doch gab dann auf. "Lassen wir das. Warum bist du in die Uni gekommen? Das ist gefährlich."

"Wollen wir wieder damit anfangen? Ich bin erwachsen, Mika, und ich werde doch wohl meine Tochter von der Uni abholen dürfen, oder nicht?"

"Nein", Mika wurde ungeduldig, "ich meine doch, aber nicht ohne mit mir einmal da gewesen zu sein. Ich meine, es ist gefährlich, verstehst du das denn nicht? Wenn dir etwas passiert... Außerdem ist es ganz und gar nicht üblich, seine Tochter von der Uni abzuholen, Mama. Das macht keiner!"

"Mir wird nichts passieren." Ihre Mutter blieb stehen, zog ihre Tochter an sich und beruhigte sie. "Mir wird nichts passieren, wenn du mich nicht alleine in der

Wohnung vergammeln lässt. Lass mich einfach ab und zu rausgehen, ohne dass du mich gleich anbrüllst. Du bist nicht blind, o.k.? Ich bin es, und damit ist mein Leben schon farblos genug."

Mika unterdrückte Tränen. "Du hast recht, ich bin abscheulich, es tut mir leid."

"Nein", hörte Mika ihre Mutter sanft sagen, sodass sie sich noch schlechter fühlte, "du bist nicht abscheulich. Du sorgst dich und das verstehe ich auch, aber du darfst nicht übertreiben. Wir haben nur dieses eine Leben."

Kapitel 7

Einer ihrer tiefsten Atemzüge füllte ihre Lungen, bevor Mika endlich den Türknauf des Saals drehte, in dem sich der Selbstverteidigungskurs abspielen sollte, dessen Auftakttermin sie nicht mehr länger vor sich herschieben konnte. Sie rieb sich die Handgelenke und erinnerte sich schmerzhaft an die Minuten im Toilettenraum. Sie war nervös, hatte kaum geschlafen, sondern wieder neue Bilder gemalt, um sich abzulenken.

Sie wagte die ersten Schritte in den Saal hinein, ohne aufzuschauen. Links und rechts neben dem Eingang lagen Jacken, Taschen und Schuhe auf dem glänzend polierten Parkettboden.

"Name?", hörte sie vom Weiten eine laute Frauenstimme zu ihr herüber hallten.

Sie blickte auf und sagte: "Mika Lindblad." Alle Augen waren auf sie gerichtet. Blicke, die sagten, "Schaut euch die an" und "Die hat einen Selbstverteidigungskurs dringend nötig!" Sie urteilten stumm heftiger, als Mika ertragen konnte. Zudem prallte die Hitze einer beheizten und geschlossenen Sporthalle samt Schweißdunst auf sie ein. Kurz bevor sie kehrt machen konnte, sagte die laute Frauenstimme: "Gut! Wir haben schon auf dich gewartet!"

"Ja, Entschuldigung, die Straßenbahn..." Ihre Stimme vibrierte. Sie log. Gerne hätte sie die Wahrheit gesagt: Ich wäre die Erste gewesen, wenn ich nicht dreimal den Ausgang der Straßenbahn gemieden hätte, als sie bei der richtigen Haltestelle ihre Türen öffnete, dachte sie.

"Los leg deine Sachen ab und komm zu uns rüber!" Die Frau, welche wieder nach ihr gerufen hatte, identifizierte Mika als die Trainerin. Sie tat, worum sie gebeten wurde und ekelte sich mit jedem Schritt, den sie barfuß zur Gruppe gehen musste. Die Kursteilnehmer saßen im Schneidersitz in der hintersten Ecke der Sporthalle. An die zwanzig Mädchen und zwei Jungen überschlug Mika die Zahlen in Gedanken. Ihr Hauptaugenmerk wechselte jedoch schnell von den Gesichtern zu den dazugehörigen Füßen. Sie erkannte mehr davon, als ihr lieb war, und überwand sich abermals, sich dazuzusetzen. Immer wieder rief sie sich die Minuten in der Unitoilette vor Augen, um sich zu motivieren, den Kurs durchzuziehen.

"Mika magst du dich einmal vorstellen? Wo kommst du her und warum hast du dir den Kurs ausgesucht?"

Sie zögerte. Mika hatte nicht darüber nachgedacht, ob sie offen sagen durfte, weswegen sie an dem Kurs teilnahm. "Ich komme aus Stockholm und interessiere mich für Selbstverteidigung, weil ich mehrfach wehrlos Angreifern gegenüberstand und dem ein Ende setzen möchte", erklärte sie, ohne gänzlich zu lügen.

"Danke Mika. Ich bin Tina und darf euch in den nächsten Wochen beibringen, wie ihr Angreifern nicht mehr wehrlos gegenübertreten werdet", sagte die Trainerin. "Also lasst uns loslegen, bitte sucht euch alle einen Partner!"

Mika schaute verwirrt um sich. Ihre Augenlider zuckten wieder. "Was dagegen, wenn ich an dir Übungen vormache?", fragte die Trainerin.

"Mit mir?", fragte Mika sofort hinterher.

"Ja."

Sie übten in der ersten Stunde Grundbewegungen bei einfacheren Angriffen, gingen Kraft- und Schnelligkeitsübungen durch, die jeder außerhalb des Kurses üben sollte, und sprachen darüber, wie wichtig Geduld und Ruhe in Angriffsfällen waren. Mika hörte ihrer Trainerin gerne zu. Sie hatte nicht erwartet, mit einer derart ausdrucksstarken und zugleich ausgeglichenen Erklärweise geschult zu werden. "Lernt euch selbst kennen, bevor ihr daran arbeiten könnt, euren Gegner einzuschätzen", bat Tina die Gruppe und Mika beschloss sogleich täglich zu üben. Sie wollte stärker und schneller werden. "Danke", sagte sie zum Ende der Stunde zu ihrer Trainerin.

"Wofür?", fragte sie lächelnd.

"Dafür, dass sowas reizvoll sein kann."

"Sowas?", hakte die Trainerin spöttisch nach, ohne eine weitere Antwort zu erwarten. "Jetzt aber mal ehrlich, warum bist du hier?"

Mika erschrak, "d-das sagte i-ich bereits", stotterte sie.

"Ist charmant, dass du nicht lügen kannst", grinste Tina. "Wenn du mal abends weggehst, komm ruhig mal in die T-Bar."

T-Bar, dachte Mika, kannte sie nicht. Sie kannte keine Bars. Außerdem wusste sie nicht, ob sie gerade eingeladen wurde, ob Tina mit ihr flirtete oder einfach nett sein wollte. "Warum?", fragte sie mit großen Augen.

"Warum?", lachte Tina, "du bist witzig."

Mika lächelte erleichtert.

"Die Bar gehört mir und du wärst bestimmt ein angenehmer Gast. Ich bin aber auch auf der Suche nach etwas Unterstützung hinter dem Tresen", erklärte sie, "falls du wen kennst, der wen kennt." Mit einem Augenzwinkern entfernte sie sich von Mika und ließ sie durcheinander zurück. Viel Zeit, über das Gespräch nachzudenken, hatte Mika nicht. Sie zog schnell ihre Schuhe an und lief zur Straßenbahn, um vor der Tunnel-Schicht zu Hause duschen zu können, auch wenn die Sporthalle Duschen bereithielt.

Sauber und in ihrer Uniform mit einem Pullover, den sie von Roxanne bekommen hatte, machte sie sich auf den Weg zum Tunnel. Sie wollte keine Fehler mehr machen, um das Projekt nicht wieder zu gefährden, und sie musste sich zwingen, nicht zu vergessen, sich vor dem Heimweg umzuziehen und ihre Uniform im Spind aufzubewahren. Wechselkleidung hatte sie sorgfältig in ihre Tasche gelegt, war trotz Stress früher aus dem Haus gegangen, als nötig und voller Tatendrang nach dem Selbstverteidigungskurs bei Hanne Breitbach angekommen. Doch trotz aller Bemühungen war sie vor Ort unkonzentriert, bat Hanne mehrmals zu wiederholen, was sie ihr bereits erklärt hatte aber zu ihrer Überraschung ärgerte sie die Wächterin damit nicht. Sie verhielt sich vielmehr entspannter als zuvor. Die Wächterin genoss offensichtlich das Gefühl, mit einem Dummchen zusammenzuarbeiten.

Die erste Stunde verbrachten Mika und Hanne wieder im Kontrollzentrum. Die beschädigte Steuerungsoberfläche muss früher am Tag ausgetauscht worden sein, der Strom funktionierte wieder einwandfrei und auch die anderen Beamten im Raum fuhren mit ihrer Arbeit unbeeindruckt wie am Vortag fort.

"Wurde die Einbrecherin gefunden?", fragte Mika, bevor jemand sie wieder Kaffee holen schicken konnte. Hanne saß direkt neben ihr, sah auf und musterte sie plötzlich wachsam. "Wie kommst du darauf, dass es eine Einbrecherin war?"

Mit zittrigen Augen blickte Mika zu Boden. "Eh, also war es ein Kerl?"

"Wie kommst du darauf, dass es eine Einbrecherin war? Hast du sie doch gesehen?", bohrte Hanne mit schmalen Augen nach.

Sie hatte Schweißflecken unter den Achseln. Das Bild zum Geruch nach altem Schweiß fand Einzug in Mikas Rezeptoren. Der aufgenommene Duft verantwortete unkontrollierbare Würgereize. "Nein, ich hatte es so in Erinnerung. Haben Sie das nicht gesagt?" Mikas Schnürsenkel hatten sich gelöst. Sie bückte sich zu dieser willkommenen Ablenkung und werkelte daran herum.

Die Wächterin sah ihr mit missmutigem Ausdruck zu. "Wir vermuten mittlerweile, dass es ein Mann war. Ich kann mich nicht daran erinnern, etwas Gegenteiliges gesagt zu haben."

Mika erhob sich wieder und zwang sich nun, Hanne ins Gesicht zu sehen. Man sah ihr die Berufsjahre an. Nicht nur, weil Hanne Breitbach ungepflegte, ledrige Haut voller kleiner, unreiner Poren war, sondern auch weil sie müde Augen, geschwollene Tränensäcke, graue Haare und Übergewicht vorwies, welches durch jahrelangem Bewegungsmangel in ihre Haltung gekrochen war. "War es vielleicht die Botin, die ein Päckchen für Sie hier abgeholt hat?"

"Wie kommst du denn darauf? Ganz bestimmt nicht!", antwortete die Wächterin genervt. "Du bist der Aufgabe nicht gewachsen, im Tunnel zu arbeiten. Ich werde noch einmal mit Professorin Roth sprechen."

"Noch einmal? Ich bin nicht hier, um zu arbeiten", entgegnete Mika nun ebenfalls genervt. "Ich soll die Sicherheit..." Sie unterbrach sich selbst. Sie erinnerte sich an die Worte ihrer Dozentin. Sie musste sich fügen. "Bitte geben Sie mir noch eine Chance, es ist so spannend hier. Und ich kann noch so viel von Ihnen lernen. Heute ist einfach nicht mein Tag und ich habe auch nichts zu melden. Und wenn ich nun darüber nachdenke, bin ich mir sicher, dass es nicht die Person war, die die Karte von Ihnen bekommen hat."

Hanne Breitbach lächelte.

Mika hielt für sich fest, wie einfach es doch war, ihr zu schmeicheln. Für den Augenblick war sie beruhigt. Das änderte aber nichts daran, dass die Uhren für Mika rückwärts zu laufen schienen.

Am Abend hatte sich das Gewitter wieder eingefunden und es kündigte sich selbst durch heftigen Regen an. Hanne begleitete Mika wie gewohnt am Ende der Schicht hinaus, weil sie keine Schlüssel besaß und das System auch nicht mit ihren Fingerabdrücken funktionierte. Nach jeder Schleuse hörte sie den Regen deutlicher die Abwasserkanäle fluten. Dann erlebte sie die nächste Überraschung: Hinter dem massivsten aller Stahltunneltore, dem Letzten, der sie vom Tageslicht trennte, stand Roxanne ganz dicht am Tor, unter dem Vordach, dem Regen entfliehend. Mika erschrak. Ihre Muskeln spannten sich allesamt augenblicklich an.

Draußen, jenseits des Eingangs, preschte der Regen laut und deutlich gegen die noch warme Straße. Der Geruch von Spätsommerregen und nassem, dampfendem Asphalt kroch dumpfer als in den ersten Regentagen, jedoch trotzdem deutlich in Mikas Nase. Roxanne trug den grauen Pullover, den Mika ebenfalls kannte. Er war auf den Schultern dunkel vom Regen, genau wie Roxannes Haare, die sich teilweise aus ihrem Pferdeschwank gelöst hatten und auf ihrer Stirn und an ihren Wangen klebten.

Die Wächterin blieb skeptisch im Schutz des Tores stehen. Sie starrte wie versteinert auf die Fremde. Mika blickte von der einen zur anderen. Erkannte Hanne Breitbach die Einbrecherin? War sie vielleicht doch nicht so unsensibel und erkannte, dass der Besuch nicht von Mika erwünscht war? War die mutmaßliche Dealerin gekommen, um Hanne Breitbach zu prüfen oder ihr gar etwas anzutun? Kannten sie sich womöglich von einem gänzlich anderen Kontext her?

"Entschuldigung", sagte Roxanne, bevor Mika voreilig etwas Dummes tun konnte, "es regnet und dieser Eingang ist wenigstens ein bisschen überdacht. Ich kann gehen, wenn das Herumstehen hier nicht erlaubt ist." Neckisch starrte sie zurück in die Augen der dicklichen Wächterin.

Hanne wusch sich mit der Hand über das unreine Gesicht. "Wieso sind hier nur so viele Kinder?", fragte diese jetzt niemanden Bestimmtes. "Verzieht euch! Ich gehe wieder rein. Wir sehen uns morgen", sagte sie zu Mika und fügte noch ein leises "leider" hinzu.

Mika nickte nur. Das schwere Tor schloss sich hinter Hanne Breitbach und sie war allein mit Roxanne, in einem Niemandsland zwischen den Tunneln und der Oberwelt.

"Ihr seid die besten Freunde, sehe ich das richtig?", lachte Roxanne.

"Was soll das?", flüsterte Mika.

"Du musst lauter sprechen bei diesem Regen. Was stimmt denn nur nicht mit dir?" Roxanne lachte erneut.

"Wieso mischst du dich in mein Leben ein? Wir könnten beide eingebuchtet werden, wenn du auffliegst und
ich mit dir in Verbindung gebracht werde. Willst du
das?", fragte Mika lauter als beabsichtigt.

"Du kannst ja doch deutliche, vollständige Sätze von
dir geben", stellte Roxanne trocken fest. Sie beobachtete Mika für einige Sekunden, bis sie antwortete.
"Wieso tust du es?"

"Mich in dein Leben einmischen? Wann..."

Roxanne unterbrach sie: "Warum lässt du zu, dass ich
mich einmische?"

"Was soll das? Ich habe dich etwas gefragt..."

Wieder wurde sie unterbrochen. "Denk nach, bevor du
sprichst", verlangte Roxanne eindringlich.

Wut sammelte sich in Mikas kribbelnden Fingerspitzen. Diese Fremde war für sie eine Mischung aus
Gefahr und schwer zu akzeptierender Rhetorikschule.
Sie kannte die Antwort. Sie wusste, dass auch ihr Gegenüber die Antwort kannte. Sie hatte Angst, bedroht
zu werden. Sie hatte Angst davor, dass ihre Mutter
bedroht wurde.

Bevor sie antworten konnte, fuhr Roxanne fort: "Jetzt,
da du weißt, warum du es zulässt, dass ich hier bin
und mich in dein Leben einmische, können wir uns
auf das Wesentliche konzentrieren, oder nicht?" Sie
ging einen Schritt auf Mika zu. "Ich bin hier, weil ich
nicht weiß, wo du wohnst und deine Schichten stehen
im Projektplan in Professorin Roths Büro."

"Ich habe noch keine Antwort darauf, warum du es
tust", sagte Mika starr, obwohl sie das Bedürfnis ver-
spürte, sich einen Schritt von Roxanne zu entfernen.
"Du verschaffst dir wohl öfter unerlaubten Zugriff zu
Daten und Räumen, was?"

116

"Professorin Roths Büro ist leicht zu durchkämmen, wenn sie etwas Chloroform schnuppert, sagen wir es mal so", bemerkte Roxanne und grinste dabei.

"Ich weiß, warum ich es zulasse, dass du dich in mein Leben einmischst. Warum aber tust du es?", fragte Mika.

"Du weißt zu viel. Möglicherweise bist du aber dumm und harmlos und kannst mit dem Wissen nichts anfangen, wenn dir nicht einmal in den Sinn kommt, dass ich genau das für bedrohlich halte", entgegnete Roxanne.

"Du hältst mich für bedrohlich? Wie kannst du dann hier auftauchen und keine Angst davor haben, dass ich dich verpfeife? Wie kannst du sicher sein, dass dich kein Wachmann, der dieses Tor verlässt, sofort festnimmt, weil ich dich verpfiffen habe? Wie kannst du sicher sein, dass hier keine Kameras sind? Oder dass dich niemand wegen der Aufnahmen deines Einbruchs erkennt?"

"Nein, ich halte nicht dich persönlich für bedrohlich. Dein Wissen. Ich kann nicht ausschließen, dass dir etwas rausrutscht. Ich kann nicht ausschließen, dass du es deiner Mutter erzählst. Wobei ich vermute, du willst sie vor bösen Kommilitoninnen schützen, und das beruhigt mich. Du wirst es vermutlich auch keinem Wachmann oder Professorin Roth erzählen, weil du mit drin hängst." Die mutmaßliche Dealerin hielt kurz inne und überlegte dann laut weiter: "An die Aufnahmen habe ich gedacht, ich habe mich in das ach so wasserdichte System gehackt und Bilder der schlafenden Wachmänner hinterlegt."

"W-was?", stotterte Mika. Sie wusste nicht, ob Roth jetzt dachte, Mika hätte gelogen und nicht alleine im

Dunkeln im Kontrollzentrum gewartet oder Mika selbst habe die Alibi-Aufnahmen der schlafenden Wachmänner eingespielt.

"Formuliere deine Frage noch einmal, am besten mit ein, zwei weiteren Worten, sodass ich sie mit Sinn erfüllen kann, bitte." Roxanne lächelte schief.

Doch Mika schwieg in Gedanken versunken, bis Roxanne mit übertriebener Geste und spöttisch in ihre Hände klatschte. "Wenn du meiner Mutter auch nur ein Haar krümmst, ist mein Wissen bald kein Geheimnis mehr", drohte Mika spontan. Plötzlich war die Angst vor ihrer Professorin größer als die vor Roxanne.

"Jetzt kommen wir der Sache näher", sagte diese eine Tonlage tiefer und einen kleinen Schritt näher an Mikas Körper. Die Zähne zusammenbeißend hauchte sie "Genau das wollte ich von dir hören" in Mikas Ohr. Ihre beiden Hände schnellten vor, sie verdrehte Mikas Arme und diese verzog das Gesicht vor Schmerzen. Zwischen ihren Körpern drehte Roxanne Mikas Arme weiter und weiter. "Das ist der Grund, weshalb ich mich in dein Leben einmische, deine Mutter ist meine Lebensversicherung, und jetzt setz dich." Sie schubste Mika bestimmend gegen das Tor.

Mika sank auf den Boden. "Mama wartet auf mich", sagte sie mit Tränen in den Augen.

"Auf uns", korrigierte Roxanne. "Aber es regnet mir zu sehr. Ruf sie an und sag ihr, dass wir später kommen."

Mika lehnte ihren Kopf an das Tor und schloss die Augen. Bis zu diesem Abend hatte sie Regen geliebt, seinen Klang, seine Kälte und wie er die Welt um sie herum duften ließ. Er spuckte die Smogdecke wie einen dreckigen Wasserfall vom Himmel auf die Straßen und Fahrzeuge bewegten sich an Regentagen wie Schiffe in einem Sumpfgebiet. Keiner schützte sich an solchen Tagen davor, denn der braune Regen war warm und an sich Schutz genug. Mit ihm umhüllte meistens Nebel die geisterähnlichen Passanten. An solchen Tagen geschahen keine Verbrechen in Sichtweite. Mika liebte den erdigen Geruch und die Tatsache, dass Atmen ihr schwerer fiel als sonst. Sie mochte jedes Gefühl, das sie daran erinnerte, wie viel Glück sie damit hatte, zu leben und gesund zu sein. Sie mochte auch den Schmerz, den Roxanne auf ihren Unterarmen verursacht hatte, den ihre Handabdrücke noch bezeugten, den Schmerz in ihrer Schulter und auch den in ihrer Kehle, der seit dem Vorabend anhielt. Sie spürte, wie Roxanne sich neben sie auf den Boden setzte. Die plötzliche Wärme des fremden Körpers verbreitete sich auf ihrer Haut und bereitete ihr eine Gänsehaut. Sie schaute auf und fand sich damit ab, dass sie nicht trocken in die Stadt kommen würden, sondern festsaßen. Zudem versuchte sie im schwindenden Tageslicht des Himmels den Zorn zu finden, der sie ermutigte, sich zu wehren.

Der Regen fiel langsam im Schein der Laterne vor den Toren nieder, als wäre er gerne der erste, viel zu warme Schnee. Herbst, die Avantgarde des Winters, dachte Mika. "Wie heißt du eigentlich?", fragte sie dann, der Stille ein Ende setzend, und bereute es sofort.

"Ist das wichtig?"

"Vielleicht muss ich dich irgendwann mal beim Namen nennen", bemerke Mika. Sie wunderte sich über ihre eigenen Worte, als wären sie nicht von ihr gekommen.

"Dann ruf mich."

"Und wenn ich dich rufe, darf ich dich nennen, wie ich will, und du weißt, dass ich dich meine?"

"Du weißt doch längst, wie ich heiße."

"Roxanne", flüsterte Mika, "aber dich nennt niemand Roxy, oder?"

"Manche schon. Du aber nicht." Roxannes dunkle Augen blickten zu Mika und ließen die nächste Wortpause zwischen ihnen entstehen.

Mika traute sich, sie aus der Nähe anzuschauen. Sie erinnerte sich an die Prügel, die sie bekommen hatte, kurz nachdem sie Roxanne das letzte Mal länger angesehen hatte. Trotzdem konnte sie nicht damit aufhören. Sie muss Ende zwanzig sein, dachte Mika, alt im Vergleich zu den anderen Studenten. Jung für die Menge an Falten um ihre Augen und Mundwinkel, auf ihrer Stirn und zwischen ihren Augenbrauen. Jung für die stark gerötete Sklera, von erweiterten Blutgefäßen übersät. Zusammen mit den tiefen, dunklen Augenringen erkannte Mika Schlafmangel hinter der harten Fassade. Ihre Iris, die Mika für Grau gehalten hatte, war im Laternenlicht und aus der Nähe dunkelbraun, aber von einem breiten dunkelgrünen Limbus umgeben. Sie war fasziniert von der Farbmischung und erschrak, als Roxanne blinzelte und wegsah. Ein Lächeln zeichnete sich knapp in ihren Mundwinkeln ab. Die Falten hingegen kannte Mika nur von fröhlichen Menschen, die viel lachen. Zu ihrem Unmut machten sie Roxanne sympathischer.

"Schmerzt dein Bein noch?", wollte Mika wissen.

"Mein Bein?"

"Du bist gestern gehumpelt", sagte Mika und ihr Blick fiel nun auf die verschorften Knöchel ihrer Sitznachbarin. "Und was ist deinen Knöcheln passiert, kommt das vom Einbruch?"

"Oh, wie fürsorglich von dir", lachte Roxanne, ohne eine erklärende Antwort zu verschenken. "Wie bist du an das Projekt gekommen?", fragte sie schließlich.

"Lange Geschichte."

"Du stellst unsensibel viele Fragen, aber Smalltalk ist nicht so dein Ding, was?", lachte Roxanne.

Smalltalk war in der Tat seit Jahren kein Teil mehr von Mikas Leben. "Ich sagte nur, dass es eine lange Geschichte ist, o.k.? Ich stelle keine Fragen mehr, keine Sorge", log Mika gereizt.

"Ich habe Zeit." Roxannes Kiefer entspannte sich. Sie schaute in den Himmel.

Mika folgte ihrem Blick. Es regnete und regnete. Aber sie wollte nicht warten, bis sie trocken nach Hause gehen könnten.

Das Gefühl, Zeit zu haben, um jemandem von sich zu erzählen, war für sie neu. Sie konnte es nicht einordnen. Sie konnte nicht genau erfassen, ob es ihr Angst machen sollte. "Zeit", sagte sie, "haben wir eigentlich nicht."

Die Nacht breitete sich schleichend über dem Gelände aus, der Körper neben Mika zitterte, der Abend wollte ihnen keine trockenen Füße gönnen und sie wollte nicht noch dasitzen, wenn Hanne Breitbach ihren sicher nicht wohl verdienten Feierabend antrat, also stand sie auf. "Wir gehen jetzt", sagte sie bestimmend.

"Auf keinen Fall", entgegnete Roxanne, die ernst zu ihr aufblickte.

Mika sah Panik in ihren Augen. "Wieso nicht?", fragte sie vorsichtig.

"Ich mag Regen einfach nicht, o.k.?" Roxanne schaute auf den Asphalt vor ihren Füßen.

"Warum nicht?", fragte Mika vorsichtig, doch Roxanne starrte weiter auf den Boden. "Was ist passiert?"

"Ich will nicht darüber sprechen."

"Wir holen uns hier den Tod", stellte Mika entschieden fest. "Ich gehe jetzt, bevor die Nacht das letzte bisschen Wärme schluckt." Aber sie zögerte. Das wäre ihre Chance, ohne die gewalttätige Person hinter der lächelnden Fassade zu gehen. Doch noch bevor sie sich beschweren oder Mika festhalten konnte, sagte Mika: "Und du kommst mit." Sie streckte Roxanne die Hand entgegen, als würde sie fremdgesteuert. Dabei wollte sie ihr eigentlich nicht zeigen, wo sie wohnte.

"Das hast du gerade noch so retten können", lachte Roxanne.

"Wie meinst du das?"

"Ich wäre dir gefolgt, wenn du jetzt gegangen wärst, und das wäre für dich alles andere als schmerzfrei gewesen."

"Die Aufnahmen von deinem Einbruch habe ich übrigens gelöscht", bemerkte Mika, während Roxanne ihre Hand ergriff und aufstand.

Sie positionierte sich erwartungsvoll vor Mika. "Das war aber nicht sehr klug von dir", stellte sie mit geneigtem Kopf fest. Dann lächelte sie und drehte sich um. "Los lauf vor."

Bei Mikas Wohnblock angekommen, keuchten beide heftig. Eine Dreiviertelstunde waren sie wie zwei Verrückte bis in die Region gerannt, in der Mika wohnte. Roxanne war schreiend hinter Mika den gesamten Weg hergerannt, als wäre ihnen ein Mörder oder Tornado auf den Fersen. Sie quälten sich die

Treppen hoch. Im Wohnungsflur dann, gebeugt und auf ihre Knie gestützt, rangen beide nach Luft. "Du bist völlig verrückt", stellte Mika fest.

Roxanne richtete sich halbwegs erholt auf. "Nein", war alles, was sie dazu zu sagen hatte. Regentropfen fielen von ihren Haaren, ihrer Kleidung, ihren Wimpern. Roxanne fasste sich an ihr linkes Bein und verzog das Gesicht.

"Ich weiß, dass ich keine Fragen mehr stellen wollte, aber wie schlimm ist es?", fragte Mika.

Da trat Liane in den Flur. "Kinder, da seid ihr ja endlich! Was ist denn so Dringendes dazwischengekommen?" Sie berührte Roxanne am Arm, denkend, sie sei Mika. "Ihr seid ja völlig durchnässt. Hattest du etwa wieder keinen Regenschirm dabei, Mika Lindblad?"

"Nein, vergessen", antwortete Mika und Liane bewegte sich in Richtung ihrer Stimme.

"Bitte trocknet euch erst einmal ab. Mika, gib deinem Gast trockene Kleindung von dir, ja? Und dann bräuchte ich etwas Hilfe in der Küche."

Roxanne und Mika rührten sich nicht.

"Na", griff Liane in das Schweigen der beiden ein, "ihr wollt euch doch nicht erkälten. Los, Mika, bitte zieht euch etwas Trockenes über." Dann lächelte sie ein schiefes Lächeln, als habe sie sagen wollen, dass es sehr wohl eine tolle Idee von ihr war, dieser Freundschaft einen Schubser zu geben.

Mika ging voraus und Roxanne folge ihr, ohne dazu eingeladen worden zu sein. Roxanne konnte aus dem Korridor heraus einen Blick in die Wohnküche und einen Raum, in dem nur ein Bett stand, werfen. Die Wände waren kahl zwischen all der Dekoration. Zahlreiche Kürbisse und Weihnachtskugeln hingen auch in der Wohnküche. Das Bett und das Sofa sahen abgenutzt aus. Einen Küchentisch und Stühle konnte sie noch sehen, aber keine weiteren Möbel. Sie sah keine Bilder an den Wänden, keine Lampenschirme, welche die Glühbirnen an den Decken umgaben, keine Pflanzen. Doch schon die Türschwelle zu Mikas Zimmer fühlte sich wie das Portal in eine andere Welt an. Hier sah sie so viel, dass sie mehrere Sekunden auf eine Stelle hätte schauen müssen, um alles zu erfassen. "Wow", entfloh es ihr.

"Ja, es ist unordentlich. Ich hatte nicht erwartet, dass jemand mein Zimmer sehen würde", entgegnete Mika beiläufig.

Roxanne schüttelte den Kopf. "Kompensierst du hier die Leere vom Rest der Wohnung?"

Kein Quadratzentimeter der Wände war frei von Bildern, Farbe, Bücherregalen, Büchern, Kerzen. Der Boden war mit bunten Teppichen bedeckt und auf Mikas Bett lag eine ebenso bunte Tagesdecke unter zahlreichen bunten Kissen. Über ihnen hing ein Papierlampenschirm, den jemand bunt angemalt hatte, und an der Decke waren selbst angebrachte Holzbalken, Plastiksterne und ein großer Regenbogen mit einer Sonne, ebenfalls selbstgemalt.

"Ist das dein Kinderzimmer?", wollte Roxanne wissen.

"Nein, wir sind gerade erst eingezogen...", begann Mika zu erklären, bis sie peinlich berührt begriff, dass das Zimmer nicht ihrem Alter angemessen eingerichtet war. "Hier", hastig reichte sie Roxanne ein Handtuch, Jeans, eine Bluse mit Blumenmuster und einen grünen Kapuzenpullover und lächelte flüchtig. Es war der Einzige, den sie besaß. "Du kannst auch ein

124

Sweatshirt haben. Das mit dem Pullover ist mehr so ein Scherz", erklärte sie sich.

"Danke, nicht witzig", sagte Roxanne während sie sich auszog.

"O.k., ich lasse dich dann alleine." Mika fragte sich, ob es Roxanne egal war, dass sie halbnackt vor Mika in ihrem Zimmer stand.

"Willst du dich nicht auch umziehen?", fragte sie nur.

Mika hatte seit Kindesalter nicht mehr so viel fremde Haut auf einmal gesehen, außer die ihrer Mutter. Sie empfand Roxanne nackt wie einen Autounfall. Sie wollte weggehen, konnte aber nicht. Angezogen wirkte sie eher mager, in dem Moment aber konnte Mika den Blick nicht vom definiertesten Körper, seit sie denken konnte, abwenden.

"Ist es dir unangenehm, dass ich mich hier umziehe? Oh Gott, das tut mir leid", hastig zog sich Roxanne Mikas Jeans an und den Pullover über. "Wo ist das Bad?"

"Gegenüber", antwortete Mika monoton, bis das Bild des blutenden Beins in ihrer Wahrnehmung angekommen war. "Aber dein Bein, jetzt lass mich dir bitte helfen", insistierte sie leise.

Roxanne verließ jedoch rasch und schweigend das Zimmer.

Mika sah ihr hilflos hinterher. "Im rechten Badschrank ist ein Erste-Hilfe-Set, bitte bediene dich", flüsterte sie laut. Roxanne antwortete jedoch nicht.

Einige Sekunden stand Mika allein in ihrem Zimmer. Erst jetzt fühlte sie, wie kalt ihr war. Sie schloss das Zimmer vorsichtshalber ab und zog sich um.

Nachdem sie trockene Kleidung angezogen hatte, ging sie mit zittrigen Händen langsam in die Wohnküche.

125

Vor dem Küchentresen standen ihre Mutter und Roxanne nebeneinander. Ein völlig neues Bild für Mika, an das sie sich nicht gewöhnen wollte. Liane las das Blindenschrift-Kochbuch vor und Roxanne zerhackte ungeduldig und geräuschvoll einen Kürbis, als würde sie Holz hacken. Jene Frau, die sie am Vorabend gewürgt und kurz zuvor an den Handgelenken verletzt hatte, stand nun in ihrer Jeanshose neben ihrer Mutter in ihrer Küche mit einem scharfen Messer. Sie stolperte verwirrt zu ihr und übernahm ihre Aufgabe.

"Ich hätte das schon hinbekommen", lachte Roxanne entspannt, als wären sie wirklich Freunde.

"Setz dich, du bist unser Gast", sagte Mika knapp und forderte auch Liane dazu auf, sich zu setzen. Dann bereitete sie das Essen alleine weiter vor und lauschte dem Gespräch der beiden.

"Also", sagte Liane, "wie haben Sie meine Tochter kennengelernt? Mikas Kopfschmerzen verweigerten mir gestern die Geschichte."

"Kopfschmerzen?", fragte Roxanne. "Sind sie wieder weg?" Sie hielt Blickkontakt mit Mika.

"Ja, danke." Mika nickte flüchtig.

"Waren sie sehr stark?", insistierte Roxanne.

"Reicht es nicht, dass sie weg sind?", entgegnete Mika schroff.

Liane räusperte sich. "Dann hole ich jetzt den Pürierstab raus", lachte sie, stand auf und ging zum Küchenschrank.

"Sie können mich gern duzen", sagte Roxanne zu Liane, "ich bin Roxanne."

"Schöner Name. Liane", antwortete Mikas Mutter und hielt ihrer Tochter das Küchengerät hin.

Mika wurde wütender, ergriff es und stellte den Pürierstab auf Turbo.

"Also, in der Uni habt ihr euch sicherlich kennengelernt, oder?", fragte Liane, nachdem sie sich wieder gesetzt hatte.

"Ja", sagte Mika.

"Nein", sagte Roxanne gleichzeitig.

"Nicht?", fragte Liane.

"Erzähl du die Geschichte", ließ Roxanne Mika den Vortritt.

"Wir, eh, wir sind einfach in denselben Vorlesungen und du hast uns zufällig...", begann Mika, bis sie von Roxanne unterbrochen wurde.

"Zufällig haben Sie uns dabei erwischt, wie wir uns über die Tunnel unterhielten, daher kennen wir uns."

"Was? Nein, wir kennen uns nicht wegen der Tunnel", sagte Mika entsetzt.

"Nicht? Das wäre aber schön, Mika liebt die Tunnel", sagte Liane.

"Tut sie das?" Roxanne grinste breit, offensichtlich amüsierte sie die gesamte Unterhaltung.

"Die Suppe ist fertig", sagte Mika, griff nach Roxannes Teller und klatschte lieblos eine viel zu dickflüssige Portion hinein, die nicht einmal dampfte.

"Ich liebe Püree! Was liebt Mika so sehr an den Tunneln?", wollte Roxanne von Liane wissen.

"Da fragst du die Falsche. Ich wünschte, es wäre nicht so. Sie hätte sich so viele harmlosere Hobbys aussuchen können, stattdessen will sie die gefährlichen Tunnel unter uns sicherer machen. Verrückt, nicht wahr?"

"Mama!", flüsterte Mika, stellte zwei weitere Teller auf den Tisch und setzte sich. Ihr wurde das Ganze zu viel und Roxanne merkte, dass sie ihre Chance aufs Spiel setzte, länger zu bleiben.

"Die Tunnel sind nicht gefährlich", beruhigte Roxanne Liane und blickte Ernst zu Mika, die widererwarten nicht mehr harmlos schien. "Haben Sie die Nachrichten verfolgt?", wechselte sie dann schnell das Thema. "Die Geburtenrate von Jungen soll wieder stark gesunken sein. Stärker denn je, ist das nicht gruselig?"

"Oh ja, das ist es", antwortete Liane, "wohin das wohl führen mag."

"Gott sei Dank leben wir in einer Zeit, in der Wissenschaftler auch so etwas lösen können, oder?", stellte Roxanne fest.

"Bestimmt", lachte Mika.

"Erzähl mir von dir", bat Liane ihren Gast, "was hast du mit dem Tunnelsystem am Hut?"

"Das würde mich auch interessieren", schloss sich Mika mit einem aufmerksamen Blick an, lehnte sich entspannt zurück und genoss, wie sich das Blatt wendete.

"Nichts", sagte Roxanne, während sie Mikas Blick erwiderte. "Bei dem Gedanken an die Tunnel bekomme ich eine Gänsehaut."

Mika seufzte laut und sah in die Runde. Alle Teller waren leer bis auf der ihrer Mutter. Dennoch fing sie an, den Tisch abzuräumen, während Liane noch aß.

"Was begeistert dich denn an den Tunneln?", hakte Liane nach.

"Was soll ich sagen? Da gibt es nichts Spannendes", antwortete Roxanne ausweichend.

Mika dachte an den Regen, forderte die verletzliche Seite Roxannes aber nicht vor ihrer Mutter heraus.

"Bist du hier aufgewachsen? Wie gefällt dir das Studium? Hast du Geschwister?", fragte Liane nun weiter.

Mika räusperte sich, um ihr zu signalisieren, dass sie es übertrieb. Dabei machte sie eine entschuldigende Geste in Richtung Roxanne, doch diese hatte einen leeren Blick aufgesetzt, der Mika an den frühen Abend erinnerte. "Kannst du mir das Salz bitte geben, Roxanne?", fragte sie, um sie zu wecken.

"Das kann ich doch auch", rief Liane und griff in die Tischmitte, exakt an die Stelle, an der das Salz stand, wo Mika es am Morgen routinemäßig hingestellt hatte. "Ich habe zu viele Fragen gestellt", gestand sie dann ein. "Du musst nichts von dir erzählen. Wie war es heute für dich, Mika?", wandte sie sich an ihre Tochter. "Hat die dicke Wächterin dich wieder geärgert?", fragte sie, während sie auch ihren Teller von sich schob.

Mika stellte gerade das Salz an die dafür vorgesehene Stelle und sah aus den Augenwinkeln, wie Roxanne – wie mit einem Schnipsen aus dem Trancezustand erweckt – aufblickte. "Geärgert?" Zwischen ihren Augenbrauen entstand eine einzige tiefe Falte, eine Reaktion, die Mika auch nach den wenigen Tagen ihrer Bekanntschaft schon gut deuten konnte – sie dachte nach oder war schlagartig verärgert worden. "Was hat sie getan und warum bist du noch da?"

"Ja, sie ist ein Scheusal", fuhr Liane fort.

Mika wurde mulmig, während sie sich den leeren Teller ihrer Mutter schnappte, um ihn abzuwaschen. "Nein, ist sie nicht, ich übertreibe manchmal gerne", wiegelte sie ab, denn über Hanne oder Tunneldetails wollte sie auf keinen Fall mit Roxanne sprechen.

"Ach ne", lachte Roxanne und Liane stimmte ihr zu.

"Es wird besser", fuhr Mika fort, ohne sich ablenken zu lassen, "sie ist eine einsame Frau. Meiner Meinung nach steckt ein gutes Herz in ihr, das nur noch nicht gestohlen wurde, das ist alles. Und, bist du jetzt hier aufgewachsen, oder nicht?"

"Clever, das Gespräch jetzt auf mich zu lenken. Aber den langweiligen Teil können wir auf später verschieben. Zurück zur Tunnelwächterin", konterte Roxanne.

Liane nickte energisch. "Sagtest du nicht, wollte einen Kurier mit Tunnelplänen zu sich nach Hause schicken?"

Mika seufzte stumm, zwischen den Zeilen hatte ihre Mutter noch nie lesen können.

"Pläne, Kurier?" Roxanne wirkte mit jeder Sekunde aufgeweckter.

"Nein, keine Pläne, kein Kurier, kein Geärgere. Wo bist du aufgewachsen, verdammt?", versuchte Mika es erneut.

"Na, Mika! Fräulein!", ermahnte ihre Mutter sie.

"Ich mein ja nur, ist nicht langweilig, darüber zu sprechen, findest du nicht auch?", murmelte Mika. Sie polterte mit dem Geschirr in der Spüle herum, um ihren Frust nicht vor ihrer Mutter an Roxanne rauszulassen.

"Kannst du nicht etwas leiser abspülen?", bat Liane ihre Tochter.

Roxannes Kiefer spannte sich wieder an. "Ich will mehr über diese Frau wissen."

"Na, na, ich möchte hier kein 'will' hören", ermahnte Liane ihren Gast.

"Entschuldigung", Roxanne schaute tatsächlich beschämt auf ihre Hände. "Ja, ich bin hier aufgewachscn. Ich mag das Studium sehr und", sie ließ eine Pause entstehen, die immer länger und unangenehmer wurde, "ich habe einen Bruder. Das Essen war übrigens sehr lecker. Kann ich dir helfen?", fragte sie Mika. "Ich könnte abtrocknen."

Mika war überrascht – Roxanne hatte etwas von sich erzählt. Da gibt es jemanden, den sie liebt, dachte sie, oder hasst. Jemanden, mit dem sie ebenfalls erpresst werden könnte. Sie griff nach einem Handtuch und setzte sich wieder an den Tisch, noch während sie ihre Hände trocknete. "Nein, danke, das Geschirr trocknet von alleine", lehnte sie dankend ab. Sie schaute ihre Kommilitonin nachdenklich an.

Roxanne war ebenfalls in Gedanken versunken, während sie die verletzte Stelle ihres Beins an dem Stahlbein des Stuhls kühlte. Liane fühlte sich mittlerweile unwohl, die Fragen und die ganze Veranstaltung bereuend, und Mika überlegte, wie sie die Stimmung auflockern könnte. "Soll ich deine Lieblingsplaylist durch die Lautsprecher jagen, Mama?", fragte sie schließlich.

"Oh ja, das wäre schön." Liane strahlte sofort.

Mika sprang daraufhin auf und hantierte mit dem altmodischen CD-Player herum. "Ich hab's gleich", kündigte sie an, obwohl weder Liane noch Roxanne Ungeduld kundtaten. Die Musik änderte die Stimmung kaum, außer, dass sie klassische Musik hörten, während sie schweigend ihre Gläser leerten.

"Es tut mir leid, dass ich Umstände bereitet habe. Die Suppe war ungelogen wahnsinnig gut." Roxanne warf Mika einen entschuldigenden Blick zu, die aus Mitleid den Kopf schüttelte.

"Du musst dich nicht entschuldigen", sagte sie, "jeder hat Dinge, über die er nicht so gerne redet. Wir stellen einfach keine Fragen, sondern du erzählst, was du willst und wann du willst, einverstanden?"

Liane griff nach Mikas Hand. "Du liebes Kind", sagte sie. Sie hätte bei der Frage nach Mika sicherlich Stunden von ihr erzählen können, aber Mika würde wohl nicht viel erzählen, wenn man nach ihrer Mutter fragte, einfach um sie zu schützen.

"Mein Bruder liegt schon länger im Krankenhaus", fuhr Roxanne nun zögernd fort.

"Oh, das tut mir sehr leid", sagte Liane und Mika wusste, dass sie sich mehr Fragen verkniff.

"Ja, es geht ihm nicht sonderlich gut." Roxannes Hand fuhr zu ihrem Kopf. Sie massierte sich die Schläfen, woraufhin Mika ahnte, dass die Geschichte schlimmer war, als Roxanne ausdrücken konnte. Sie kämpfte gegen den Drang, ihr eine Hand auf den Arm zu legen, und versuchte, weniger Mitgefühl in den Blick zu legen, den sie ihr zuwarf. Das Gefühl, Roxanne erschleime sich Mitleid, schlich sich unter ihre Haut.

"Er ist bestimmt ein netter junger Mann, wohlerzogen wie du", schlussfolgerte Liane. "Wenn du dir Gesellschaft wünschst, komme gerne jederzeit zu uns."

Mika schaute entsetzt zu ihrer Mutter. Dann schüttelte sie beschämt den Kopf und sagte mit Blick auf Roxanne: "Ja, unsere Tür steht offen." Wobei sie einen Hauch Ironie in ihren Worten nicht ganz verbergen konnte.

"Du wirst mich gleich schon los", flüsterte Roxanne, "keine Sorge."

In Gedanken stritten sich Mikas Engel und Teufel: Sie muss verzweifelt gewesen sein, wenn sie ihre Freiheit riskierte, um mit einem Einbruch im Tunnel irgendetwas zu klauen. Sei nicht so hart zu ihr! Ja, die Erinnerung daran bereitete Mika Magenschmerzen.

"Und wenn du ihn besuchst und dir dabei Gesellschaft wünschst, kommen wir mit", bot Liane nun an.

"Was?", fragte Mika schrill. "Ich glaube, du gehst zu weit, Mama."

"Nein", war auch Roxannes schnelle Reaktion. "Danke für das Angebot, aber nein." Sie schaute nervös von Liane zu Mika. "Oder", sagte sie dann, "wenn ich es mir recht überlege, ja. Ja, Luca würde sich bestimmt über Besuch freuen und ich selbst auch, um ehrlich zu sein."

Verständnislos sah Mika sie an und bekam ein verschmitztes Lächeln zur Antwort. Mika begriff - es ging ihr nicht um ihren Bruder, sondern darum, Mika und Liane, die Mika wichtig war, stärker an sich zu binden. Sie baute die Kontrolle, die sie über Mika haben wollte, über ihren kranken Bruder aus. Mika schüttelte langsam den Kopf und signalisierte Roxanne damit, wie geschmacklos sie die Taktik fand.

"Gesellschaft tut jedem gut, nicht wahr? Gib Mika Bescheid, wenn du bereit bist", sagte Liane.

Mika stand wortlos auf, um den Tisch für den folgenden Morgen vorzubereiten und Roxanne tat es ihr gleich. Sie stellte die Gewürzmühlen auf die Küchenzeile und verschob dabei den Wasserkocher. "Was tust du da?", fragte Mika erschrocken, griff energisch nach Roxannes Hand und stieß sie fort.

Roxanne stolperte zwei Schritte zurück. Sie strich sich mit angespanntem Kiefer über ihre Hand, ohne einen Laut von sich zu geben. Mikas Herz überschlug sich, als sie sich ihrer Tat bewusst wurde.

"Mika befolgt eine strikte Aufräumreihenfolge. Jeder Gegenstand hat einen bestimmten Platz. Das tut sie jeden Morgen und jeden Abend, Jahr für Jahr. Sie ist nicht krankhaft pedantisch, sondern tut das für mich", erklärte Liane rasch.

"Ich verstehe", flüsterte Roxanne noch immer wie betäubt, "ich hätte das wissen müssen."

"Nein, das erwarten wir von unseren Gästen nicht. Und es gibt auch nette Arten, liebgemeinte Aufräumhilfen abzulehnen." Alle wussten, wem das galt.

"Ja, das stimmt. Ich hätte nicht so forsch sein sollen. Ich brauche aber keine Hilfe. Setz dich doch einfach wieder", sagte Mika beschämt, "danke." Dann rückte sie den Wasserkocher wieder gerade und suchte im Kühlschrank nach Eiern, um sie für das Frühstück vorzubereiten.

"Das gibt einen blauen Fleck." Roxanne lächelte Mika an. "Die Stärke steht dir."

Mika erwiderte den Blick nicht und Liane mischte sich auch nicht weiter ein.

"O.k. wechseln wir das Thema. Was hat es mit diesem Deko-Cocktail auf sich? Ist das Absicht?", fragte Roxanne daraufhin. Sie ging zurück zu ihrem Platz.

Liane wollte antworten, doch ihre Tochter übernahm das Wort: "Mama hat auch Rituale. Dinge, die sie tut, um sich näher am Geschehen der Welt zu fühlen. Dass da mal was durcheinanderkommt, ist nebensächlich..."

Nun fiel Liane ihr ins Wort: "Nein, nein, Mika, das ist etwas anders", sagte sie ohne weitere Erklärungen.

"Wie ist das gemeint? Jetzt bin ich aber gespannt", hakte Roxanne nach.

"Ja, was meinst du damit?", fragte auch Mika, die gerade die Eieruhr bereitgestellt hatte und ihre Vorbe-

134

reitungen unterbrach, um an der Küchenzeile gelehnt ihrer Mutter aufmerksam zuhören zu können.

"Ich überlege noch, ob ich es schade finde, das erklären zu müssen", antwortete Liane bedrückt, "aber du willst es so", sie sprach enttäuscht zu Mika, als wäre Roxanne gar nicht mehr anwesend. "Ich mache das nicht für mich, sondern für dich."

"Das verstehe ich nicht", flüsterte Mika.

"Du sollst die Normalität der Traditionen spüren, mein Schatz. Du hast viel aufgegeben und dein Leben ist nicht wie das anderer Kinder gewesen, die mit dir aufgewachsen sind. Ich hatte gehofft, ich könnte trotz der Blindheit so tun, als wären wir wie alle anderen."

Sie schwiegen alle für ein paar Momente, dann fuhr Liane fort: "Diese Mischung der Dekoration war keine Absicht", sagte sie leise, schockiert über die Erkenntnis, Fehler gemacht zu haben. "Es tut mir leid. Das muss über die Jahre durcheinandergekommen sein. Aufgestapelte Kürbisse können sich wie der Körper eines Schneemanns anfühlen, wisst ihr?" Sie lachte unbeholfen. Die Sache stimmte sie trauriger, als sie zugeben wollte.

"Wow", flüsterte Roxanne.

Mikas Augen wurden feucht. "Aber Mama, wir sind wie alle anderen. Bitte glaube nicht, dass ich mir ein anderes Leben gewünscht hätte oder sowas."

"Ich mache mich am besten auf den Weg", erklärte Roxanne leise, "ich glaube, ihr müsst hier noch ein bisschen in den Herzen aufräumen."

"Was? Nein! Es ist schon so spät und es regnet noch immer, bleib doch hier, Roxanne." Liane stand auf. "Ich hole noch eine Bettdecke."

"Nein!", reagierten Roxanne und Mika gleichzeitig.

"Ich muss wirklich gehen", insistierte Roxanne. "Das mit dem Regen kriege ich schon hin."

Mika schaute ihre Mutter trotz Mitleid entsetzt an. "Du kannst doch nicht irgendwem einfach anbieten zu bleiben", sagte sie entrüstet. Im gleichen Moment wurde ihr bewusst, wie taktlos das war, immerhin stand Roxanne mitten im Raum.

"Ich gehe jetzt wirklich", sagte diese nun, "aber danke, für das nette Angebot, Liane. Schön, dich kennengelernt zu haben." Damit schritt sie in den Flur und zur Tür. "Die Kleidung kriegst du morgen zurück", sagte sie zu Mika.

"Und du deine, sollte sie bis dahin getrocknet sein", entgegnete Mika und reichte ihr einen Regenschirm. "Und nimm diesen Schirm mit."

"Danke."

Nachdem die Tür ins Schloss gefallen war und Mika sich nicht rührte, traute sich Liane hinter ihr zu sprechen: "Ein sonderbares Mädchen", bemerkte sie.

"Ja", reagierte Mika, noch ganz in Gedanken versunken. Dann zwang sie sich in die Realität. "Mama, was sollte das Ganze?"

"Was meinst du mit 'das Ganze'?", wollte Liane wissen und betonte die letzten Worte besonders.

"Du kennst sie kaum, lädst sie zu uns ein, bietest ihr an, ihren Bruder zu besuchen, von dem du nicht einmal weißt, was er genau hat, und dann bietest du ihr auch noch an, hier zu schlafen." Mika war so laut geworden, dass die Stille nach ihren Worten die Pause fast dramatisch werden ließ.

"Wer mit dir befreundet ist, wird wohl nicht so übel sein, oder?", entgegnete ihre Mutter lapidar.

"Du, du glaubst..." Mika rang um Fassung, sie musste ihre Gedanken sortieren, bevor sie losbrüllen konnte: "Wir sind nicht befreundet, Mama. Du müsstest doch raushören, wenn mir etwas unangenehm ist. Wieso kannst du das nicht mehr? Ich kenne sie kaum, ich bin gerade mal seit einer Woche an dieser Universität."

"Ich höre nichts heraus, wie auch? Mein Leben besteht aus deinen Erzählungen und unserer Wohnung. So war es auch früher schon, so ist es hier in Berlin. Du hättest auch einfach mit mir reden können, wenn es dich gestern schon gestört hat."

Mika seufzte. "Du hast recht. Ich bin vermutlich einfach nur sauer auf mich selbst."

Liane ertastete den Arm ihrer Tochter und tätschelte sie. "Wenn du deutlich mit mir sprichst, kann ich nicht viel falsch machen. Vergiss nicht, dass ich dich und deine Gesichtsausdrücke nicht mehr sehen kann."

Nachdem Liane sich zur Nachtruhe verabschiedet hatte, blieb Mika im gedimmten Licht des Wohnzimmers auf der Couch zurück. Sie schaute sich die verschiedenen Festtagsdekorationen an, die hier und da den Raum schmückten, und weinte.

Kapitel 8

Roxanne im Hörsaal wiederzusehen, fühlte sich am Morgen nach dem gemeinsamen Abend nicht merkwürdig an. Mika nahm sie wahr wie an all den anderen Tagen zuvor. Sie begegneten sich noch immer misstrauisch, wie völlig Fremde, als wäre eine von ihnen nicht halbnackt in der Wohnung der anderen gewesen. Einzig die Tatsache, dass Roxanne noch während der ersten Vorlesung des Tages, die sie teilten, verschwand, erinnerte Mika an die Abweichung von der Routine. Ihre Befürchtungen gingen so weit, dass sie dachte, Roxanne würde jetzt, da sie wusste, wo sie wohnt, ihrer Mutter auflauern. Deshalb ließ sie ihrer Mutter im 15-Minutentakt eine Nachricht zukommen und bat sie um ein Lebenszeichen. Sie bat sie, zumindest regelmäßig bei ihr durchzurufen, sodass Mika wenigstens über ihr Headset hören würde, ob es ihr noch gutging. Liane versäumte es allerdings, auf die Minute genau nach jeder Viertelstunde bei ihrer Tochter anzurufen, sodass Mika ihr ungeduldig weiter Nachrichten hinterließ.

"Spielt dein Verstand verrückt? Müssen wir uns wieder über deine Paranoia unterhalten?", antwortete Mikas Mutter nach der zehnten Aufforderung, ein Lebenszeichen abzugeben.

"Punkt für dich", antwortete Mika. Sie versuchte sich zu entspannen und entschied – zur Belohnung oder doch aus Angst – die letzte Vorlesung des Abends ausfallen zu lassen, um schneller zu Hause zu sein. Einzig der Drang, ihr Stipendium aufrecht zu halten, hielt sie überhaupt noch in den Vorlesungen.

Die Stunden vergingen für sie trotzdem zu langsam. Sie schaute immer wieder auf die Uhr, um festzustellen, dass nur wenige Sekunden sie von dem Moment trennten, in dem sie das letzte Mal draufgesehen hatte. Sie fand Uhren faszinierend, oder vielmehr die Zeit, außer wenn sie der Grund dafür war, dass sie ihre Wünsche nicht umsetzen konnte. Sie ahnte in diesem Moment noch nicht, wie häufig sie Uhren und Zeit aus genau diesem Grund noch verfluchen würde. Das Verrinnen von Sekunden, um auf Ereignisse welcher Art auch immer zu warten, kam Mika vor wie eine Freiheitsstrafe. Die vergehende Zeit war etwas, was sie nicht vermeiden oder worüber sie frei entscheiden konnte. Sie könnte höchstens Zeitpunkte ändern, in denen sie gegen Regeln verstieß. Sie könnte mehr als eine Vorlesung sausen lassen, um eher bei ihrer Mutter zu sein. Viele Menschen machten die Nacht zum Tag. Die meisten Menschen passten sich jedoch an, hielten Termine ein, schliefen immer zur gleichen Zeit, feierten Jubiläen, wenn es Zeit war, warteten Vorlesungen ab, wenn sie weiterkommen wollten. Weiterkommen im Job, den sie sich wünschten, um auf eine angenehme Weise von ihrem Lohn leben zu können. Um auf eine angenehme Weise ihre Zeit abzusitzen.

Kapitel 9

Liane lief neugierig und im Bademantel zur Haustür, um herauszufinden, wer geklingelt hatte. Sie hatte die Vorbereitungen für einen frischen Salat unterbrochen, den sie Mika ausnahmsweise statt des meistens lauwarm verzehrten Mikrowellenessens anbieten wollte.

"Roxanne!", rief sie in die vergilbte Freisprechanlage neben ihrer Wohnungstür. "Welch schöne Überraschung. Was führt dich mitten am Tag her? Hast du keine Vorlesung? Mika ist in der Uni!", freudig aufgeregt trocknete sie sich unbedacht die vom Tomaten-Fruchtfleisch feuchten Hände am Bademantel ab.

"Ich habe etwas Zeit und war in der Nähe und habe mich gefragt, ob Sie vielleicht spazieren wollen", erklärte sie vorsichtig, als fürchtete sie, etwas Falsches zu sagen.

Liane reagierte nicht sofort, also ergriff Roxanne wieder das Wort: "Ich überrumple Sie, das ist nicht die feine Art, das habe ich nicht bedacht, es tut mir leid."

"Nein, nein", warf Liane sofort ein, "ich freue mich. Ich hatte nur nicht damit gerechnet, dass du mich einfach besuchst, um einen langweiligen Spaziergang zu unternehmen", sagte Liane immer leiser werdend. Sie unterdrückte offensichtliche Emotionen und lud Roxanne ein, in der Wohnung zu warten, während sie sich umzog.

"Es wird kein langweiliger Spaziergang", rief Roxanne aus der Wohnküche heraus, "außer, Sie hätten gerne einen."

Liane wählte geschwind aus irgendeinem ihrer beschrifteten Fächer Kleidung, ohne zu lesen, welche

140

Farben sie raussuchte, so aufgeregt war sie. "Ich liebe Spaziergänge", antwortete sie. "Kannst du mir bitte kurz helfen, Kind?"

"Ja", antwortete Roxanne aus der Nähe. Sie stand im selben Zimmer wie Liane, ohne sich vorher angekündigt zu haben. Liane schreckte auf. "Entschuldigung, ich wollte Sie nicht erschrecken."

"Oh, a-alles gut", stotterte Liane mit rasendem Herzen und nur einem Bein in der gewählten gelben Leggins. "Ich finde meine Wollmütze nicht."

Roxanne näherte sich ihrem Schrank und fuhr mit der Hand über die Blindenschrift unter jedem Regalfach. Ihr Atem wurde schwer. "Sie müsste ganz links oben sein, bei meinem Schal, aber da ist sie nicht", half Liane ihr.

"Hier ist sie", sagte sie, nachdem sie die Wollmütze auf Lianes Bett entdeckt hatte. Das Schlafzimmer war genauso kahl, wie der Rest der Wohnung, mit Ausnahme von Mikas Zimmer. Hier durfte es auch so sein, dachte Roxanne. Hier wurden keine Bilder oder Lampenschirme vom Zimmerbewohner vermisst.

Sie verließen kurz darauf die Wohnung. Liane verharrte im Wohnungseingang.

"Ist alles in Ordnung?", wollte Roxanne wissen.

"Kannst du mich führen?", fragte sie. Roxanne ging langsam zu ihr und hakte Lianes Arm unter ihrem ein: "Aber sicher", sagte sie unsicherer als sie es auszudrücken vermochte.

Eingehakt fuhren sie mit dem Fahrstuhl ins Erdgeschoss und spazierten in der Nähe durch die Hochhäuser. Die Kälte des Jahresendes stach schmerzhaft in ihren Lungen, je länger Liane und Roxanne draußen herumgingen und doch schlug keiner vor, dem ein Ende zu setzen.

"Gehen Sie häufig raus?", wollte Roxanne wissen. Sie klang herzlich, entspannt. Sie ließ Liane spüren, dass sie es nicht eilig hatte.

"Ja", sagte Liane, "also nein, ich meine, ich gehe ein zwei Mal die Woche raus, um einzukaufen oder zum Arzt zu gehen. Ich würde gerne öfter rausgehen aber Mika hatte bisher noch keine Zeit, eine passende Gruppe für mich zu suchen. Ich habe mich selbst noch nicht gekümmert, weil ich sie gerne mit ihr aussuchen würde." Liane hauchte warme Luft in ihre kalten Hände und hakte sich sofort wieder bei Roxanne ein. Gewissensbisse schlichen sich unter ihre Haut. "Mika ist ein gutes Mädchen", fügte sie schnell hinzu", sie hat es zurzeit nicht leicht. Wir sind gerade erst herge-zogen und dann ist dieses Tunnelprojekt, das ihr so wichtig ist und die Arbeit in der Druckerei."

"Verstehe, das ist schön, dass Sie mit Mika solche Dinge machen möchten." Sie bat nicht an, die Suche nach Freunden für Mika zu übernehmen. Sie hatte nicht die Absicht, Mika ihre Mutter wegzunehmen.

"Sie arbeitet in einer Druckerei?"

"Ja, in der Innenstadt. Ich war noch nicht dort, aber es scheint eine hoch frequentierte Druckerei zu sein. Die vielen Aufträge sind kaum von ihr und ihren Kollegen zu bewerkstelligen", erklärte Liane. "Manchmal wür-de ich sie gerne nach Feierabend sehen können. Sie hat bestimmt Tinte an den Fingern."

Roxanne lachte. "Ich glaube, das ist heutzutage nicht mehr so."

Sie liefen eine Weile schweigend umher, der Mittags-stille lauschend.

"Wo sind wir?", wollte Liane wissen, als die Mittagsruhe mehr und mehr Menschenstimmen wich und sie verschiedene Gerüche wahrnahm, die nie in der Nähe ihrer Wohnung die Luft bereicherten.

"Raten Sie", forderte Roxanne sie auf.

Sie hörte große Menschenmengen ganz in der Nähe, fühlte ab und zu, wie jemand sie streifte, roch Tomaten, frischgebackenes Brot, Fisch und hörte letztendlich, wie jemand "Kräuter der Saison" anbot. "Wir sind auf einem Wochenmarkt", stellte sie freudestrahlend fest. "Ich wusste gar nicht, dass wir einen fußläufig erreichen können. Ich wusste gar nicht, dass Berlin sowas überhaupt hat", lachte sie nervös.

"Berlin hat jede Menge davon", freute sich auch Roxanne.

Liane hielt Roxannes Arm fester auf den Pflasterstein-Wegen und genoss jede Sekunde. Sie sog die Stimmen und Gerüche ein: "Ist das Kaffee? Siehst du einen Kaffee-Stand? Darf ich dich einladen?", fragte sie. "Diese ganzen Aromen! Riechst du das?" Wie ein Kind an seinem Geburtstag, lief Liane von Stand zu Stand und zog Roxanne mit sich, die versuchte, entgegenkommenden Passanten auszuweichen. "Riechst du das, Roxanne?", wiederholte sie, "was riechst du am liebsten?"

Roxanne ließ sich auf einen Kaffee einladen und antwortete auf Lianes letzte Frage: "Ich liebe den Geruch nach brennendem Holz am Lagerfeuer, in Kaminen oder Öfen. Damit verbinde ich Wärme, leckeres Essen und Menschen, die sich Geschichten erzählen. Es knackt auch so schön und die Farbe des Feuers ist aufregend, wenn sie von Blau in gelbrot wechselt", sagte sie, bevor sie innehielt. "Verzeihung."

"Warum? Weil du über Farben sprichst? Ich brauche das", sagte Liane, "meine Fantasie wird auch älter und es kommt nichts Neues herein, wenn niemand über Farben spricht."

Fasziniert von der Transparenz ihrer so gegensätzlich undurchschaubaren Kommilitonin ließ sie sich durch die freien Stunden treiben. Selig hatte sie sich sehr lange nicht mehr gefühlt.

"Wo wohnst du eigentlich?", fragte Liane ohne den überraschten Ton in ihrer Stimme zu verstecken.

Roxanne kratzte sich am Hinterkopf, Liane konnte nicht sehen, dass sie sich die Antwort aus dem Stegreif einfallen ließ: "Ganz in der Nähe", sagte sie, "mit meinem Bruder zusammen in einer Wohngemeinschaft." Gänzlich gelogen hatte sie nicht. Trotzdem überkamen sie Schuldgefühle. Sie hatte das Gefühl, ihre eigene Mutter zu belügen.

"Wie geht's deinem Bruder?", fragte Liane schließlich. Sie hörte den leichten Tonwechsel in Roxannes Stimme nach der Frage. Sie hatte das im Laufe der Jahre bei ihren Freunden in Stockholm häufiger festgestellt. Danach sehnte sie sich. Nach den Nuancen in den Stimmlagen ihrer Mitmenschen, wenn sie schon keine Mimik mehr wahrnehmen und deuten konnte.

"Das ist der Grund, weshalb ich hier bin, um ehrlich zu sein. Es geht ihm nicht gut. Sie können zwar nichts dagegen tun aber es hilft mir, abgelenkt zu sein. Ich will nicht aufdringlich sein und es gibt viele Leute an der Uni, mit denen ich quatschen könnte, aber neulich bei Ihnen zu Hause war es anders. Ich habe mich einfach wohl gefühlt, verstehen Sie? Ich wollte eigentlich nur Dankbarkeit zeigen und dann kam mir die Idee, Sie zu fragen, ob Sie und Mika mich gern zu meinem

Bruder begleiten würden." Roxanne zitterte. Liane zog sie noch näher an sich.

"Gerne begleiten wir dich, Roxanne."

"Danke", sagte sie so leise, dass Liane es inmitten der Geräuschkulisse nur erahnen konnte. "Ich muss leider bald wieder los", erklärte sie, "in die Uni."

"Ja, aber natürlich. Ich habe dich schon viel zu lange festgehalten."

"Machen Sie Witze?", widersprach Roxanne, "ich habe Sie festgehalten."

Roxanne wollte an die Tunnelpläne aus Louisa Roths Büro gelangen, bevor die letzte Veranstaltung des Tages endete.

"Du kannst mich gern duzen", schlug Liane vor. "Danke für deinen Besuch, das hat gut getan. Komm gern wieder, wann immer du magst. Ruf auch gern vorher an, falls ich nicht zu Hause sein sollte." Liane lachte: "Das wird nicht so häufig vorkommen aber der Zufall ist manchmal in unser aller Leben präsent, oder?"

"O.k., danke Liane, für den schönen Ausflug." Roxanne speicherte die Nummer zufrieden ein und entfernte sich mit einem Gefühl von Wärme von Mikas Wohnung, das sie nicht kannte.

Kapitel 10

Die letzten Worte der Professorin in der Vorlesung, nach der Mika nach Hause wollte, hallten nun durch den Saal. "Ich bitte Sie, an der Anschlussveranstaltung teilzunehmen. Denken Sie daran, dass Drogen lebensgefährlich sind, ja?" "Welche Anschlussveranstaltung?", fragte Mika ihre Sitznachbarin. Sie gab Mika einen Flyer, auf dem groß "Freifall" stand. Darunter mehrere Termine zu Aufklärungsveranstaltungen, verschiedene Ansprechpartner, darunter auch Louisa Roth, und welche Auswirkungen die Droge auf den Konsumenten hatte. Da Mika ohnehin kein Interesse daran hatte, ließ sie den Flyer liegen, packte ihre Bücher zusammen und verließ den Raum, befürchtend, dass sie keinen einzigen Creditpoint in diesem Semester sammeln würde. Morgen fange ich richtig an. Ab morgen lenkt mich nichts mehr ab, schwor sie sich selbst.

Erst nachdem sich die Gänge geleert hatten, weil ihre Kommilitonen weitere Vorlesungen aufsuchten oder ebenfalls den Heimweg antraten, entschied Mika, den Ausgang des Gebäudes anzusteuern. Vorher versteckte sie sich kurz auf den Toiletten. Ihre Hände zitterten bei der Berührung der schweren Tür, gegen die sie zwei Tage zuvor gedrückt worden war, und eine Gänsehaut überkam sie, als sie dumpf hinter ihr ins Schloss fiel. Dann fiel ihr ein Päckchen voller kleiner roter Pillen auf den Kopf und vor die Füße. Sie bückte sich, um es aufzuheben und die Pillen näher zu betrachten. Auf jeder von ihnen befand sich ein F. "Freifall", murmelte sie in den leeren Raum. Ihre Kopfschmerzen wurden stärker, der tropfende Wasserhahn

146

und das grelle Licht taten ihr Übriges. Schnell verließ Mika den Raum wieder. "Verdammt", murmelte sie, "wie soll ich jemals wieder auf dieses Klo gehen können?"

Sie wartete nun inmitten des Korridors, dass es leerer wurde. Ihre Angst davor, erwischt zu werden, war zu groß, um vorher zu gehen. Dabei vergaß sie wieder, dass sie als Studentin selbstorganisiert vorankommen musste. Doch schließlich ermahnte sie sich stumm: Es ist meine freie Entscheidung, welche Inhalte meiner Prüfungen oder Hausarbeiten ich verpasse. Nein, sie müsste nicht warten.

Auf dem Weg zum Treppenhaus im dritten Stockwerk musste sie an Professorin Roths Büro vorbei. Sie bemerkte, dass die Tür nur angelehnt war, obwohl vor wenigen Minuten eine Vorlesung begonnen hatte, in der sie dozierte. Das wusste sie so genau, weil sie darin hätte sitzen und zuhören sollen, da es sich um die wichtige Info-Veranstaltung zu Freifall handelte. Mit einem schlechten Gewissen klopfte Mika an, entschlossen, Professorin Roth, die sich offensichtlich verspätete, in den Vorlesungssaal zu begleiten. "Professorin Roth?", begann Mika vorsichtig, während sie die Tür weiter öffnete. "Ich hatte gehofft, wir könnten auf dem Weg in den Vorlesungssaal über ein paar Ideen zur Sicherheit im Tunnel zu sprechen." Da hörte sie Papierrascheln und ihre skeptische Natur bewegte sie dazu, geradezu in das Büro reinzuplatzen.

Roxanne stand vor ihr und versuchte zu verstecken, was sie sich angesehen hatte.

Mika seufzte. "Das war irgendwie klar!"

"Was willst du hier?", fragte Roxanne wütend. "Du legst es wirklich drauf an, oder? Dein Leben ist dir nicht lieb, was?"

"Glaubst du etwa, mir macht das Spaß?", zischte Mika mit Herzrasen zurück. "Ich hasse es, wieder diejenige zu sein, die dich bei etwas Verbotenem erwischt. Die Frage ist also noch immer: Was tust du hier?"

"Verpiss dich einfach. Verdammter Mist!" Roxanne hatte tiefe Augenringe. Die roten feinen Adern in ihrer Sklera waren für Mika sogar von Weitem sichtbar. "Ich sagte, du sollst dich verpissen", wiederholte sie lauter.

"Willst du die ganze Uni auf dich aufmerksam machen?" Mika schloss die Bürotür. "Du beruhigst dich jetzt und erklärst mir, was diese Aktion hier soll." Sie ging auf Roxanne zu, die zurückwich, gegen das Regal hinter ihr stieß, sodass ihr ein Buch auf den Kopf fiel.

"Shit", fluchte sie, "bitte geh doch einfach. Das erspart dir den Ärger, den du kriegen könntest, wenn wir hier beide erwischt werden, Mann."

Mika erkannte eine Blaupause mit Plänen der Tunnel auf dem Tisch. "Einmal einbrechen reicht dir nicht?" Sie sah finster in Roxannes Augen. Ihre Hände waren zu Fäusten geballt. Die Haut um ihre Knöchel wurde heller.

"Es ist nicht, wie du denkst", Roxanne hielt inne. Sie war es nicht gewohnt, sich zu rechtfertigen. "Bitte, bitte, geh und vergiss, dass du mich hier gesehen hast, bitte!"

"Du wirst mir erklären müssen, was du vorhast. Mir wirst du keine Angst mehr machen oder mir drohen und meiner Mutter wirst du nicht zu nahe kommen.

Wir werden deinen Bruder nicht besuchen. Du hast ihn wahrscheinlich sowieso nur erfunden. Du wirst in den Knast wandern. Und wie du aussiehst, bist du vermutlich auch noch Freifall verfallen." Mika konnte ihren eigenen Worten kaum glauben. Selbstzweifel schlichen sich in ihren Kopf, die sie versuchte zu verdrängen. "Ich werde jemanden rufen, sofort. Außer du erklärst mir, warum du im Tunnel warst."

"Ich muss jetzt los. Die Pläne habe ich sowieso mit meinem Headset eingescannt. Schön, dass die dicke Wächterin die Blaupause des Tunnelsystems mit dem Stichwort Blaupause des Tunnelsystems durch das Netz gehen lässt. Leider in einer beschissenen Qualität aber es wird reichen." Roxanne zwinkerte. Dann drehte sie sich auf dem Weg zum Ausgang noch mal zu Mika und sagte: "Und was Freifall angeht, rate ich dir, dich nicht in Mutmaßungen zu stürzen, wenn du nicht weißt, worüber du sprichst."

"Ich habe dich gewarnt. Und im Gegensatz zu dir bluffe ich nicht." Mika brüllte fast. Danach dauerte es nicht einmal eine halbe Sekunde, bis sie sich den schmerzhaftesten Kinnhaken ihres Lebens einfing, das Gleichgewicht verlor und gegen den Schreibtisch knallte. Aus einer kleinen Platzwunde auf ihrer Stirn sickerte sofort Blut. "Scheiße", stöhnte Mika. Der Schmerz in ihrem Kiefer schlug Wellen. Das Maximum ihrer Energie floss in den Versuch, den Schmerz einzugrenzen. Sie raffte sich auf und versperrte Roxanne den Ausgang.

"Professorin Roth könnte jeden Augenblick hier auftauchen", zischte Roxanne.

"Das hättest du dir eher überlegen müssen", entgegnete Mika, fast schon lallend vor Schmerz.

Roxanne ging langsam auf sie zu, bis sie den Türknauf in der Hand hielt und zwischen Mika und ihr
kaum mehr Platz blieb. "Dann sind wir beide fällig."
Über mehrere Sekunden verharrten sie regungslos vor
dem Ausgang. Auf dem Korridor näherten sich Schritte. Beim Versuch, sich zu beruhigen, schloss Mika die
Augen. Erst als die Stille zurückkehrte, schubste Roxanne Mika beiseite, um die Tür zu öffnen. "Ich habe
deiner Mutter erzählt, dass ich meinen Bruder gleich
besuche und sie mich gerne begleiten kann. Du wirst
ihr den Ausflug doch nicht nachträglich verbieten,
oder?", fragte Roxanne rhetorisch. Sie wusste, dass sie
damit richtig lag. Sie wusste, dass es klug gewesen
war, Liane frühzeitig zu bitten, sie zu begleiten. "Geh
nach Hause und hol sie ab. Sie wartet wahrscheinlich
schon auf dich."
"Das klingt so wohlwollend, du Miststück", murmelte
Mika zwischen den Zähnen hervor. "Aber du willst
mich wieder nur erpressen und die Fürsorge in deiner
Stimme hast du bestimmt tausendmal geübt."
Nun lachte Roxanne. "Ich meine es ernst, beeile dich."
"Du bluffst", sagte Mika. Ein Rinnsal Blut lief Mikas
Wange herunter.
"Finde es heraus."
"Woher hast du ihre Nummer?"
"Von ihr, selbstverständlich. Ich verschaffe mir nur
sehr ungern selbst Informationen, die ich brauche. Das
mache ich nur, wenn es keinen anderen Weg gibt",
antwortete Roxanne. "Außerdem habe ich nicht tele-
fonisch mit ihr über einen Besuch meines Bruders
gesprochen."
"Was willst du damit sagen?"
Roxanne lachte. "Das wüsstest du gerne."

Sofort stürmte Mika auf Roxanne zu, um sie mit Anlauf gegen die nächstgelegene Wand zu prügeln, doch Roxanne wich ihr aus und sprang zwei Schritte zurück. "Du Witzfigur, wir waren vorhin spazieren. Gehe jetzt zu ihr."

"Ihr wart was?" Mika hatte sich gegen die Wand gelehnt und starrte sie entgeistert an.

"Du hast mich schon verstanden. Und vielleicht solltest du endlich mal nach einer Gruppe suchen, mit der deine Mutter rausgehen kann. Ich verstehe nicht, wie du sowas ignorieren kannst." Damit verließ Roxanne das Büro.

Mika folgte Roxanne aus Professor Roths Büro heraus, und während sie an ihr vorbeiging, holte sie die Tüte mit den roten Pillen hervor, die sie kurz zuvor zufällig im Toilettenraum gefunden hatte. "Vermisst du die hier?", fragte sie waghalsig, "du kriegst sie, wenn du dich von meiner Mutter fernhältst."

"Ganz schön mutig für ein wandelndes Opfer, das viel Blut verloren hat. Wenn ich wollte, könnte ich dir das Päckchen sofort wegnehmen", stellt Roxanne mit einem schnellen Blick den leeren Gang rauf und runter fest und blieb stehen. Dann trat sie einen Schritt auf Mika zu und Mika trat einen Schritt zurück. "Woher hast du es? Das kann sehr gefährlich für dich werden."

"Das geht dich nichts an. Außerdem nehme ich den Mist nicht."

"Das meine ich nicht", entgegnete Roxanne mit besorgtem Ausdruck.

"Du hast sie doch nicht mehr alle! Sie nicht zu nehmen ist gefährlich?"

"Sie zu besitzen ist gefährlich", beharrte Roxanne ruhig.

Mika entfernte sich rückwärts weiter von ihr und verließ dann das Gebäude eilig und ungesehen. Zu ihrem Glück. Stark blutend und schwankend und mit Drogen in der Hand hätte sie ihr Stipendium und die Promotion für immer abhaken können.

Kapitel 11

Mika wischte sich das Blut ihrer Platzwunde mit ihrem Jackenärmel ab und jammerte auf, als der Stoff die Wunde berührte. Studenten schauten ihr nach, während sie aus der Fakultät stürmte und auch auf der Straße starrte sie jeder an, an dem sie vorbeischoss. Es machte ihr nichts aus, die Blicke und auch die Schmerzen hielten sie nicht so sehr auf, wie ihr Ziel sie antrieb. Sie lief so schnell sie konnte zu ihrer Mutter. Sie wollte ihr erklären, was passiert war. Sie wollte das kleine Zeitfenster nutzen, das sie noch hatten, bevor sie mit Roxanne verabredet wären. Sie legte sich realistisch klingende Wörter zurecht, wählte immer wieder die Telefonnummer ihrer Mutter. Vergeblich.

Außer Atem, blutend und wütend pausierte sie vor ihrer Haustür. An einer Wand daneben angelehnt, rang sie nach Luft. Ihre Lungen glühten und Seitenstiche kamen an die Oberfläche. In ihrer Hosentasche suchte sie ihren Haustürschlüssel, welcher sich unter dem Päckchen der Freifall-Pillen versteckte. "Shit", entflieh es Mika. Sie würde ihrer Mutter erklären müssen, warum sie so spät mit der Wahrheit rausrückte und sich überlegen, was sie mit dem Päckchen machen würde.

"Mama", rief sie sofort, nachdem sie die Wohnung betreten hatte, noch außer Atem, "Mama, komm, ich muss dir etwas erzählen!"

"Ja, Kind, ich beeile mich ja schon, wenn es nicht warten kann", rief ihre Mutter zurück und kam aus dem Schlafzimmer. Vermutlich hatte sie sich für den

Besuch bei Roxannes Bruder noch einmal umgezogen. "Was ist denn so dringend?"

"Es geht um Roxanne...", begann Mika, doch sie konnte den Satz nicht beenden, denn sofort klingelte es an der Tür.

"Oh, das muss sie sein", lächelte Liane. "Sie ist etwas zu früh. Aber du kannst dich ja mit ihr unterhalten, während ich noch schnell im Bad bin, ja?"

"Was? Sie ist schon da? Aber...", stammelte Mika fassungslos, "aber ich bin doch gerannt."

Liane verschwand im Bad. Mika ließ Roxanne warten. "Mama", rief sie ihr hinterher, "ich will jetzt mir dir reden."

"Mika, so habe ich dich nicht erzogen. Lass doch bitte unseren Gast nicht vor der Tür warten. Wartest du etwa gerne?"

"Mama, bitte hör mir zu, du verstehst nicht...", flehte Mika vor der verschlossenen Badezimmertür.

Doch Liane unterbrach ihre Tochter, ihre Stimme klang dumpf durch die Tür: "Nein, jetzt hörst du mir mal zu", sagte sie lauter als üblich. "Ich habe jetzt keine Geduld für deine Wahnvorstellungen. Lass sie rein, sofort! Sonst lasse ich sie selbst rein. So ein reizendes Mädchen. Immerhin hat sie sich Zeit genommen, um mit mir die wenigen warmen Sonnenstrahlen an der frischen Luft zu nutzen. Lass sie jetzt bitte rein."

Mika merkte, dass sie gerade nicht weiterkam. Also ließ sie Roxanne widerwillig die Wohnung betreten, nachdem sie zwei weitere Male geklingelt hatte.

"Hallo", sagte sie übereifrig, "schön, dich wiederzusehen. Du solltest das aber reinigen lassen und vielleicht duschen, so verschwitzt, wie du bist", fügte sie hinzu und zeigte auf Mikas Wunde. Ihre Mimik blieb unverändert. "Hallo Liane", rief sie laut in die Wohnung. Anders als Mika war Roxannes Anblick tadellos.

"Hallo Roxanne", erklang es aus dem Badezimmer zurück.

"Du Unmensch", flüsterte Mika, "geh sofort wieder."

"Ich bin so aufgeregt", rief Roxanne in die Wohnung, "Du auch, Liane?"

"Ein bisschen, ja, vielmehr geht es aber um dich und deinen Bruder. Bitte betrachte Mika und mich als Besucher, die ihm Gesellschaft leisten möchten und für dich da sind, falls du nicht alleine sein magst."

Roxanne blickte Mika an, nachdem Liane ausgesprochen hatte. "Wieso hat es so lange gedauert, mir die Tür zu öffnen?", flüsterte sie.

Mika schüttelte nur langsam den Kopf. "Seit wann duzt du sie?"

"Ich habe etwas mitgebracht", kündigte Roxanne an, nachdem Liane den Weg zu ihnen in den Flur gefunden hatte. Dann öffnete sie die Wohnungstür erneut und nahm eine Din A2-Mappe an sich, die im Korridor auf dem Boden gelegen hatte.

"Wie hast du das so schnell...", stotterte Mika.

"Was ist es?", wollte Liane wissen.

"Es sind Fotografien, die ich selbst geschossen habe. Von Leuten, Sonnenuntergängen, alten Gebäuden", erklärte Roxanne. "Ich dachte, sie würden gut an deine Wände passen, nachdem du heute so begeistert meiner Beschreibung der Stadt gelauscht hast."

Weder Mika noch Liane lächelten. "Ist das ein geschmackloser Scherz? Dir ist nicht entgangen, dass sie nichts sieht?", fauchte Mika.

"Na! Mika, wirst du wohl auf deinen Ton achten. Das Mädchen wollte offenbar dir eine Freude machen. Sie scheint sich etwas Farbe in dieser Wohnung für dich zu wünschen, so wie ich auch, ist das nicht nett?", sagte Liane, die nun doch ein großes Lächeln hervorgeholt hatte.

Roxanne sagte nichts.

"Vielen Dank, Roxanne, das wäre aber wirklich nicht nötig gewesen", bedankte sich Liane dann.

"Ich verschenke gerne Aufnahmen, die ich selbst geknipst habe", sagte Roxanne.

"Ist das ein Hobby oder willst du damit Geld verdienen?", fragte Liane, die sich im Korridor die Haare bürstete.

Roxanne lachte. "In der Geodäsie? Schon möglich. Aber wahrscheinlich wird der Schwerpunkt nicht bei schönen Sonnenuntergängen liegen."

"Kannst du die Bilder bei Gelegenheit für mich beschreiben?", fragte Liane erwartungsvoll.

Mika schaute sie ungläubig an. "Mama!", ermahnte sie ihre Mutter.

"Ist doch nett, mal eine andere Perspektive zu bekommen, Mika, oder nicht? Warum steht ihr denn noch hier rum, setzt euch doch ins Wohnzimmer."

Diese Worte waren wie ein Schlag, der Mika mitten in die Magengrube traf.

"Nimm das nicht persönlich, sie will dir damit nicht sagen, dass sie deine Erzählungen satthat", rechtfertigte Roxanne Lianes Worte, um einen Blick von Mika zu kassieren, der sie verstummen ließ.

"Was soll das? Sind da überall gruselige Clowns drauf?", wollte Mika wissen, nachdem Liane im Badezimmer verschwunden war.

156

Da lachte Roxanne und klappte die Mappe auf. In ihr befanden sich tatsächlich Sonnenuntergänge, Menschenmengen und verlassene, von Pflanzen überwucherte Gebäude. "Ich hätte spaßeshalber wirklich gruselige Clowns mitbringen sollen, danke für den Tipp", bemerkte sie. "Du musst sie nicht aufhängen, wenn du nicht willst", sagte sie dann noch.

"Ich verstehe dein Spiel nicht, warum schenkst du uns Bilder?", wollte Mika wissen. "Und dann noch so schöne", fügte sie leiser hinzu.

"Jetzt denkt deine Mutter, ich wäre auch zu dir nett", flüsterte Roxanne, bevor sie sich von Mika abwandte.

Mika lachte nervös und dachte: Dann hättest du wirklich Clownsbilder verschenken sollen.

Sie verließen mit langsamen Schritten gemeinsam die Wohnung. Liane hatte sich bei Mika mit der natürlichsten und routiniertesten Bewegung eingehakt. Eine Mischung aus Glück und Sehnsucht erfüllte Roxanne, während sie die beiden beobachtete. Mika schloss die Wohnung mit ihrer freien Hand ab, rief den Fahrstuhl, öffnete die Haustür, führte Liane die zwei Eingangsstufen geduldig herunter und half ihr, in ein Taxi einzusteigen und Roxanne fühlte sich mit jeder Sekunde überflüssiger.

Auf dem Weg zum Krankenhaus wurde der leichte Nieselregen, dem sie alle bereits überdrüssig waren, zu klitzekleinen Schneeflocken. Sie verharrten an den Fensterscheiben, als wollten sie die Aufmerksamkeit, die der echte erste, viel zu früh daherkommende Schnee verdient.

"Es schneit", bemerkte Mika überrascht.

"Ich sehe es", entgegnete Roxanne abschätzig.

"Meine Mutter aber nicht."

"Oh, Entschuldigung", entgegnete Roxanne peinlich ergriffen.

"Jetzt schon? Schneit es stark? Sind die Straßen sehr glatt?", fragte Liane.

Der Taxifahrer drehte sich zu ihnen um und sagte schnell: "Nein, nein, ich habe alles unter Kontrolle."

"Dann sollten Sie bitte auch nach vorne schauen", ermahnte ihn Mika. "Mama, es sind sehr kleine Schneeflocken und die Straßen sind noch längst nicht weiß. Wahrscheinlich sind sie es aber heute Nacht."

Roxanne saß auf dem Beifahrersitz und drehte sich zu Liane nach hinten um. Sie überlegte, in dieser Position verharrend, mehrere Sekunden, wie sie Lianes Bitte gerecht werden konnte, und fing dann an zu beschreiben: "Auf einer der Fotografien ist ein verlassenes Haus abgebildet. Es liegt nicht weit von hier auf einem ehemaligen Industriegelände, es ist umzäunt und mit Efeu überwuchert. Im Frühling blühen dort viele rote Kletterrosen, die im Laufe der Jahre an einigen Stellen die Wände hochgewachsen sind. Um das Gebäude herum wuchert das Gras wie wild. Darunter muss einmal ein sorgfältig gepflegter Garten mit Gemüsebeeten gelegen haben, denn einige Wege sind mit Steinen gepflastert. Der ehemalige Besitzer, vermutlich einer der Großunternehmer seiner Zeit, wird in Gartenarbeit einen Ausgleich zum Beruf gefunden haben, obwohl das Haus auf seinem Fabrikgelände stand."

Liane hörte mit einem Lächeln zu, Mika ließ es über sich ergehen.

"Die Außenmauer des Gebäudes ist eine dunkelrote Klinkerfassade", fuhr Roxanne fort, "die hier und da von alten, weißen Fensterrahmen mit gebrochenen oder gänzlich fehlenden Fensterscheiben und natürlich vom Efeu unterbrochen wird. Im Winter sieht das Ganze grauenhaft aus", lachte sie.

"Was ist in dem Gebäude?", fragte Liane. "Hast du es betreten?"

"Angeblich ist es leer und darunter soll sich ein Bunker befinden."

"Hier wären wir", verkündete da der Taxifahrer.

Mika zahlte und sie betraten respektvoll schweigend das Krankenhaus. Sie fuhren mit einem Fahrstuhl in das fünfte Stockwerk. Vor der Tür, hinter der Roxannes Bruder lag, blieb Roxanne stehen. Eine endlose Minute stand sie regungslos vor der Krankenzimmertür. Die schwitzigen Hände steckte Mika in ihre Hosentaschen. Sie wurde unruhiger mit jeder Sekunde.

"Wir sind bei dir", sagte Liane beruhigend. Ihre Stimme klang so sanft, dass Mika Gänsehaut bekam und Roxanne tief Luft holen musste, bevor sie eine Antwort zustande bekam. Der Knoten in ihrem Hals belegte ihre Stimme trotzdem "Danke", murmelte sie.

Mika konnte wieder einmal nicht glauben, dass das die gleiche Person war, die ihr vor einer knappen Stunde ins Gesicht geschlagen hatte. Sie fasste sich an die Stelle, die, mittlerweile mit getrocknetem Blut überkrustet, dicker geworden war, und spürte Übelkeit. Der beißende Geruch von Desinfektionsmittel holte sie zurück in die Gegenwart. Das Licht war Mika zu grell, sie musste niesen beim Hineinsehen. Um sie herum wurden die Geräusche der Geräte langsam lauter. Sie musste sich konzentrieren, um das regelmäßige Piepen eines Sauerstoffsättigungsgeräts im Nebenzimmer, die hallenden Schritte der Krankenschwestern im langen Flur, in dem sie standen, und das Husten eines Besuchers im Wartebereich auszublenden. Eine Krankenschwester lief an ihnen vorbei in das Zimmer, aus dem sie das piepende Geräusch vernommen hat.

Das Gefühl, an diesem Ort keine Sicherheit garantieren zu können, übermannte sie beinahe. Sie wusste, dass sie hier niemandem hätte helfen können. Sie wusste auch, dass der Gedanke lächerlich war, sich in einem Krankenhaus unsicher zu fühlen, und dass ihre Mutter hier nicht auf sie hören würde. Lianes Sicherheit lag für die folgenden Minuten nicht in ihren Händen. Sie sah ihre Mutter an, die ihre Aufmerksamkeit Roxanne schenkte, und musste sich wegdrehen. Sie waren nicht ins Krankenhaus gefahren, um Roxanne beizustehen oder um ihrem Bruder Gesellschaft zu leisten. Sie wussten nicht einmal, was ihm fehlte. Sie waren nur an diesem Ort, weil Roxanne sie unter Kontrolle halten wollte, weil sie eine Verbrecherin war und weil Mika inzwischen zu viel wusste.

Roxanne öffnete schließlich die Tür, hinter der sich ein Raum mit nur einem Bett verbarg, neben dem ein Monitor stand, der die Vitalparameter des Patienten wiedergab. Das Bett befand sich isoliert unter einem Plastikzelt. Die türkisfarbenen Gardinen waren aufgezogen und ein winterlicher, schwacher Sonnenstrahl erreichte ein Gesicht.

"Ist alles in Ordnung, Mama?", wollte Mika wissen.

Liane bewegte sich nicht. "Ja, ich möchte nur nicht unvorsichtig gegen etwas laufen", antwortete sie. Liane wartete darauf, von einem der Mädchen an das Bett geführt zu werden. Ihren Blindenstock hielt sie fest umklammert.

"Komm, ich helfe dir." Mika führte sie zu einem Kunststoffstuhl neben dem Bett. Sie wagte es nicht, Roxanne zu fragen, was ihrem Bruder fehlte. Was auch immer der Grund war, er sah scheußlich aus.

Roxanne stand Liane gegenüber, auf der anderen Seite des Bettes, hielt durch eine Schleuse des transparenten Kunststoffvorhangs mit Handschuhen die Hand ihres Bruders und schien nach einer Weile vergessen zu haben, dass Liane und Mika bei ihr waren.

"Hallo Luca", sagte Liane sanft. Als keiner reagierte, flüsterte sie: "Schläft er?"

Roxanne sah erschrocken auf. Sie schaute Liane wie einen Geist an, den sie selbst dorthin gebracht hatte.

"Ja, Mama, er schläft", antwortete Mika stattdessen. Sie sah Roxanne dabei fragend an und wartete Zeichen ab, die ihr signalisierten, dass sie zu weit ging. Roxannes Kinn und ihre Lippen zitterten. Mika rührte sich nicht. Sie konnte Roxanne nicht näher kommen aus Furcht, ihretwegen zu weinen. Sie hatte sich dazu entschlossen, kein Mitgefühl zu zeigen, egal wie es ihrem Bruder ging. Sie konnte dann aber doch nicht an sich halten und senkte ihren Kopf. "Er schläft", wiederholte sie leise.

"Beschreibe ihn mir, es ist bestimmt ein hübscher junger Mann", forderte Liane ihre Tochter auf, "außer natürlich, das könnte ihn wecken."

Roxanne schaute skeptisch zu Mika und schüttelte den Kopf.

Mika fuhr in Gedanken mit ihren Fingern über Lucas Narben, dann begann sie leise und mit bebender Stimme zu beschreiben, was sie sah: "Er hat sehr dichtes, langes, dunkelblondes Haar und einen Dreitagebart, der dunkler ist als seine Haare. Er würde einen hübschen Surfer abgeben. Auch seine Haut passt dazu, sie ist sonnengebräunt, hat eine gesunde Farbe." Bei diesen Worten brach Mikas Stimme und Roxanne zuckte zusammen. Mika traute sich nicht, sie anzusehen, immerhin versuchte sie ihren Bruder so zu beschreiben, wie er in ihrer Vorstellung vor seinem Unfall oder seiner Krankheit ausgesehen hatte. Der Verbrennungsgrad seiner Haut hatte Mika gleich in dem Moment schmerzlich erwischt, in dem sie den Raum betreten hatte. Der Eingriff in diese privaten Details ließ sie schwanken. Plötzlich war sie diejenige, die für alle Anwesenden stark bleiben musste. "Wenn er einatmet, hebt sich sein Brustkorb sehr. Er muss starke Lungen haben, wie ein Taucher", fuhr sie fort, "durch sein Patientenhemd zeichnet sich auch, wenn er einatmet, ein starker Torso ab. Er hat wohl viel Sport in seiner Freizeit betrieben. Wenn ich das alles so beschreibe, glaube ich wirklich, einen professionellen Sportler vor mir zu haben." Mika musste aufhören. Roxannes Augen röteten sich weiter, während sie still weinte, um Liane nicht wissen zu lassen, dass Mika log.

"Ein Sportler, wie schön. Vielleicht könnt ihr euch ja mal verabreden, wenn er wieder auf den Beinen ist, damit du auch mal etwas mehr Bewegung bekommst", sagte Liane neckisch. "Wie ist sein Gesicht, kantig?"

Mika ging nun doch zu Roxanne, legte einen Arm um ihre Schultern, schaute auf Luca hinab und beschrieb weiter: "Ja, sein Gesicht ist kantig. Er wird bestimmt häufig angehimmelt, so freundlich und entspannt, wie sein Gesicht wirkt. Hinter dem Bart versteckt sich ein markantes Kinn über einem herausragenden, spitzen Adamsapfel." Dass sein Bart kein Kinn versteckte, sondern sein Kinn ein paar abgezählte Barthaare trug, behielt sie für sich. "Seine Nase ist ziemlich groß und hat einen kleinen Höcker, der sein gesamtes Gesicht sympathisch macht. Die Nase passt irgendwie auch zur Vorstellung, er sei Surfer oder Taucher. Seine Nasenlöcher sind ebenfalls groß und ich kann keine Nasenhaare erkennen. Seine Augen sind jetzt natürlich geschlossen, aber höchstwahrscheinlich sind sie dunkelbraun und die Iris hat einen wunderschönen dunkelgrünen Limbus wie die Augen seiner Schwester. Ich wette, sie sehen genauso aus."

Roxanne hatte ihren Kopf zu Mika gedreht, während diese weitererzählte. Sie hatte aufgehört zu zittern. Tränen fielen trotzdem weiterhin auf ihre Wangen und ihr Shirt.

"Ich sehe Lachfalten an seinen Augen, wie Libellenflügel. Er muss ein fröhlicher Mensch sein. Ich habe selten jemanden mit so tiefen Lachfalten um Augen und Mundwinkel gesehen. Bestimmt ärgert er Roxanne oft und lacht sie aus, wie große Brüder es eben tun." Mika sah aus den Augenwinkeln, wie Roxanne lächelte. "Er hat ein schönes weißes Lächeln, ich kann seine geraden, gepflegten Zähne sehen. Er lächelt uns auch jetzt an. Sein Traum muss lustig sein", fuhr sie fort. Die Wahrheit war, dass ihm Zähne fehlten, und jene, die er noch hatte, waren gelblich.

"Wie schön. Das ist wirklich ein sehr schöner Bursche", schlussfolgerte Liane. Sie behielt für sich, dass sie an der Beschreibung mehr als nur zweifelte. Auch behielt sie für sich, dass sie glaubte, jeder im Raum würde irgendwas für sich behalten. Zu wenig kannte sie die Beziehung ihrer Tochter zu Roxanne, dachte sie schlagartig. Ihr kam in Erinnerung, wie aufgewühlt

Mika ihr nur eine Stunde vorher unbedingt etwas über Roxanne erzählen wollte. "Ist er von Beruf wirklich Sportler, Roxanne?"

Doch Roxanne konnte nicht antworten.

Mika übernahm für sie wieder das Wort: "Nein, Roxanne hat mir schon viel von ihm erzählt, er surft leider nicht und ist auch von Beruf kein Sportler, auch wenn ich ihn mir gerne so vorstelle. Er arbeitet als Pfleger hier im Krankenhaus. Er liebt es, Menschen zu helfen. Roxanne hat gesagt, dass es keinen gütigeren Menschen in ihrem Leben gibt als ihn. Außerdem gärtnert er in seiner Freizeit. Er mag es, Hecken zu stutzen. Er mag es ordentlich und sauber. Sein steriler Arbeitsplatz hier im Krankenhaus passt zu ihm so wie eine ordentlich gestutzte Hecke." Wieder lächelte Roxanne, sodass Mika mit den Lügen fortfuhr: "Er hat starke große Hände, weil er sehr viel im Garten arbeitet. Nicht nur in seinem eigenen Garten, sondern auch in den Gärten der Nachbarn. Vor allem der älteren Nachbarn, weißt du? Er hilft ja so gerne."

"Große starke Hände! Ja, so stelle ich ihn mir vor. Ich wünschte manchmal, ich hätte stärkere Hände." Liane fing an, ihre eigenen Hände zu kneten, nachdem sie ihren Wunsch ausgesprochen hatte.

"Sie haben Mika, die für Sie die starken Hände hat", sagte Roxanne, die Mika immer noch bewundernd ansah. "Es ist bestimmt schön, jemanden zu haben, auf den man sich verlassen kann." Sie klang müde, wie frisch nach einer fast schlaflosen Nacht erwacht.

"Ja, das ist es wirklich. Sie ist ein Engel, meine Mika. Aber was sage ich dir, du hast einen Bruder mit starken Händen", lachte Liane, woraufhin Roxanne erneut mit den Tränen rang.

"Wir können euch auch kurz alleine lassen. Willst du das? Dann warten wir draußen", bot Mika Roxanne an. Diese nickte.

"Habe ich etwas Falsches gesagt? Ich dachte, sie hatte sich Gesellschaft für ihren Bruder gewünscht." Liane klang enttäuscht, als sie im Flur angekommen und die Krankenzimmertür hinter sich geschlossen hatten.

Mika wandte sich überrascht ihrer Mutter zu. "Ja, das stimmt. Aber manchmal tut es auch gut, zu wissen, dass jemand vor der Tür auf einen wartet." Ihre eigenen Worte kamen ihr wieder viel zu nett vor.

"Du bist ein herzliches Mädchen. Ich weiß gar nicht, was ich und die Menschheit ohne dich machen würden", lobte Liane ihre Tochter, von der sie kurz zuvor zum ersten Mal angelogen worden war.

"Willst du mich auf den Arm nehmen? Die Menschheit hat doch nichts von mir." Mika schüttelte den Kopf. Sie fühlte sich scheußlich und stark zugleich. Sie wollte Roxanne unter diesen neuen Umständen nicht noch belasten und sie wusste nicht, wie gut sie dann noch ihre Mutter und beste Freundin anlügen konnte.

"Doch, hat sie sehr wohl. Ich weiß, warum dir die Tunnel wichtig sind und warum du dich so wenig um dich selbst und so viel um mich kümmerst. Du bist selbstlos, aber manchmal musst du auch an dich denken. Du darfst und solltest rausgehen und Zeit mit Menschen verbringen, die zur Abwechslung auch dir guttun."

Mika wusste, dass sie auf Zeit mit Roxanne und ihren Bruder hinauswollte, und schwieg. Sie wollte nicht darüber nachdenken, wie lange sie die Aggressionen zwischen Roxanne und ihr noch geheim halten konnte. Außerdem hatte sie andere Pläne, als in diesem Moment mit ihrer Mutter zu sprechen. Sie wollte mehr über Luca erfahren.

"Warte hier", bat sie ihre Mutter. Sie setzte sie auf eine Bank vor Lucas Zimmer, bevor sie ging. "Ich will mir das Krankenhaus ein bisschen anschauen, um dir später davon zu erzählen." Wieder log sie.

"Ja, mach das, ich bin schon jetzt gespannt."

Mika entfernte sich mit leisen Schritten und einem unwohlen Gefühl im Magen, weil sie ihre Mutter unbeobachtet zurückließ, und bog in das Schwesternzimmer ein, das Lucas Zimmer am nächsten war. Das Bedürfnis, mehr zu erfahren, war stärker als ihre Sorge und ließ sie mutig einen Schritt vor den nächsten setzen.

"Warten Sie bitte draußen", sagte eine Krankenschwester, die vermutlich kurz vor der Rente stand und gerade ein Medikamententablett vorbereitete.

"Ich habe nicht so viel Zeit und würde gerne etwas über Luca im Zimmer 503 erfahren, wenn das möglich ist." Mika versuchte traurig zu klingen.

"Sind Sie eine Angehörige?", fragte die Krankenschwester, während sie aufsah. Als sie Mika ins Gesicht blickte, weiteten sich ihre Augen erschrocken. "Um Gottes willen! Was ist denn mit Ihnen passiert?", fragte sie und hastete zu ihr. "Setzen Sie sich bitte", verlangte sie dann, legte Mikas Kopf in den Nacken und begutachtete vorsichtig die Platzwunde an ihrer Stirn, die sie sich im Büro ihrer Professorin zugezogen hatte.

"Autsch!" Mika zuckte zusammen, als die Krankenschwester ihre Wunde berührte.

166

"Es tut mir leid, aber ich muss die Wunde reinigen", murmelte sie besorgt.

"Es ist nichts, das heilt schnell wieder", erklärte Mika mit schmerzverzerrtem Gesicht. Sie stand auf, um sich von den Händen der Krankenschwester zu befreien.

"Diese Wunde ist nicht mehr frisch und Sie haben stark geblutet, selbstverständlich werde ich sie reinigen", entgegnete die Schwester energisch und eindringlich. Sie suchte in einem Schrank nach Desinfektionsmittel. "Und wenn Sie Glück haben, finden wir gleich heraus, dass die Wunde so klein ist, dass sie nicht genäht werden muss. Wieso sind Sie nicht gleich zu einem Arzt gegangen?"

Mika seufzte aus tiefstem Herzen. "Ich hätte nicht gedacht, dass es so schlimm ist, ehrlich gesagt. Ich hatte noch keinen Spiegel zur Hand und komischerweise hat nicht einmal der Taxifahrer besorgt reagiert."

Die Krankenschwester fing an, die Wunde zu reinigen, und kam auf den ursprünglichen Grund für Mikas Besuch bei ihr zu sprechen. "Sie sind eine Angehörige von Luca Jacobs, ja?"

Mika log ungern und tat es dennoch zum dritten Mal in dieser Stunde. "Ja, ich bin seine Halbschwester und extra von der Küste angereist, um ihn endlich zu sehen."

"Wieso fragen Sie dann nicht ihre Halbschwester?"

"Roxanne ist sehr aufgewühlt. Ich würde ihr gerne die Zeit mit unserem Bruder lassen, ohne zu viele Fragen zu stellen."

"Das ist rücksichtsvoll von Ihnen", sagte die Krankenschwester mitfühlend.

Mika saß auf einem Holzstuhl neben dem Medikamentenschrank und hatte den Ausgang im Blick. Sie vergewisserte sich, dass niemand in der Nähe herumlief, schaltete ihr Headset ein, damit es das Gespräch aufzeichnete, und begann Fragen zu stellen. "Wie war es, als Luca hier eintraf?" Sie musste ihre Fragen vorsichtig auswählen. Eine Angehörige konnte nicht völlig ahnungslos sein.

"Oh, es war schrecklich! Der junge Mann hatte schon im Krankenwagen das Bewusstsein verloren und wir mussten ihn in ein künstliches Koma versetzen, zumal sein armes Herz die Schmerzen nicht unbeschadet überstanden hat. Leider stand vor seiner Ankunft hier schon fest, dass er ohne ein neues Herz keine Chance haben wird."

"Wie lange wird es dauern?", fragte Mika in der Hoffnung, keine Rückfrage zu bekommen. Sie meinte das künstliche Koma, ahnte jedoch, dass weitere Details nötig waren.

"Ein neues Herz zu bekommen? Er wird ein Organersatzsystem eingesetzt bekommen, weil es Jahre dauern kann, bis ein passendes Herz gefunden wird, wissen Sie?" Die Krankenschwester hatte aufgehört, mit dem Tupfer an Mikas Stirn zu hantieren. "Die Ärzte wollen der Familie aber noch keine großen Hoffnungen machen. Aktuell ist es wichtig, dass er keine inflammatorische Reaktion zeigt. Patienten mit Drogenvergangenheit haben ein schwaches Immunsystem und ehrlich gesagt keine Chance auf ein Spenderorgan. Die Suchtmittel medikamentös einzustellen, kann oft Probleme bereiten, da sie gewisse Toleranzen aufgebaut haben oder bereits für Organschäden verantwortlich sind. Na ja, und Verbrennungen bieten viel

Fläche, in die Keime geraten könnten, sodass eine Sepsis entstehen könnte. Darum auch die Isolation. Es muss eine Umkehrisolation stattfinden und der Immunsupprimierte darf mit keinen Keimen in Kontakt kommen."

"Eine Sepsis?", fragte Mika und versuchte nicht schrill zu klingen.

"Eine Blutvergiftung. Ihr Bruder hat bereits in diesem Alter ein schwaches Herz und wir müssen abwarten. Sollte seine Lunge versagen, sein Herz schwächer werden und sogar Multiorganversagen eintreten, könnte es schlecht aussehen. Seine Niere könnte aufhören zu arbeiten, die Leberwerte sich verschlechtern", erklärte die Krankenschwester.

Mika rieb sich die Schläfen und zuckte vor Schmerzen zusammen, weil sie aus Gewohnheit der Wunde zu nahe gekommen war.

"Entschuldigung, ich hätte gar nicht so viel sagen dürfen."

"Doch, ich will das alles wissen. Nehmen Sie sich bitte nicht zurück. Wie schätzen Sie seine Chancen ein?"

"Wie ich schon sagte, wir müssen abwarten. Sollten diese Dinge einsetzen, sein Immunsystem schwächer werden, werden wir ihn mit einer Extrakorporal-Membranoxygenierung versorgen, bevor wir auf ein Organersatzsystem zurückgreifen. Diese Lösung dient ebenfalls als Herzkreislauf-Unterstützungssystem, das uns hilft, die Zeit bis zur Transplantation zu überbrücken."

"Es sieht also nicht so gut aus", schlussfolgerte Mika.

"Der Fuchs sieht also nicht so gut aus", wiederholte die Krankenschwester, "es tut mir leid."

Mika seufzte. "Der Fuchs?"

"Ja, Frau Jacobs hat dem Zustand Ihres Bruders einen Namen gegeben, weil sie nicht von Drogenmissbrauch sprechen will, wie ich vermute. Sie spricht zumindest immer vom Fuchs als Schuldigen."

Damit war die Krankenschwester fertig mit Mikas Wunde. "Sie hatten wirklich Glück, es muss nicht genäht werden, das sollte so heilen."

Mika atmete erleichtert auf und verließ das Schwesternzimmer, ohne sich umzuschauen. "Danke für die Versorgung", sagte sie beim Aufstehen. "ich gehe dann zurück zu Roxanne."

Es würde keine spannende Krankenhausbeschreibung für ihre Mutter geben, stellte Mika fest. Sie würde sich irgendetwas ausdenken. Kurz vor den Bänken bei Lucas Krankenzimmer bemerkte Mika Roxanne, die neben Liane saß und das Gesicht in den Händen vergraben hielt.

"Wieso lässt du den Kopf hängen, mein Kind?", fragte Liane. Keiner antwortete. "Mika, was ist mit dir?"

Mika blieb vor ihrer Mutter stehen und war verwirrt. "Du meinst mich? Wieso denkst du, ich würde meinen Kopf hängen lassen?"

"Ich sehe dich zwar nicht, aber ich kenne deine Schritte seit über zwei Jahrzehnten."

Daraufhin blickte Roxanne sie an und Mika sah direkt in ihre geröteten Augen. "Was ist mit deiner Stirn passiert?", fragte sie verwundert über den Verband.

"Mit wessen Stirn, Mikas?", fragte Liane, "was ist damit?"

"Nichts, Mama, es ist alles gut, ich habe mir nur wieder die Schläfen gerieben. Du kennst mich. Ich habe nur wieder leichte Kopfschmerzen", log sie abermals.

Roxanne schaute auf ihre Füße, ohne die Platzwunde zu erwähnen.

"Wir bringen dich nach Hause", sagte Mika. "Mama, Roxanne ist müde und bestimmt auch hungrig. Ist es in Ordnung, wenn sie mit zu uns kommt?"

"Ja, natürlich ist das in Ordnung. Wir haben auch noch Kürbis und könnten wieder Suppe kochen."

"Nein, danke. Ich komme schon zurecht", sagte Roxanne leise. "Ich bleibe noch."

Erleichtert atmete Mika auf.

"Wir können mit dir bleiben", sagte Liane, doch Roxanne schüttelte den Kopf.

"Nein, danke, Liane. Ich werde noch eine ganze Weile bleiben."

Also verabschiedeten sie sich.

Mika und Liane gingen durch das Krankenhaus und schwiegen eine Weile. "Was hast du dir im Krankenhaus angesehen?", wollte Liane wissen, während sie durch die Flure schlenderten.

"Ich frage mich, warum sie uns dabeihaben wollte", murmelte Mika gedankenverloren.

"Na, weil man ungerne alleine Derartiges durchsteht. Wo ist die Empathie hin, die gerade noch da war?"

"Entschuldige, das meine ich nicht."

"Du denkst wieder, sie will dir etwas Böses und wir sollten ihr lieber misstrauen", schnaubte Liane. "Bevor wir jetzt diskutieren, beschreibe mir doch lieber das Krankenhaus, was hast du gesehen?"

"Du hast recht, wir sollten ihr lieber misstrauen. Vor allem du. Warum hast du ihr diesen Besuch ihres Bruders zugesagt, ohne mit mir vorher darüber zu sprechen?" Mika klopfte auf den Arm ihrer Mutter, als diese nicht antwortete.

"Weil sie völlig aufgelöst war."

"Sie war was?", lachte Mika. "Heute Morgen wirkte sie putzmunter."

"So etwas geht eben sehr schnell, wenn man verletzlich ist oder jemanden vermisst. Warum bist du nur so kühl dem armen Mädchen gegenüber?", fragte Liane sanfter, als die Konversation es nahelegte.

"Ich traue ihr einfach nicht", sagte Mika.

Kapitel 12

Ohne an die Krankenzimmertür zu klopfen, betrat eine Krankenschwester mit einem Abendbrot-Tablett den Raum. "Das ist nicht erlaubt", sagte sie entsetzt, als sie Roxanne sah.

Diese sprang erschrocken auf. Sie hatte sich vorsichtig zu ihrem Bruder gelegt, nachdem Mika und Liane den Heimweg angetreten hatten. "Ich wollte nur", stotterte sie, "ich weiß, dass das nicht erlaubt ist, aber er ist hier so alleine und es ist so kalt..."

"Setzen Sie sich gefälligst auf den Stuhl, wenn sie ihn nicht alleine lassen wollen, ja?", sagte die Krankenschwester. "Zumindest wenn jemand reinkommt, einverstanden?" Dann lächelte sie Roxanne an, bevor sie ein zweites Tablett reinholte.

"Danke." Roxanne verstand und entspannte sich ein wenig.

"Gern geschehen, Kindchen, Sie müssen ja etwas essen, wenn Ihre Schwester Sie schon ohne Verpflegung zurücklässt."

"Ich habe mich nicht wegen des Essens bedankt, sondern...", korrigierte Roxanne, indes ihr Lächeln schwand. "Meine Schwester?"

Die Krankenschwester machte sich daran, Lucas Tropf auszutauschen. "Die nette junge Dame, die heute Abend bei Ihnen war."

"Das ist nicht meine Schwester, sie und ihre Mutter haben mich nur freundlicherweise begleitet." Roxanne schaute aus dem Fenster. "Ich hätte mitgehen können, wenn ich Hunger gehabt hätte."

"Stimmt ja, sie sagte, sie wäre Ihre Halbschwester. Das habe ich durcheinandergebracht", lachte die Krankenschwester, "ich bin zu alt, um mir noch alles zu merken."

Roxanne runzelte die Stirn. "Sie sagte, sie wäre meine Halbschwester?"

"Ja, ist es nicht schön, dass sie von der Küste angereist ist? Familie ist wichtig, glauben Sie mir."

Es schneite. Graublaue kondensierte Atemluft erschien und verschwand mit jedem Atemzug, ebenso schnell wie ihre Geschwister im dämmrigen Himmel. Roxanne war aus dem Krankenhaus gerannt. Auf einer Bank im Park ließ sie sich nach dem Sprint mit krampfartigen Schmerzen unter ihren Rippen nieder. Sie hatte weiterlaufen wollen, doch ihre Beine wollten ihr nicht gehorchen. Roxannes Lungen ahmten den Schmerz ihrer Rippen nach. Sie hatte impulsartig, und ohne Ziel die Flucht ergriffen, um Tränen zu vermeiden. Entgegen ihres genialen Plans wurden ihre Wangen inmitten der eisigen Stille feucht.

"Nein", brüllte sie in das Weiß, das sich mittlerweile auf die Stadt gelegt hatte. Zum Glück war weit und breit niemand zu sehen. Dann sprang sie auf und griff in den Schnee. Die Kälte tat gut. Der Schneeball zerfiel in ihren Händen, bevor sie realisieren konnte, dass sie ihn geformt hatte. Der glitzernde, eisige Schnee verpasste ihrer nackten Haut schmerzhafte Stiche. Sie wollte sich ihrer Kleidung entledigen und ins kalte, frische Weiß fallen lassen, um annähernd nachempfinden zu können, wie sich ihr Bruder gefühlt haben musste, und um sich von all den lauten Fragen zu befreien, die in ihrem Kopf herumschwirrten. Sie wollte die gemischten Gefühle konsolidieren und nur noch diesen Schmerz fühlen. Sie fing an, sich in einem apathischen Moment auszuziehen, ohne sich noch einmal zu vergewissern, dass niemand mitten in Berlin in einem öffentlichen Park spazieren ging. Erst ihren Pullover, dann die Schuhe und Socken. Noch während sie ihr Shirt über den Kopf streifte, fühlte sie eine Hand auf ihrer Schulter. In Unterwäsche und Jeans stand sie barfuß und zitternd im Schnee ohne aufzuschauen.

"Was machst du da?" Mika starrte sie völlig verdutzt an.

"Verpiss dich, du verfluchte Lügnerin!" Roxanne schüttelte die Hand auf ihrer Schulter ab.

"Nein."

Schluchzend stand Roxanne mit dem Rücken zu Mika gedreht im frischen Abendschnee. "Wieso bist du hier?", wollte sie wissen.

"Ich habe dich von meinem Fenster aus gesehen und war besorgt", antwortete Mika. Sie näherte sich Roxanne und legte einen Arm um sie.

"Besorgt? Ist das auch der Grund dafür, dass du dich als meine Schwester ausgibst?" Roxanne drehte sich zu Mika um, um sie fortzustoßen. "Von deinem Fenster aus?" Sie sah sich um. Sie war bis zum Gebäude gerannt, in dem Mika wohnte, ohne es geplant zu haben. "Ich will, dass du dich von Luca und mir fernhältst." Sie standen sich so nahe, dass die Worte mit einer sichtbaren Atemwolke im kühlen Wind noch warm in Mikas Gesicht landeten. Sie kam Mika näher und schubste sie noch einmal. Mika stolperte und fiel auf den schneebedeckten Rasen.

"Was? Wieso? Erst verfolgst du mich und jetzt willst du, dass ich mich von dir fernhalte?", sie sprang auf, näherte sich Roxanne mutig und umarmte sie wieder. "Beruhige dich, bitte." Doch sie wurde wieder fortgeschubst. "Dass ich mich als eure Schwester ausgegeben habe, tut mir leid, du hast ja recht, das war nicht richtig. Aber ich hatte Angst um meine Mutter", versuchte sie sich zu rechtfertigen.

"Du hattest Angst um deine Mutter? Verarsch mich nicht! Du selbstsüchtiges Aas! Du erträgst es nicht, die Kontrolle zu verlieren und ausnahmsweise nicht alles zu wissen", schrie Roxanne. Eine weitere Träne verabschiedete sich von ihrem Augenlied. "Behandle deine Mutter nicht weiter wie ein Kind. Sie kann alles auch ohne dich, du einnehmende Person. Nicht ich bin kontrollsüchtig, sondern du."

"Nenne mich nicht so, bitte", flehte Mika, "ich wollte..."

"Ja, was wolltest du?"

"Ich weiß auch nicht, da sein, keine Ahnung. Ich weiß auch nicht, warum ich plötzlich wissen wollte, was in deinem Leben abgeht", versuchte sie zu erklären.

"Lügnerin", brüllte Roxanne und spuckte vor Mikas Füße, bevor sie sich umdrehte.

Mika zitterte, als Roxanne sich entfernte. "Es tut mir leid", rief sie ihr hinterher, "bitte, geh nicht..." Roxanne reagierte nicht. "Lügnerin sagst du? Kontrollsüchtig nennst du mich? Was ist mit dir? Schau doch mal in einen verdammten Spiegel", brüllte sie dann, doch Roxanne entfernte sich weiter.

Mika blieb frierend zurück und ließ sich auf der Parkbank nieder. Sie wollte nicht wahrhaben, dass ihr Drang, mehr zu wissen, dem Ganzen ein Ende gesetzt haben könnte. "Ich sollte mich freuen, oder?", fragte sie die Dunkelheit. "Sie wird meine Mutter vielleicht

176

nicht mehr bedrohen und sich endlich von mir fernhalten."

Die plötzliche Stille inmitten der jungen Winterlandschaft hieß Mika nicht willkommen. Zu ruhig umarmte sie ihren inneren Sturm. Schnell erhob sie sich von der Bank und rannte in das Hochhaus, um sich von ihr zu befreien. Friedliche Stille gehörte ihrer Meinung nach nur denen, die den Frieden protegierten.

Mika mied in der darauffolgenden Woche die Vorlesungen aus Angst, Roxanne zu begegnen und freute sich auf Tina und den Selbstverteidigungskurs. Ohne zu zögern, ergriff sie die Initiative und ging zur T-Bar, unter Leute, in die laute Stadt, in der sie sich anonymer fühlte, als sie erwartet hätte. Die Bar befand sich in einem Viertel zwischen weiterer Bars und Clubs in einer mit Lichterketten und Girlanden geschmückten Straße. Aus den beleuchteten Lokalen tönte dumpf Musik hinter den geschlossenen Türen, die dem Winter den Rücken kehrten. Die Bässe, das Gelächter und die langsam fallenden Schneeflocken gaben ein kontrastreiches Bild her, das sich in Mikas Gedächtnis einbrannte. Sie nahm das alles als Zeichen für einen Neuanfang. Hier, dachte sie, war ihr neues Leben. Sie sagte es sich immer wieder, ohne auch nur ein Lokal betreten und die Menschenmengen ertragen zu haben.

"Hallo Tina", brüllte sie vor dem dunkelbraun lackierten Wallnusstresen, hinter dem ihre Trainerin Biere zapfte.

"Mika! Ist das schön, dich zu sehen!", freute sie sich.

"Entschuldige bitte, ich habe gerade viel zu tun aber lass dich auf einen Drink einladen und ich komme zu dir, wenn es ruhiger wird, ja? Was hättest du gerne?"

Mika schaute sich um. Sie kannte die meisten Getränkesorten im gleichfalls dunkelbraunen Regal hinter dem Tresen nicht: "Ich nehme einen Tee", beschloss sie zufrieden. Tina reichte ihr einen Pfefferminz-Tee. "Es ist die einzige Sorte, die ich dir anbieten kann", sagte sie dazu, streifte Mikas Hand und schenkte ihre Aufmerksamkeit ihren anderen Gästen. Die Hand, die Tina berührt hatte, zitterte. Mika erinnerte sich an Roxanne, an die Stellen, die sie verwundet hatte und Gänsehaut fuhr über ihre Arme. Sie kämpfte dagegen an, weiter an sie zu denken und bestellte sich das, was Tina aus den Zapfhähnen hervorholte.

Roxannes Gesicht fiel weiter in den Hintergrund, je tiefer die Nacht. Tina bei der Arbeit zuzusehen wurde interessanter. Ihre gerissene Art, aufdringliche Gäste zurückzuweisen und mit allen anderen zu flirten beeindruckten Mika.

"Also", sagte Tina, während sie den klebrigen Tresen wischte, "was führt dich her?"

"Du", begann Mika den Satz und bereute sofort, ebenfalls flirtend zu klingen, "ich meine, dein Job-Angebot." Ihr linkes Augenlid begann zu zucken. Sie log vor Aufregung.

Tinas Grinsen wurde breiter: "Im Ernst? Hast du denn schon mal gekellnert?"

Mika schüttelte den Kopf.

"Ist auch egal. Hauptsache die Arbeit macht Spaß oder? Du kannst, wenn du Lust hast, gern damit anfangen, einfach Bestellungen aufzunehmen und auszuliefern, Tische abzuräumen und zu spülen. Den Rest mache ich." Sie hatte damit aufgehört, den Tresen zu wischen, um ihre Schülerin genauer anzuschauen.

"Was ist?", fragte Mika verwirrt.

"Nichts."

Kapitel 13

Das Studium wollte und konnte sie jedoch nicht komplett ignorieren. Sie holte sich Zusammenfassungen und Bücher, die sie brauchte, aus der Bibliothek und schloss sich in ihrem Zimmer ein, solange sie konnte. Doch der sechste Besuch in der Bibliothek warf sie zurück in die Geschehnisse am Abend an der Parkbank. Denn am Nachmittag saß Roxanne ebenfalls in der Bibliothek. Sie saß alleine auf einem Sofa im Eingangsbereich und las. Verdutzt sah Mika sich um. Niemand außer ihr befand sich in der Nähe. "Hallo", murmelte sie, um sich anschließend direkt selbst zu verfluchen. Sie bekam keine Antwort. Sie wartete noch ein paar Sekunden, bis sie verstand, dass Roxanne sie weiter ignorierte. "O.k.", sagte sie, ging weiter und verließ die Bibliothek. Vor den Fahrstühlen gegenüber blieb sie stehen.

"Weißt du, was an dir das Schlimmste ist?", hörte sie Roxanne fragen, als ihr Fahrstuhl endlich angekommen war. Sie ließ widerwillig zu, dass sich die Türen schlossen, ohne dass sie eingestiegen war. "Das Schlimmste?", Mika schnaubte in einem anstrengenden Versuch, desinteressiert zu wirken, während sie sich langsam umdrehte. Roxanne stand indes in der Tür der Bibliothek und sah zu ihr herüber. "Du bist ein Arsch, wenn du einen Satz so anfängst, weil ich jetzt schon weiß, dass die Antwort niemals das wirklich Schlimmste beschreiben wird", sagte sie. "Und weißt du, warum? Weil du mich nicht kennst."

"Beruhige dich", lachte Roxanne, "es ist mir egal, ob ich für dich ein Arsch bin, aber hör dir meine Antwort an: An dir ist für mich das Schlimmste jetzt, ohne dich gut zu kennen, dass du aus dieser kurzen Verbindung unserer Leben ein großes Drama machst. Hör auf, dich zum Affen zu machen und wegzubleiben und komm gefälligst wieder in die Vorlesungen."

Mika starrte Roxanne an.

"Ich weiß, dass du mich verstanden hast, auch wenn du wieder so dumm herüberschaust."

"Es kann dir doch egal sein, ob ich an Vorlesungen teilnehme oder nicht."

"Richtig", sagte Roxanne, klappte ihr Buch zu und verließ den Eingangsbereich, ohne Mika noch einmal anzusehen.

Entgeistert blieb Mika vor einem verschlossenen Fahrstuhl stehen, der sich auf den Weg zu jemandem machte, der seine Einladung einzusteigen wahrnehmen würde.

Am Folgetag erschien Mika zu den Vorlesungen, sah jedoch durch Roxanne hindurch. Sie wollte ihr nicht das triumphale Gefühl geben, sie zur Vernunft gebracht zu haben. Und dennoch verschwamm der Vorlesungsinhalt wieder in Mikas Ohren. Sie sehnte sich nach Erklärungen. Sie beobachtete Roxanne, wann immer sie es unbemerkt konnte, und versuchte etwas an ihr zu finden, dass sie so sehr hassen könnte, dass es ihr egal wäre, dass sie einen kranken Bruder hat, Waise ist, Angst vor Regen hat oder herzlos daherkommt.

"Trotzdem will ich dich in meinem Leben haben", flüsterte sie schwermütig. "Rede mit mir", flehte sie leise, "bitte!"

"Shh!" Ihre Sitznachbarn waren genervt von ihr. Ein Teil packte seine Bücher zusammen und suchte sich einen anderen Platz, bis niemand mehr beabsichtigt neben ihr saß, als würde ein unausstehlicher Gestank von ihr ausgehen.

Mit Roxannes Rücken vor sich und mehrtägigem Stechen im Bauch beschloss sie, eine Aussprache zu erzwingen. Sie hatte im Vorlesungssaal gewartet, bis alle Kommilitonen ihn verlassen hatten, in der Hoffnung, Roxanne würde noch immer den Schließdienst wahrnehmen.

"Geh bitte raus", sagte Roxanne düster, als Mika auf ihrem Platz im Hörsaal sitzenblieb, als würde sie einen Sitzstreik veranstalten.

"Du willst mich kontrollieren und jetzt soll ich mich von dir fernhalten?", fragte Mika ratlos und zum wiederholten Male. Roxanne ging, ohne die Tür abzuschließen. "Ich könnte dir folgen", flüsterte Mika ihr hinterher.

Da kam Roxanne zurück, schloss die Tür hastig von innen ab und rannte die Treppen bis zur letzten Reihe hoch zu Mika. Sie stoppte dicht vor Mikas Gesicht und diese drückte sich gegen ihre Rückenlehne. "Du siehst scheußlich aus", sagte Roxanne.

"Ich konnte nicht schlafen."

"Hör auf zu zittern", befahl sie.

"Hör auf, so laut zu atmen", entgegnete Mika, "du machst mir Angst."

"Wieso tust du, was du tust? Du bist frei und ich werde dich nicht weiter verfolgen. Du musst jetzt keine Angst mehr vor mir haben, wenn du dich schlau anstellst."

"Es ist, als bräuchte irgendwas in mir diese Angst vor dir", flüsterte Mika.

Roxanne richtete sich wieder auf. Sie entfernte sich rückwärts, bis sie eine Fensterbank hinter sich spürte.
"Ich will dir aber wirklich keine Angst machen."
"Und ich will nicht, dass du damit aufhörst, Roxanne", beichtete Mika.
Roxanne schüttelte den Kopf.
"Ich bin neidisch", brach Mika erneut die Stille.
"Worauf?"
"Was hat die Wand, dass sie immer hinter dir stehen darf?"
"Ich gehe jetzt."
"Bitte, warte", flehte Mika, die das Ende dieser Chance sich zu schnell nähern sah.
Roxanne schloss die Tür wieder auf und verließ den Saal langsam, ohne abzuschließen.
Mika blieb enttäuscht zurück. Sie holte einen Block hervor und fing an aufzuschreiben, welche Dinge ihr wichtig waren, die einen derartigen Kampf und zahlreiche Dämpfer Wert waren. Ihre Mutter, das Studium..., und trotz vernünftiger Argumente dagegen, schlug ihr Herz dennoch schneller, wann immer Roxanne sich in ihre Gedanken schlich. Hinter Maßnahmen gegen Dinge, die ihr nicht guttaten, schrieb sie "umziehen".
Das Jahr wurde immer dunkler und der Schnee dreckiger und dichter. Die Dächer der Gebäude, Baumwipfel und Fahrzeuge gingen weiß in weiß ineinander über und Mika verstand, wieso viele im Winter depressiv wurden.
"Wo willst du hin?", fragte Liane, als Mika sich zur Wohnungstür begab.
"Ich gehe aus, warum fragst du?"

"Weil du sonst nie so spät noch ausgehst. Ich werde ja wohl noch fragen dürfen. Wäre schön, wenn du mir von dir aus wieder mal erzählen würdest, wie deine Tage und Pläne aussehen."

Liane verließ den Flur und ging wieder in die Wohnküche. Für den Bruchteil einer Sekunde zögerte Mika und Gefühle kehrten zu ihr zurück, die sie in letzter Zeit häufiger mit sich herumtrug: Schuldgefühle, die bei neun auf ihrer Gefühlsskala lagen.

"Ich bleibe nicht zu lange weg, o.k.?", sagte sie noch und verließ die Wohnung, nachdem ihre Mutter nichts entgegnete.

Liane sorgte sich, das wusste Mika. Sie sorgte sich zu Recht, doch nach den ersten Minuten im Herzen der Stadt und dem ersten Getränk in ihrer Hand, vergaß sie ihre Skala der unangenehmen Gefühle schnell. Sie kehrte spät zurück und wiederholte das Szenario am Folgeabend und auch am Abend darauf. Mika tauschte sich wenig mit ihrer Mutter aus und wurde nicht einmal mehr wütend, wenn sie alleine einkaufen war oder ohne sie aß. Sie fragte nicht, ob sie wieder mit Roxanne spazieren war, und bemerkte nicht, wie still ihr Zuhause und wie dunkel die Augenränder im gealterten Gesicht ihrer Mutter geworden waren.

"Frühling!" Liane öffnete alle Fenster und stellte das Radio lauter, in einem verzweifelten Versuch, ihre Tochter zu erreichen. "Es ist bestimmt bald Frühling, Schatz, und ich fühle, wie du schmollst." Das trübe Morgenlicht erreichte Mika, die mit der Kleidung des Vorabends auf ihrem Bett lag. Sie verzog das Gesicht. Der Alkohol prallte gegen ihre Schläfen und die ungesunde Schlafposition zog ihren Nacken hinauf.

"Wir haben eine Jahreszeit, die ich mal geliebt habe und jetzt abgrundtief hasse, wieso sollte ich nicht schmollen?", entgegnete Mika.

Ihre Mutter war am Fenster stehengeblieben, dessen Gardinen sie noch in den Händen hielt. Sie konnte nur ahnen, dass der Tag hell genug war, um Mika schockartig wach zu bekommen. "Immer noch? Komm, du bist kein Kind mehr. Es wird bald wärmer, Menschen werden glücklicher, es gibt so viele Gründe, um sich zu freuen."

"Ich kann den penetranten Duft des Frühlings, die waghalsigen Versuche meiner Mitmenschen, leicht bekleidet die ersten Sonnenstrahlen wahrzunehmen, und das Schwinden der Winterstille ebenfalls nicht ausstehen. Ich hasse es, im klaren Frühlingslicht alles und jeden sehen zu können und von allen und jedem gesehen zu werden. Mich interessiert es nicht, wenn andere glücklicher werden. Ich kann Menschenansammlungen nicht ausstehen und vermisse den Nebel des Herbsts."

"Ich wünschte, ich könnte alles und jeden sehen", sagte Liane in einem deutlich weniger fröhlichen Ton.

"Entschuldige Mama. Ich bin ein Scheusal!" Mika zwang sich, sich aufzurichten. Die Gliederschmerzen verlangsamten sie so, dass Liane bereits auf dem Weg zur Zimmertür war, bevor Mika aufstehen konnte.

"Na gut. Du musst den Frühling nicht mögen", sagte sie, "aber musst du ihn denn gleich hassen?" Liane stellte das Radio leiser. "Und, na ja, du lässt in letzter Zeit keine Party aus, was? Ich hole dir eine Schmerztablette."

"Die Abendveranstaltungen, die ich besuche, lenken mich ein bisschen ab", gestand sie, ohne dazuzusagen, dass sie es mittlerweile liebte, die Nächte zu ihren Tagen zu machen. Liane gab ihr eine Tablette und Mika erinnerte sich an das Päckchen Freifall, das sie in ihrem Kleiderschrank unter ihren Socken versteckt hatte.

"Abendveranstaltung", lachte Liane, "so nennen die jungen Leute die Partys heutzutage, ja?"

Mika schreckte auf. Was sie mit den Pillen machen würde, wusste sie noch immer nicht.

"Soll ich mal mit Roxanne reden?" Liane stand mit einem Glas Wasser im Eingang von Mikas Zimmer und hielt eine Tablette in ihre Richtung.

"Nein", rief Mika erschrocken, "um nichts in der Welt. Nein."

"Ein einfaches Nein hätte gereicht."

"Was soll diese Frage überhaupt?", fragte Mika. "Obwohl, warte, ich will es nicht wissen. Bitte lass uns über etwas anderes reden, mein Kopf explodiert."

"Wann wirst du mal wieder den Untergrund sicherer machen?", fragte Liane mit einem großen Grinsen im Gesicht. Die Tunnel waren ihr immer noch lieber als dass ihre Tochter die Nächte durchfeierte.

"Wieso grinst du so?"

"Hast du gehört, was ich gefragt habe? Nicht, wann du den Untergrund wieder unsicher machen wirst, sondern sicher. Ist das nicht witzig?"

Mika lachte, weil Liane sich freute, doch dann sagte sie: "Nein, Mama, das ist nicht wirklich witzig."

"Also, wann?", insistierte Liane.

Mika schlich zu ihrer Mutter und schluckte die Tablette. "Ich weiß nicht. Es nervt mich, immer wieder auf Fehler hinzuweisen und keine Rückmeldung auf den schriftlichen Teil zu bekommen."

"Seit wann wartest du auf Rückmeldungen? Wieso sprichst du nicht mit deinen Professoren?"

Mika schaute ihre Mutter entgeistert an. "Ich schaue dich gerade entgeistert an", erklärte sie. Sie ging an ihrer Mutter vorbei ins Badezimmer.

"Ich spüre das", neckte ihre Mutter. "Ich kann dich übrigens riechen." Liane rümpfte mit der Nase.

"Früher war alles anders. Ich musste niemandem hinterherlaufen und hier tue ich das jeden Tag."

"Jetzt hör aber auf zu meckern. Wir sind deinetwegen hergezogen. Wir haben alles hinter uns gelassen und ich sitze hier fest und muss dir jeden Tag hinterherlaufen, Mika Lindblad. Jetzt wasch dich und kümmere dich um dieses Projekt, das du so herbeigesehnt hast. Und wenn du es nicht tust, rufe ich Roxanne an und ihr sprecht mal aus, was diese ganze Sache hier soll. Vielleicht verstehe ich euch dann auch endlich."

"Ist ja gut", murmelte Mika. "Lass mich aber noch mal etwas erklären", fügte sie dann hinzu. Liane rollte die Augen und den Kopf gleich mit, blieb jedoch geduldig. "Also", fing Mika zu erklären an, "ich stelle hiermit meinem Schicksal ein Ultimatum."

"Dass ich nicht lache! Deinem Schicksal? Weil das Los, das du gezogen hast, so schlecht ist?" Liane klatschte in die Hände. Sie war Mika ins Badezimmer gefolgt, um sich nicht aussperren zu lassen.

"Nein, Mama, hör mir bitte zu. Wenn ich die Welt nicht sicherer machen kann, meine Mutter eigenständiger ist als ich und das Tunnel-Projekt wirklich nicht mehr sinnvoll für mich ist, will ich wenigstens versuchen, nebenbei Freundschaft zu finden und das Geheimnis der Magie des Studiums suchen. Und dann ist da noch etwas, das ich nie hatte und nie vermissen konnte. Zwangloser Spaß. Ich fühle mich zurzeit wohl unter Menschen, das wird nicht immer so bleiben, denke ich", sie zuckte mit den Schultern.

"Mit all den fremden Menschen fühlst du dich wohl? Das ist auch für mich neu." Liane klang erstaunt, "aber das ist gut, versteh mich nicht falsch, solange es keine bösen Menschen sind."

"Böse Menschen?", sprach Mika ihrer Mutter nach. "Die Nacht und die Bars schützen mich vor diesen ekelhaften Minusgraden, weißt du? Und sie werden mich vor dem glanzvollen, glücklichen Frühling schützen." Sie zog sich aus und stellte die Dusche an. Der Wasserdruck ließ zu wünschen übrig. Mika wollte das längst bei der Hausverwaltung reklamiert haben.

"Das ist absolut nicht witzig. Du kommst offenbar ganz nach deiner Mutter", sagte Liane. "Das Studium gleitet in den Hintergrund. Willst du das?", fuhr sie vorsichtig fort. "Ist dir unwichtig, dass du dein Stipendium damit aufs Spiel setzt?"

"Mama, du selbst hast vorhin noch gesagt, ich wäre kein Kind mehr."

"Du hast recht, das muss ich kurz zurücknehmen. Was ist mit dem Nebenjob in der Druckerei?"

"Nein! Das musst du nicht zurücknehmen. Ich habe mich dafür entschieden, mehr zu arbeiten. Ich will als Tresenkraft in diesem Pub in Mitte arbeiten, damit wir wenigstens ein bisschen Einkommen haben. Die Druckerei kann mich mal. Mit dem Verdienst und der Arbeit, die ich da mache, habe ich das Gefühl, einen Freiwilligendienst zu absolvieren."

"Warum? Ich meine, du musst das doch nicht. Du musst hier nicht die Brötchen verdienen." Mikas Mutter setzte sich auf die Toilette, während Mika duschte.

"Ich will mein eigenes Geld verdienen und dich auf diese Weise unterstützen. Die Sozialhilfe ist wirklich ein Witz! Ich arbeite auch nur so viel, wie ich geringfügig neben dem Stipendium verdienen darf, o.k.?"

Der warme Wasserdampf der Dusche erreichte Mikas nachdenkliche Mutter. Sie ärgerte sich über die Diskussion, schätzte aber die Wärme und die gemeinsame Zeit. "Ich muss meine Gedanken sortieren, bevor ich weiterspreche. Ich denke an dein Studium und daran, dass wir gut zurechtkamen und du nun vieles in Gefahr bringst. Was ist denn jetzt mit dem Tunnelprojekt? Du warst so froh, es gewonnen zu haben."

"Ich zweifle das Studium ehrlich gesagt komplett an. Mir gefallen daran nur noch die Anonymität und Oberflächlichkeit."

"Du meinst, dass du jetzt glücklich bist, weil du etwas gefunden hast, mit dem du Roxanne vergessen kannst. Aber ich habe noch ein Wörtchen mitzusprechen, Fräulein."

"Wie kommst du denn jetzt auf Roxanne?", fragte Mika laut. Sie streckte den Kopf aus der Dusche, obwohl Liane sie nicht sehen konnte.

"War nur eine Vermutung. Hätte ja sein können, dass sie der Grund für deinen jähen Selbstbetrug ist." Sie setzte die Harmonie aufs Spiel, das wusste Liane.

"Roxanne hat nichts damit zu tun. Ich verstehe, dass du meine Ausbildung ungefährdet sehen willst und ich will deine Autorität nicht untergraben, aber in diesem Fall kannst du mich nicht umstimmen." Mikas Stimme wurde zittrig. "Ich will dir nicht die Stirn bieten, sondern wünsche mir eher deine Unterstützung. Dein Verständnis."

Liane stand wieder auf und ging unruhig auf und ab. "Wenn du deine Zukunft in den Müll wirfst? Wir haben hierfür schon auf so viel verzichtet. Wir hatten ein gutes Leben, Menschen, die uns mochten, Freunde, und jetzt habe ich hier niemanden mehr. Weil ich an dich glaube, Mika! Ich kann und darf deiner Meinung nach nichts alleine hier machen. Ich kann mich in der Großstadt nicht mal bewegen, ohne Angst davor haben zu müssen, überfallen zu werden. Und ich stehe das alles für dich durch. Da könnte ich genauso gut wieder aufs Dorf ziehen und wenigstens frische Luft atmen, während ich diese Dunkelheit tagein, tagaus ertrage. Und glaubst du, du kannst für immer kellnern? Du hasst Menschenansammlungen."

"Ich weiß es nicht. Ich weiß nicht, ob ich für immer kellnern werde, und das muss ich auch jetzt noch nicht wissen, oder? Das mit den Menschenansammlungen ist ein gutes Training. Man muss sich seinen Phobien stellen, denke ich." Mika hörte sich selbst wie eine Fremde sprechen, die sie nicht kannte. Sie hatte das Wasser ausgedreht. Mit einem Handtuch in der Hand stieg sie aus der Dusche aus und hielt ihre Mutter davon ab, weiter auf und ab zu gehen.

"Du weißt es nicht, aber ich weiß es", sagte Liane, "ich weiß, was du kannst und wovon du träumst. Das ist nicht weg. Gehe von mir aus kellnern, aber wenn deine Zensuren darunter leiden, ziehen wir wieder weg. Und mir ist egal, dass du kein Kind mehr bist, und ja, ich drohe dir gerade." Lianes Stimme war nicht nur bestimmend, sondern schrill geworden. "Wir brauchen eine Pause, bevor wir etwas sagen, das uns leidtun könnte", stellte sie dann fest und befreite sich aus Mikas Griff. "Trockne dich erstmal ab."

"Bleib bitte noch kurz, ich gehe und spreche mit Professorin Roth. Ich gebe mir Mühe, versprochen", sagte Mika nun mit weinerlicher Stimme, als wäre sie doch wieder der Teenager, der Hausarrest bekommen hat.

"Du sollst dir nicht nur Mühe geben, sondern diese Promotion durchziehen", entgegnete Liane laut, bevor sie tatsächlich den Raum verließ und die Tür schloss.

Mika blieb alleine im warmen Badezimmer zurück, das sie in diesem Moment viel zu klein und leer fand. Ihr fielen viele fehlende Dinge auf, die sie durch die Anwesenheit ihrer Mutter nie vermisst hatte. Sie schaute in einen kleinen Spiegel samt Riss in einer Ecke, auf Handtücher auf dem Boden, auf zwei leere Ecken, in denen Pflanzen schön daherkommen würden, auf hässliche rosa Kacheln und auf die einsame Glühbirne an der Badezimmer-Decke. Mit dem Handtuch um die Taille ging sie in die Wohnküche und bemerkte bücherlose Regale, einen Esstisch ohne Tischdecke, einen fleckigen Dielenboden ohne Teppiche, orange Plastikkürbisköpfe und bunte Weihnachtsbaumkugeln, auf denen mittlerweile Staub lag. Das alles vermittelte ihr auf einmal einen tristen Charme. Ihr wurde kalt und sie dachte an Roxanne und daran, dass niemand es lange mit ihr oder bei ihr aushielt und sie in ihrem Leben immer wieder in kalten, kahlen Räumen landen würde, wenn sie weiterhin keine Verantwortung für ihre eigenen Taten übernahm. Sie sah die Mappe mit Roxannes Bildern an der Wohnzimmertür lehnen und ging langsam zu ihr. Dann fing sie an, die Bilder an verschiedenen Wänden der Wohnung aufzuhängen. Während sie das tat, schluckte sie immer wieder den Knoten im Hals herunter, den die Bilder auslösten. Sie versuchte sich nicht vorzustellen, wie Roxannes Hände eine Kamera hielten und wie ihre Augen das perfekte Ziel fanden, um es für immer festzuhalten. Sie versuchte nicht daran zu denken, wie Roxanne sich Gedanken gemacht hatte, welche Fotografien am besten zu Mika und Liane passten.

"Du hängst die Bilder auf", stellte Liane fest, die das Hämmern gehört hatte.

"Ja", sagte Mika.

"Das freut mich."

Mika unterbrach ihr Vorhaben und wandte sich ihrer Mutter zu. "Wenn dir unsere Heimat fehlt, ziehe zurück, Mama. Ich meine, hier sind viele Studenten allein, und auch wenn mein Herz bricht, wenn ich nicht mehr auf dich aufpassen kann, weiß ich, dass es dir dort gut gehen wird."

Lianes belegte Stimme kam in Wellen bei Mika an und bahnte sich einen Weg in ihren schmerzenden Kopf. "Ich will ja gar nicht weg. Sowas brauchen wir gar nicht in Erwägung ziehen. Und jetzt komm in die Arme deiner Mama."

Mika ließ den Hammer auf das Sofa fallen und umarmte ihre Mutter. "Du bist ja ganz nass!", stellte sie fest, "bitte zieh dir erstmal etwas über! Eine Erkältung fehlt uns jetzt noch."

"Ja Mama", grinste Mika, "du hast ja recht."

Minuten später setzte sich Liane auf das Sofa und lauschte, wie ihre Tochter die restlichen Bilder aufhing.

"Ich gehe in die Uni", sagte sie nach getaner Arbeit und abebbenden Kopfschmerzen, "um mit Professorin Roth über die Tunnel zu sprechen. Und später beschreibe ich dir die Bilder, einverstanden?"

"Ja, das klingt toll, Schatz."

Kapitel 14

"**H**allo Professorin Roth", grüßte Mika ihre Dozentin beim Betreten ihres geräumigen Büros, "ich bin hier, weil ich gerne mit Ihnen über den Zwischenstand des Tunnelprojekts sprechen möchte."

"Und das muss jetzt und ohne Termin passieren?", fragte die Dozentin genervt und sah von ihren Papieren auf, mit denen sie gerade beschäftigt war.

Mika baute sich vor ihrem Tisch auf. "Ja, das muss jetzt sein. Das ganze Projekt ist in Gefahr, die Tunnel sind eine Sicherheitskatastrophe, ich erhalte von Ihnen keine Rückmeldung auf meine Ausarbeitungen, kann nicht weiterarbeiten, werde im Tunnel von Sicherheitstests ausgeschlossen und habe keine Ahnung, wie ich jetzt weitermachen soll", erklärte Mika und war überrascht über ihre eigene Souveränität.

"Sie sind wütend", stellte die Professorin fest.

"Es tut mir leid, dass ich hier so reinplatze, aber ich habe es satt, vertröstet zu werden. Meine Mutter hat viele Unannehmlichkeiten auf sich genommen, damit ich hier promovieren kann, und ich war so in den Untergrund vernarrt, dass ich vergessen habe, dass es im Grunde nur ein Projekt ist, das ich für jemand anderes vorantreibe. Und dieser jemand gibt mir nicht einmal Feedback. Haben Sie überhaupt mal in meine Aufzeichnungen geschaut?", fuhr Mika auf gleichem Niveau fort und wunderte sich dabei noch immer über sich selbst.

"Selbstverständlich habe ich das. Ich bin ehrlich gesagt davon ausgegangen, dass Sie zu dem Typ Studentinnen gehören, die man am besten eigenständig arbei-

ten lässt, solange die Ergebnisse gut bleiben. Ich dachte, Sie wüssten, dass ich eingreifen würde, wenn Ihre Performanz nachlässt. Ich habe mich geirrt und werde künftig deutlich stärker in die Kontrolle wechseln."
Louisa Roth schaute Mika erstmals nicht mit gehobenem Kinn an. "Dass Ihre Mutter Unannehmlichkeiten auf sich genommen hat, damit Sie promovieren können, interessiert mich im Übrigen absolut nicht. Bilden Sie sich bitte nicht ein, dass mich eine solche Rede bewegt. Ich möchte lediglich, dass dieses Projekt vorankommt, und ja, Sie arbeiten für mich. Allerdings nicht ausschließlich, das will ich klarstellen. Es handelt sich hierbei um Ihre Promotion, und wenn Sie das Thema plötzlich nicht mehr interessiert, werde ich mit Sicherheit auf der Stelle eine Handvoll Studenten finden, die sofort alles dafür stehen und liegen lassen würden."
Mika schluckte und starrte ihre Professorin sprachlos an.
"Sie sehen überrascht aus. Meine Güte, muss man den Studenten heutzutage alles zerkauen?"
Kopfschüttelnd zog Mika nun doch noch Worte aus ihrem Hals: "Ich bitte vielmals um Verzeihung, Professorin Roth. Ich hatte wirklich keine Ahnung und das ist mir peinlich. Ich arbeite gerne auf eigene Faust und nutze Vertrauensvorschüsse immer gewissenhaft. Mich wundert diese absurde Situation gerade selbst und ich bitte Sie, das alles zu vergessen."
Die Professorin lachte.
"Wobei ein bisschen Feedback hin und wieder nicht schaden könnte, aber ich danke Ihnen für Ihr Vertrauen und Ihre Zeit."

Professorin Roth lehnte sich in ihrem Stuhl zurück und musterte Mika. Dann verlangte sie: "Fassen Sie bitte mündlich hier und jetzt zusammen, was Sie gefunden haben."

"Sie meinen, was sich im Tunnel ändern müsste, damit er wirklich einbruchsicher ist?"

Louisa Roth nickte.

Mika atmete tief ein, nutzte den Moment, um taktisch klug vorzugehen, und beschrieb ihrer Dozentin ein paar der Auffälligkeiten, die sie im Ärmel hatte: "Da, wo der Transrapid langfährt, dürfen aufgrund vom Sog niemals Menschen langlaufen. Und für meinen Geschmack ist eine Ampel an den Eingängen zu den Bereichen der Tunnel nicht ausreichend. Es sollte nicht nur ein Ersatzstromnetz die Tunnel-Sicherheitssysteme im Falle eines Netzausfalls instand halten, es sollte vielmehr ohne Zweifel möglich sein, komplett ohne Strom Sicherheit zu garantieren. Ohne Strom funktionieren weder Schleusen noch Tür-Codes und Sauerstoffregulierer. Das sind nur Beispiele. Bei einem Kurzschluss hätten erfahrene Eindringlinge freie Hand."

"Bei den hohen Subventionskosten sind derartige Änderungen aufgrund von leerer Kassen unmöglich", bemerkte ihre Professorin, ohne sie aus den Augen zu lassen.

Mika fuhr unbeirrt fort: "Und was geschieht bei einer durchaus realistischen Bedrohung im Falle eines Brands? Die Tunnel, die Server und noch wichtiger, alle Personen, die sich zum Brandzeitpunkt im Tunnel aufhalten, würden sich in einer ernstzunehmenden Notsituation befinden, nicht zuletzt aufgrund von Rauch- und Rußentwicklungen, die zu gesundheitlichen Schäden führen." Mika ging zur Tafel neben der Eingangstür des Büros, wischte weg, was auf ihr stand, ohne um Erlaubnis zu bitten, und fing an, Rohre unterschiedlicher Formen und Größen aufzumalen. "Außerdem hat jeder Nebentunnel, der von großen Tunneln abzweigt, die wiederum vom Haupttunnel abzweigen, seine eigene Form und Größe und deswegen ganz eigene, einzigartige Sicherheitsanforderungen je nach Standort, Auslegung, Höhe und Verkehrsvolumen und -muster." Sie zeigte auf das Kleinste der Rohre auf der Tafel. "Dieser Tunnel zum Beispiel liegt direkt neben der Kanalisation und muss proportional höherem Druck standhalten als die anderen. Hier können wir nicht von ähnlichen Risiken ausgehen wie bei Tunneln nahe der Erdoberfläche unter einer brachliegenden Wiese. Letztere werden vermutlich nicht überschwemmt werden. Doch hier benötigen wir schnellere Schleusen. Was ich sagen möchte: Die Subventionskosten beziehen sich ja nicht auf absolut alle Schleusen, sondern in diesem Fall auf nur dreihundert von fünftausend, verstehen Sie? Das wird doch wohl bezahlbar sein."

Die Professorin lachte auf.

Mika war sich nicht sicher, ob sie ausgelacht wurde oder es sich um ein verzweifeltes Lachen handelte. Doch sie fuhr fort: "In einem Tunnel ist es immer wichtig, mehrere Aspekte zu beleuchten, um für Sicherheit zu sorgen. Ich weiß, dass Ihnen das nicht neu ist, aber warum sind absolut alle Arme mit einem identischen System ausgestattet? Reicht es nicht, dass sie alle mit einem einheitlichen Kommunikationssystem verbunden und in einer Zentrale kontrolliert werden? In einem Brandfall muss der Brand nicht nur identifiziert und die Schleusen müssen geschlossen werden, damit er erstickt, er sollte auch menschenleer sein. Es müsste auch sofort die Botschaft im Kontrollzentrum ankommen, welche Schäden entstehen würden, die gegebenenfalls eingegrenzt werden können, wenn Luken nicht geschlossen, sondern andere geöffnet werden, die eine Schleuse fluten könnten. Das muss alles ausgerechnet werden, so viel steht fest, aber das sind Investitionen in Personenstunden, nicht unbedingt oder hauptsächlich in Materialien. Aber dazu kann ich nicht mit Sicherheit etwas sagen."

Wieder lachte die Professorin.

"Ich kann meine Zeit auch anders verbringen, Frau Professorin Roth", sagte Mika gereizt.

"Fahren Sie bitte fort", verlangte ihre Dozentin nun.

"Ich habe noch eine Sache, die ich persönlich für viel wichtiger halte als die anderen", sagte Mika leiser, als könne ihnen jemand zuhören.

"Schießen Sie los", verlangte die Professorin.

"Tunnelsicherheit beginnt vor den Tunneln. Es sollten sich nicht nur Kameras auf dem Hof befinden, sondern auch Wärmedetektionssysteme. Es gibt bereits Frühwarnsysteme auf Basis innovativer Detektionstechnologien, welche die Arbeit von Videokameras oder Rauchmeldern in und um Tunnelanlagen in einem System übernehmen, falls zum Beispiel aufgrund von Rauchbildung keine Bilder mehr auf Videos erkennbar sind. Sie zeigen den Ort sowie die Ausbreitungsrichtung und Größe des Brandes exakt an. Das sind wichtige Informationen, um die Rauchabführung außerhalb und die Brandbekämpfung innerhalb und außerhalb der Tunnel entsprechend einzuleiten und die Rettung im Tunnel zu erleichtern. Und dann kön-

198

nen immer noch Schleusen geschlossen werden. Ich erzähle Ihnen das, weil diese Wärmedetektionssysteme auch mitgeführte Waffen erkennen, die mittlerweile unauffindbar am Körper mitgeführt werden können und jeder Durchsuchung trotzen. Sie schlagen Alarm, sobald sich Waffen oder Gegenstände auf dem Gelände befinden, die nicht in der Erkennungskartei gespeichert wurden. Sicherheitswächter dürften zum Beispiel Waffen mit sich führen, die das System problemlos erkennt und durchwinkt." Mika holte Luft, prüfte, ob ihre Dozentin ihr noch zuhörte, und fuhr fort: "Außerdem halte ich es für sehr wichtig, die Mitarbeiter besser auszubilden. Nicht nur bei der Einstellung, sondern regelmäßig. Misstrauen fördert ein schlechtes Arbeitsklima, ich weiß, aber für diese Jobs halte ich halbjährliche Kontrollen für unverzichtbar." Sie räusperte sich. "Falls ein unbefugter Eindringling eine der erlaubten Waffen reinbringt, erkennt das System sie selbstredend nicht. Auch aus dem Grund sollten die Wächter besser im Auge behalten werden."

In diesem Moment betrat Roxanne ohne vorher anzuklopfen das Büro.

Vor Schreck schaute Mika verstohlen auf die Tafel, um sofort wieder zu Roxanne zu blicken und zu bereuen, dass sie sicherstellen wollte, dass Roxanne keine geheimen Tunnelzeichnungen sah.

Roxanne starrte Mika an und Louisa Roth schien die Überraschung zu überfordern. "Frau Jacobs, können Sie bitte anklopfen, bevor Sie hereinkommen?"

"Eh", stotterte Roxanne, "ich, ja, natürlich."

"Du hast nicht angeklopft", plapperte Mika vor sich hin, "weil du nicht anzuklopfen brauchst, richtig?"

Louisa Roth stand von ihrem Tisch auf und fasste sich an die Stirn. "Doch, jeder muss hier anklopfen", sagte sie bestimmend.

Mika schaute mehrmals von der einen zur anderen und ließ die Kreide fallen, die sie noch in der Hand hielt, bevor sie sich zu ihrer Professorin umwandte und rückwärts an Roxanne vorbei das Büro verließ. "Guten Tag", sagte sie gefasster, als sie sich fühlte.

"Guten Tag", antwortete Roth mit einem für Mika verstörend zufriedenen Lächeln auf den Lippen.

Der Weg zum Treppenhaus erschien Mika endlos. Sie wagte es nicht, sich umzudrehen und Roxannes Blick noch einmal zu begegnen. Sie war an ihr vorbeigegangen, während sie noch regungslos auf der Türschwelle stand.

Wenig später war sie wieder zu Hause. "Ich habe meinen roten Faden wieder", teilte Mika ihrer Mutter mit, um sie zu beruhigen, und begab sich dann auf den Weg in die Stadt.

Die Versuche von Liane, ihre Tochter anzurufen, ignorierte Mika. Sie hetzte fluchend durch die Straßen. "Ich habe den roten Faden wieder", murmelte sie und kassierte abschätzige Blicke von Fremden, die ihr entgegenkamen. "Ja, richtig", murmelte sie, "ich weiß genau, worauf ich mich konzentrieren muss und worauf nicht."

In der dunkelsten Bar, die ihr Weg für sie bereithielt, ließ sie ihre Ängste und den Frust durch ihre Leber laufen. Sie trank und lachte das System aus, das es ihr ermöglichte, sich am hellsten Tage zu betrinken. Die Prüfungen, für die sie hätte lernen müssen, und ihre Arbeit über die Tunnelsicherheit verschwammen schnell, und während Mika ihre Gefühle ertrank, verlor sie auch das Zeitgefühl, das ihr verraten hätte, wann genau die Frau am Ende des Tresens damit angefangen hatte, sie zu beobachten. Die Frau stand auf, nachdem sie Mikas Blick und damit ihre Aufmerksamkeit für sich gewinnen konnte, als hätte sie darauf gewartet.

"Darf ich dich einladen?", fragte sie, bevor sie ihren Namen in Mikas Ohr flüsterte. Einen Namen, an den sich Mika am Folgetag nicht mehr erinnern konnte.

"Nein", antwortete sie, als die namenlose Frau sich an sie lehnte.

"Warum nicht?" Am Tresen hinter Mika verankerte sich die Frau und fuhr mit einer Hand durch Mikas Haare und mit der anderen über ihre Brust und wiederholte ihre Frage.

Der Raum drehte sich, die Gespräche um Mika herum wurden zu einem undefinierbaren Kauderwelsch. Sie wollte sich nicht auf die namenlose Frau einlassen und tat es trotzdem. Sie fühlte ihre Hände auf ihrem Körper und wünschte, es wären Roxannes.

"Wir sind uns nicht ansatzweise wichtig genug", flüsterte sie.

"Mache ich etwas falsch?", hauchte die Namenlose in Mikas Ohr, das tränenfeucht geworden war. Sie wischte sich die Tränen von den Wangen und stieß die Fremde von sich.

Mit zittrigen Beinen rannte sie auf die Straße und den ganzen Weg nach Hause.

"Mama", flüsterte Mika erleichtert, als sie sah, dass ihre Mutter zu Hause auf dem Sofa saß. Sie torkelte auf sie zu und umarmte sie, bevor sie völlig aufgelöst in Lianes Schoß schluchzte.

"Weißt du, wie spät es ist?", fragte Liane unbeeindruckt.

Verweint schaute Mika auf und in das versteinerte Gesicht ihrer Mutter. "Hm, vier oder fünf Uhr", stammelte sie und dann: "Oh Gott, es tut mir leid, du brauchst nicht zu erklären, warum du das fragst. Ich bin eine schreckliche Tochter! Es tut mir so leid und es tut mir auch leid, was ich heute Morgen zu dir gesagt habe."

"Du meinst vor ein paar Stunden", korrigierte Liane ihre Tochter.

"Ja, es tut mir so leid", Mika legte eine Pause ein, in der sie versuchte, ihre Atmung zu beruhigen: "Es tut mir leid, dass wir meinetwegen umgezogen sind und dass du jeden Tag deine Wünsche für mich runterschrauben musst, das wollte ich nie. Du bist meine beste Freundin und ich bin ein Scheusal!"

Liane hob den Kopf ihrer Tochter von ihrem Schoß.

"Du bist kein Scheusal und du bist auch keine schreckliche Tochter", sagte sie nun und umarmte Mika sanft. "Ich würde dieses Leben für dich immer wieder so führen, aber ich will von mir sagen können, ich hätte eine Kämpferin großgezogen und nicht jemanden, der so schnell aufgibt."

"Ja, du hast ja recht", schluchzte Mika weiter.

"Dann los, wisch dir die Tränen fort und dann sortieren wir mal deine Gedanken."

"Ich weiß auch nicht, was mit mir los ist, Mama. All diese Gefühle und Menschen, mit denen ich nicht zurechtkomme." Mika setzte sich aufrecht neben ihre Mutter. "Ist das dein Problem, Mama? Dass ich jetzt überhaupt zum ersten Mal wirklich mit Menschen zu tun habe? Dass sie mir wichtig sind und ich die Gefühle nicht einordnen kann?"

"Therapierst du dich jetzt selbst?", fragte Liane.

Beide lachten.

"Würdest du Roxanne bitte für mich beschreiben?", fragte Liane viel zu ernst, als dass Mika hätte weiterlachen können. Sie stand auf und holte ihrer Tochter ein Glas Wasser. "Interessant, dass uns sowas erst kurz bevor du dreißig wirst, passiert."

"Ich soll was?", fragte sie erschrocken.

"Bitte beschreibe deine Freundin."

Mika schaute ihre Mutter mit verklebten Augen und plötzlich ganz ruhig an. Sie schluckte schwer, als sie begriff, dass ihre Mutter ihr Entsetzen ja nicht sehen konnte. "Ich kann nicht", flüsterte sie mit bebender Stimme, so gut es ging.

"Ist gut", lenkte Liane ein, "dann bitte ich dich, noch einmal ins Krankenhaus zu fahren", sagte sie und zog an den Händen ihrer Tochter, ohne Widerworte abzuwarten, um sie zur Haustür zu begleiten.

"Jetzt?", fragte Mika noch entsetzter als in der vorangegangenen Sekunde. "Ich kann doch nicht jetzt dahinfahren, Mama, es ist so viel passiert und ich dachte, wir sortieren jetzt meine Gedanken. Außerdem ist mir schlecht."

"Genau. Und mit diesem Ausflug, den du jetzt machen wirst, fangen wir damit an."

"Aber es ist noch keine Besuchszeit." Mika hielt sich am Sofa fest, während ihre Mutter weiter an ihr zog. Die skurrile Szene streckte sich weiter über den Nachmittag.

"Aber, aber, aber. Du wirst dir schon etwas einfallen lassen. Sei einfach bei Luca, ja?"

Seufzend und ohne den Grund zu verstehen, knickte Mika ein. "Ich verstehe dich nicht", flüsterte sie, "und ich bin wütend. Aber ich gehe da jetzt hin, wenn es dich glücklich macht, deine angetrunkene Tochter ins Krankenhaus spazieren zu lassen."

"Hier, trink mehr Wasser und nimm noch ein Brot mit."

Zufrieden ging Liane zur Wohnungstür und wartete darauf, Mika zu verabschieden.

Der Weg war länger, als er Mika in Erinnerung geblieben war. Sie wurde langsamer, je näher sie dem Krankenhaus kam. Sie kämpfte gegen die Kälte an, die keine gute Kombination mit ihren Schweißausbrüchen war.

Mika fiel das Sicherheitspersonal im Eingang und an den Fahrstühlen und die Kameras an jeder Abzweigung erstmals auf. Alleine, unbefugt und als Hochstaplerin die breiten, hellerleuchteten Gänge zu betreten, setzte ihr zu. Sie überlegte, wie sich Roxanne fühlen musste, als echte Verbrecherin. An den Türen, die sie passierte, befanden sich Tür-Codes. Nur die leeren Zimmer standen offen. Die Mischung aus Desinfektionsmittel und Kantinenessen biss wieder in Mikas Nase. Ein Schwindelgefühl breitete sich in ihr aus.

"Hallo Liebes", sagte da eine ihr bekannte Stimme hinter ihr. "Geht es dir nicht gut?"

"Hallo", freute sich Mika, "ich würde Luca gerne besuchen", hauchte sie mühsam und wandte sich um.

"Weißt du es noch nicht? Er wurde verlegt, auf die Verbrennungsstation ins Südspital. Da sind Experten, weißt du. Hier konnten wir nichts mehr für ihn tun. Solange er in diesem kritischen Zustand ist, wird er da besser von Spezialisten betreut." Die Krankenschwester sah die Enttäuschung in Mikas Gesicht. "Ich bin mir sicher, deine Schwester hätte es dir erzählt. Erst gestern hat sie dich als Notfallkontakt eingetragen, falls sie nicht erreichbar ist."

Mika ging zur nächstgelegenen Wand, um sich abzustützen. "Sie hat mich als Notfallkontakt hier eintragen lassen?"

"Ja, ich nehme an, dass sie sichergehen will, dass jemand informiert wird, falls es Neuigkeiten gibt."

Ein paar Sekunden blieb die Krankenschwester noch bei Mika stehen. "Du siehst so bleich aus, kann ich dich alleine lassen?"

Mika nickte, lächelte dankbar und ging dann zum nächstgelegenen Fahrstuhl.

Der Himmel hatte seine Farbe von Grau zu Lila gewechselt und den Morgen willkommen geheißen. Die Gehwege füllten sich mit Uniformen, Aktenkoffern und Auspuffgasen. Mika wusste nicht, was sie noch denken sollte, ihr Magen knurrte und das Blut pochte hinter ihren Schläfen. Auf der Bank vor ihrem Wohnblock ließ sie sich fallen und blieb dort bis zum Abend sitzen. Erst als die Grundbedürfnisse in ihr an die Oberfläche krochen und ihre Sorgen unterdrückten, stand sie auf. Unterkühlt und hungrig setzte sie sich mit einer Decke in die Küche und aß.

"Wie war's?", fragte Liane, die hinter ihr aufgetaucht war und ihr Haar tätschelte.

"Mama, Roxanne hat mich als Notfallkontakt im Krankenhaus eintragen lassen."

Ihre Mutter reagierte nicht darauf.

"Wusstest du das?"

Liane reagierte nicht und fuhr weiter mit ihren Händen über Mikas Haare.

"Hast du das gehört?", setzte Mika nach.

"Ja, Mika."

"Ja, du wusstest das?"

"Ja, ich habe gehört, was du gesagt hast."

"Und was hältst du davon?"

"Muss ich immer eine Meinung zu allem haben?"

"Ja! Du bist Mama, das ist dein Job!"

"Sie hat dich eintragen lassen. Na und? Jetzt bist du eingetragen." Damit verstummte Liane wieder.

"Mama, ich bin verwirrt. Wir haben uns seit Wochen nicht gesehen und ein Notfallkontakt zu sein, das ist eine große Sache, siehst du das nicht auch so? Sie hätte mich fragen können!"

"Stört es dich wirklich, dass sie dir Verantwortung überträgt? Bist du nicht eher froh darüber, nicht ganz aus ihrem Leben verbannt worden zu sein?", fragte ihre Mutter. "Sie hat sonst niemanden. Ist dir das schon in den Sinn gekommen?"

"Ja", antwortete Mika, "warum lässt sie mich dann nicht an sich heran?"

Liane seufzte. Sie hatte aufgehört, mit Mikas Haar zu spielen. Sie war zur Küchenzeile gegangen, um Wasser zu kochen. "Willst du auch einen Tee?"

"Sie haben Luca ins Südspital verlegt." Mika ignorierte Lianes Angebot. "Du wirst wollen, dass ich hinfahre, aber sie hat mich gebeten, dass ich mich aus ihrem Leben heraushalte."

"Und dennoch hat sie dich als Kontaktperson eintragen lassen."

Mit der Stirn auf dem Küchentisch klang Mikas Stimme dumpfer: "Ich kann nicht hinfahren. Meine erste Zwischenprüfung steht bevor und ich habe noch keinen allumfassenden, schriftlichen Bericht zum Tunnelprojekt abgegeben und ich weiß, dass Professorin Roth ungeduldig wird. Du hast doch selbst gewollt, dass ich Verantwortlicher handle."

"Manchmal kannst du das Leben nicht in die Warteschleife legen, auch wenn du für Prüfungen lernst", hörte Mika ihre Mutter durch den Krach des dampfenden Wasserkochers hindurch sagen. "Wir wissen mittlerweile beide, dass du verliebt bist, Mika. Nennen wir das Kind doch endlich mal beim Namen. Sie hat dich so aus der Bahn geworfen. Geh diese Sache zuerst an." Liane hatte das heiße Wasser in zwei Tassen gegossen und Mika eine vorgesetzt. "Geh einen Schritt zurück und nimm dir eine Sache nach der Anderen vor."

Kapitel 15

"Mika, ich bin so froh, dass du da bist", sagte Tina im Pub, als Mika ihre Schicht antreten wollte. "Du bist so fleißig. Bitte suche dir niemals einen anderen Job. Wenn du mich fragst, kannst du auch gleich dein Studium an den Nagel hängen", lachte sie.

"Weißt du was? Das mache ich vielleicht wirklich", entgegnete Mika, lehnte sich auf die Theke und ließ den Blick gedankenverloren durch den Pub schweifen.

"Was? Nein! Das war nicht ernst gemeint. Wenn du das tust, schließe ich den Pub lieber", sagte ihre Trainerin und Chefin schnell, während sie neue Flaschen in die Schränke unter dem Tresen räumte.

"Ich denke in letzter Zeit wirklich oft darüber nach, eine Pause im Studium einzulegen", seufzte Mika.

"Quatsch mit Soße! Du bist wahnsinnig fleißig und kein Mensch, der schnell aufgibt, oder? Ich will so etwas nicht von dir hören. Ich wiederhole: Das war ein Scherz. Ich bin heute nur ein bisschen verzweifelt, weil Jenna und Kathrin abgesagt haben."

"Ist schon gut. Ich habe meiner Mutter gerade erst versprochen, dass ich mich durch die Promotion kämpfen werde."

"Deine Mutter und ich sollten mal zusammen um die Häuser ziehen. Sie scheint eine sehr sympathische Lady zu sein", bemerkte Tina.

Mika sah lachend auf – und ihr Herz stockte. Am Ende des Tresens erkannte sie aus den Augenwinkeln Roxanne. Sie stand an der Kasse zwischen einer Aushilfskellnerin und einer weiteren Person, die Mika nicht kannte, und wollte zahlen. Die fremde Person neben ihr hatte Mikas Starren bemerkt und Roxanne angestoßen. Daraufhin drehte diese sich um und erblickte Mika ebenfalls. Für eine Sekunde verstummten für Mika alle Geräusche im Raum, bis Roxanne hastiger zu zahlen versuchte. Die Fremde sagte etwas zu ihr, das Mika nicht ganz hören konnte, aber es wirkte wie ein "Wer ist das?" Sie zahlte ebenfalls und sie gingen gemeinsam zum Ausgang der Bar.

"Niemand", sagte Roxanne und das verstand Mika klar und deutlich.

Sie mussten an Mika vorbei, um die Tür zu erreichen. Mika konnte nicht atmen, als Roxanne an ihr vorbeiging, ohne sie anzusehen, ohne sich beim Rausgehen umzudrehen. Ihr wurde stärker bewusst, dass sie Roxanne schmerzhaft vermisste. Ihr wurde bewusst, dass sie ihr viel näher sein wollte. Sie erinnerte sich daran, dass sie eine Sache nach der anderen angehen wollte, und eilte ihnen hinterher. Sie hielt die Tür geschlossen, die Roxanne zu öffnen versuchte.

"Ruf mich nicht an, komme hier nicht mehr her, sei nie mehr Teil meines Lebens, wenn du jetzt so durch diese Tür gehst, hast du das verstanden? Ich habe schmerzhaft versucht, dem Ganzen einen Sinn abzugewinnen und dich zu vergessen, aber du willst nicht damit aufhören, mein Herz zu prügeln", sagte Mika und kniff sich in ihre eigene Hand, um die Tränen zu unterdrücken, die ausbrechen wollten. "Wenn du durch diese Tür gehst, sei so respektvoll, mich nie wieder aufzusuchen."

"Niemand also?", lachte Roxannes Begleitung.

"Mika", sagte ihre Chefin, die sich inzwischen einen Weg zu ihr gebahnt hatte, um sie zu schütteln. Mika hörte auf, den Ausgang anzustarren. "Was ist mit dir?"

Roxanne stieß Mika beiseite.

"Ich bin dir hier nicht absichtlich begegnet, klar?", sagte sie noch mit angespanntem Kiefer.

"Mika!", wiederholte Tina.

"Nichts, alles gut, entschuldige bitte", antwortete diese schnell durch den Knoten in ihrem Hals hindurch, bevor ihr fast die Luft wegblieb.

"Willst du darüber reden? Sollen wir gemeinsam das im Kurs gelernte Mal an jemandem testen?"

Mika schüttelte mit aufgesetztem Lächeln den Kopf, holte eine Schürze und stürzte sich in die Arbeit. Erst als die Bar den letzten Gast ausspuckte und die Nacht einem frühlingsblauen Morgen wich, stellte ihre Vorgesetzte sie zur Rede und zog sie zu sich an einen der leeren Tische. "Erzähl mir, was diese Frau am frühen Abend bei dir so aufgewühlt hat, dass du pausenlos durcharbeiten musstest. Ich meine, dagegen habe ich grundsätzlich nichts", lachte sie, "aber du sollst zwischendurch auch mal etwas trinken, damit du mir nicht mitten im Hochbetrieb zusammenklappst."

Mika hockte zusammengekauert auf dem Stuhl, den Tina ihr angeboten hatte, atmete tief ein und fing an zu erklären: "Menschen sind bisher nicht so mein Ding gewesen", sagte sie und beide schmunzelten. Tina setzte sich Mika gegenüber und griff nach ihren Händen. "Menschen haben mir Angst eingejagt, bis ich an meinem ersten Tag an der Uni Roxanne begegnete. Alleine ihr Name klingt für mich so schön wie kein anderer und ich wünschte, ich könnte das abstellen." Mika bemerkte nicht, dass Tina den Blick von ihr abgewandt hatte. "Ich brauche das Gefühl, meine eigene Sicherheit beeinflussen zu können. Roxanne würde es Kontrollsucht nennen, aber ich fühle mich jeden Tag unwohl, seitdem ich sie kenne, weil ich eben unkonzentriert von Aufgabe zu Aufgabe hetze, ständig aus meiner Komfortzone gerissen werde und keine Zeit mehr dafür habe, meine Werte zu leben. Ich brauche Wände hinter mir, und nicht diese Leere, die Luft, Möbel und Menschen zwischen all den Wänden und mir selbst. So viel könnte hinter mir passieren, wenn keine Wand da ist, verstehst du?", fragte Mika mit großen Augen und zittrigen Schultern.

"Ich versuche es", zwang sich ihre Chefin sanft zu sagen.

Mika lächelte. "Ich war immer schon eine Außenseiterin. Das war mir aber echt egal. Ich wollte für Mama sorgen, ihr ein Leben in Sicherheit bieten, auch beruflich nur noch damit zu tun haben. Und dann treffe ich Roxanne und stecke so tief in der Scheiße", fluchte Mika und sah entsetzt auf. "Entschuldigung."

"In welcher Scheiße?" Tina ließ Mikas Hände los, um den Ernst ihrer Sorge zu unterstreichen.

Mika lehnte sich zurück. "Vergiss das. Damit will ich dich nicht belasten. Ich meide einfach Vorlesungen, in denen ich ihr begegnen könnte. Das mache ich."

"Mika, so gern ich dich habe und so sehr es mir leidtut, wie du leidest, ich muss wissen, ob du damit Drogen meinst. Sowas will ich nicht hier im Pub, ja?", sagte Tina nun wieder mit ruhiger Stimme. "Gott, ich habe mich so getäuscht!"

Sie sahen einander an "Ja, natürlich", antwortete Mika, "keine Drogen. Wie kommst du darauf? Und warum getäuscht?"

"Naja, die Freifall-Geschichten deiner Uni belegen jedes Titelblatt der letzten Wochen", erklärte sie. Tina schaute Mika nachdenklich an, bevor sie weiter sprach und erleichtert aufatmete. "Ich glaube dir", sagte sie. "Wie kann ich dir denn helfen?"

"Ich weiß es nicht."

Damit stand ihre Chefin auf, um die Musik laut zu drehen, warf Mika einen Wischmop zu und fing an, die Bar aufzustuhlen und tanzend Tische zu reinigen.

Kapitel 16

"Ich mache mir große Sorgen", hörte Mika ihre Mutter sagen, als sie zwei Abende nach der Begegnung mit Roxanne die Wohnung verließ. Ohne darauf zu reagieren, schloss Mika die Tür hinter sich und schluckte den Knoten in ihrem Hals herunter.

"Ich brauche nur etwas Zeit", erklärte sie, als ihre Mutter sie schon nicht mehr hören konnte.

Wieder im Pub angekommen, lehnte sie sich über den Tresen, um ihre Chefin zur Begrüßung zu umarmen. Der Pub war schon gut gefüllt. "Wie war es bisher?", fragte Mika.

"Voll, wie du siehst, aber vielleicht kümmerst du dich erst um die Besucherin, die dir neulich das Hirn aus dem Kopf gepustet hat", sagte sie. "Gib mir ein Zeichen, falls ich sie rauswerfen soll. Und denk dran, keine Drogen!"

Roxanne war zurückgekehrt. Sie stand wieder an der Kasse am anderen Ende des Tresens. Alleine. Eine Wand hinter ihr, der endlose Gang voller angetrunkener Menschen zwischen ihnen. Mika drehte sich, um den Pub zu verlassen, doch Tina stand derweil hinter ihr. "Mit dieser Reaktion habe ich gerechnet", sagte sie mit verständnisvollem Blick. Da drehte sich Mika schwer seufzend wieder zu Roxanne um. Viele kleine Stiche in ihrer Brust und ihrem Kopf ließen sie schwanken.

Roxanne sah magerer und blasser aus als sonst. Die Befürchtung, sie würde sich selbst verletzen, kroch wieder in Mikas Gedanken. Sie schüttelte den Kopf. "Sie wagt es, erneut herzukommen", stellte sie fest.

Roxanne schaute auf, in Mikas Augen, lehnte sich zurück und wartete, ohne den Blick abzuwenden. Mika nahm die eindeutige Einladung an, ließ ihre Tasche fallen, ging schwerfällig am Tresen vorbei und vernahm noch leise die Stimme ihrer Trainerin, Chefin und Freundin, jedoch ohne zu verstehen, was sie sagte. Sie konzentrierte sich darauf, dass Roxanne nicht fortlief. Mikas Herz klopfte heftiger mit jedem Schritt, und als sie endlich vor ihr stand, hätte es aus ihrer Kehle rausspringen können.

Sie standen sich gegenüber, einander nur anschauend. Die Geräusche im Pub ließen wieder nach, Mika hörte sie kaum noch. Ihr Herz klopfte wie wild und sie wusste nicht, was sie sagen sollte. Die Wut, die sie spürte, wurde trotz Louisa Roths Gesicht vor ihren Augen regelrecht von Sehnsucht weggespült. "Es tut mir leid", flüsterte Mika.

"Mir tut es leid", sagte Roxanne auflachend und lauter als nötig. "Ich habe den Mist gebaut, nicht du."

Mika lachte mit. "Du hast ja keine Ahnung."

"Was meinst du?", fragte Roxanne und hielt dabei ihre Hand.

"Ich verstehe nicht, wieso mich diese Sache so verfolgt hat. Ich meine, wir sind nichts, richtig?"

"Du beziehst dich auf das, was du glaubtest, was du zwischen Louisa und mir gesehen hast?"

"Louisa?" Mika schüttelte Roxannes Hand ab und fasste sich an die Stirn. "Entschuldige, das meine ich, wir sind nichts und mich wühlt auf, dass du sie beim Vornamen nennst. Ich verliere noch den Verstand."

"Da lief nichts."

Mikas Herz klopfte heftiger mit jeder Sekunde. "Du musst dich nicht rechtfertigen."

Roxanne lachte und legte ihre Hand wieder in Mikas.
"Da lief nichts", wiederholte sie, "außer, dass ich ihr
ein bisschen nähergekommen bin, um an Infos zu
kommen, weißt du? Die Tunnel sind mir ein Rätsel."
Mika konnte Roxanne nicht weiter ansehen und ließ
erneut ihre Hand los. "Da lief nichts, sagst du", be-
kräftigte sie erleichtert und beschämt zugleich, als das
verschwommene Bild der namenlosen Frau in ihrem
Geist erschien.
"Nichts", wiederholte Roxanne.
Mika schüttelte den Kopf.
Roxanne griff wieder nach Mikas Händen und drückte
sie so fest, dass Mika aufschreien musste. Mit einem
der Selbstverteidigungs-Tricks gelang es ihr, sich aus
Roxannes Griff zu befreien.
"Was zum...?", zischte Roxanne und griff wieder nach
Mikas Hand, aggressiver.
"Warte, bitte beruhige dich", flehte Mika, während sie
den Schmerz in ihren Händen und Armen aufsaugte
und lächelnd in sich einsperrte. Sie wand sich zwischen Roxannes Versuchen, Mika stillzuhalten, ohne
mehr als ihre Hände zu berühren. "Ich kann nicht denken, wenn du mich so anfasst", gab sie dann zu und
befreite sich wieder flink. Sie hatte Roxannes Hände
plötzlich selbst im Griff.
"Ich kann das nicht lassen, meine Sicherungen brennen durch", gab nun Roxanne zu. "Woher hast du das,
Mika?" Roxanne schaute auf Mikas Hände.
Sie überlegte, von dem Kurs zu erzählen: "Du musst
nicht mehr alles wissen." Tina räusperte sich am Tresen in der Nähe.
"Nicht mehr alles wissen? Wer ist das?", flüsterte
Roxanne so leise, dass Mika schnell erraten konnte,

wie sehr Roxanne versuchte, sich ruhig zu verhalten. "Was ist hier los?"

"An dem Tag, an dem du in Professorin Roths Büro gekommen bist, bin ich hergekommen, in die Stadt, in irgendeine Bar, aua!", schreckte Mika auf, als Roxanne sich noch fester in Mikas Hände krallte. Gäste an den Nachbartischen schauten auf und wieder in ihre Gläser, als Mika erfolgreich ein gequältes Lächeln aufsetzen konnte. In Roxannes Gesicht fand sie zu diesem Zeitpunkt keine Gefühle mehr. Ihr Gesicht war zu einer ausdruckslosen Maske geworden, deren Augen tief in Mikas schauten. "Was geht in dir vor?", fragte Mika langsam.

"Was ist in dieser Bar passiert?", fragte Roxanne ebenso langsam zurück.

"Ich war betrunken und da war diese Frau und, aua! Verdammt!", Mika biss die Zähne zusammen und keuchte gleichzeitig peinlich auf. "Verdammt", flüsterte sie, "ich habe das noch rechtzeitig abgebrochen und ich kann dir auch nicht genau sagen, warum es überhaupt so weit kommen konnte." Sie rang nach Luft, fasziniert davon, wie der Schmerz von den Händen bis in die Zehenspitzen wandern konnte. "Und sorge mich noch über meine Eifersucht", lachte sie.

"Du warst betrunken und weißt nicht genau, warum das so weit kommen konnte, sagst du?"

"Ja", stimmte Mika zu, "na ja, ich war auch wütend und traurig und eifersüchtig, und..."

Roxanne unterbrach sie. "Das klingt, als hättest du dich revanchieren wollen", sagte sie mit monotoner Stimme.

Mika ging davon aus, mit gebrochenen Fingern weiterarbeiten zu müssen. "Ich weiß auch nicht, vielleicht ein bisschen, ja."

Roxanne ließ sie los, ihr Gesicht wurde wieder weicher und auch sie atmete tief ein. "Weißt du, was du da sagst?", fragte sie Mika leise.

"Roxanne, es tut mir leid", wiederholte Mika, während sie Augenkontakt suchte.

"Du tust nicht nur etwas sehr Hässliches, weil du verletzt bist, sondern auch noch um mich zu verletzen."

"Nein, nein", widersprach Mika, "ich wollte dich nicht verletzen, das war nicht mein Plan, ich wollte nicht mehr denken, verstehst du?"

Roxanne hatte den Kopf von Mika abgewandt und starrte in die Bar hinein.

"Roxanne, bitte", flehte Mika, "bitte, sieh mich an."

Roxanne schüttelte den Kopf und eine Träne rann ihr über die Wange.

"Es tut mir so leid", flüsterte Mika mühevoll und verzweifelt in die laute Bar hinein.

Roxanne schüttelte den Kopf. "Ich will nichts mehr von dir hören", sagte sie. Im nächsten Augenblick griff sie nach Mikas Kopf und küsste sie. Die Bar verstummte vollkommen in Mikas Ohren, sie konnte sich nicht mehr bewegen. Wie zuvor der Schmerz in ihren Händen wanderte der Kuss wie Gift bis in ihre Zehenspitzen.

Mika lächelte. "Wie kann ich wissen, dass du auch mir nicht einfach nur näher kommst, um weiterzugehen und Informationen zu beschaffen? Wie kann ich sichergehen, dass du mich nicht benutzt, wie Louisa Roth?", fragte Mika jetzt bedrückt.

Roxanne küsste sie wieder, bis Mika sich losreißen musste, um atmen zu können. "Das war keine Antwort", stellte sie fest. "Warum bist du mir aus dem Weg gegangen?", wollte sie als des Weiteren wissen.

Roxanne sah zu Boden. "Wir können uns nicht weiter treffen. Ich sagte es und meinte es. Ich weiß nicht, was hier gerade passiert ist."

Damit wollte Roxanne gehen, doch Mika hielt sie auf dem Weg zum Ausgang fest. "Du spinnst doch", sagte sie lauter als gewollt. "Was ist aus deiner Angst um mein Wissen geworden? Und mit der Ablenkung für deinen Kopf?" Hinter Roxanne beobachtete Tina noch aufmerksam das Geschehen und ignorierte Bestellungen. Sie starrte die beiden an, als wären nur sie drei im Raum. Erst dann begriff Mika den Grund für Tinas Einladungen und das Jobangebot. Die Erkenntnis erreichte Mika wie ein kalter Luftzug am heißesten Sommertag.

Roxanne sah sie traurig an. "Du kannst mit deinem Wissen machen, was du willst. Es ist mir egal."

Mika schaute verwirrt zu Roxanne zurück. Ein Gefühl von Taubheit erreichte ihre Hände und Füße. "Wie kann es dir egal sein?"

Roxanne befreite sich mühelos von Mikas Händen. "Du steckst schon zu tief drin. Ich will dich nicht weiter reinziehen."

"Und deswegen küsst du mich und hinterlegst mich als Notfallkontakt im Krankenhaus? Das ergibt keinen Sinn." Mikas Faust landete auf einem Tisch neben ihnen. Roxanne und die Gäste am Tisch zuckten zusammen. "Woher...? Ach, vergiss es."

Da gesellte sich Tina zu ihnen. "Mika, ist alles in Ordnung oder muss ich mir Sorgen um die Möbel machen?", fragte sie ihre Freundin angekratzt, ohne sie anzusehen.

Mika schaute sie an. "Entschuldige, ich wollte nichts kaputtmachen, es ist alles in Ordnung."

"Ja, wir wollen alle nichts kaputtmachen", entgegnete Tina.

Mika schaute wieder zu Roxanne, die ihre Jacke an der Garderobe neben dem Ausgang suchte, um die Bar zu verlassen. Mika näherte sich ihr noch einmal. Ruhig legte Roxanne ihre Hand auf Mikas Arm, mit dem sie ihr den Weg versperrte. "Lass mich gehen", sagte sie.

"Bitte setzt euch oder geht raus, aber tragt diese Scheiße nicht in meinem Pub aus", sagte Tina kalt.

"Bitte, bleib noch, ich wüsste gerne, was du damit meinst, ich würde schon mittendrin stecken. Weil ich dich nicht verpfiffen habe, ja?"

Sie setzten sich nicht. "Ich weiß", sagte Roxanne, "du hättest mich besser verpfeifen sollen. Ich verstehe nicht, warum du es nicht gemacht hast." Dann drückte sie Mikas Arm runter. "Vielleicht verstehe ich es ein bisschen."

Mikas Faust entspannte sich und sie ließ ihre Fingerspitzen die Wand heruntergleiten.

Roxanne schaute auf Mikas Finger. "30.000 Löcher berühren deine Fingerkuppen auf einmal, wenn sie die Wand mit ihrem porösen Putz entlangfahren", flüsterte sie geistesabwesend.

"W-was?", stotterte Mika. "Wie machst du das?", fragte sie und versteckte beschämt die Hand in ihrer Hosentasche. "Und wie läuft das Studium?", fragte sie schnell, um das Thema zu wechseln. Beide lachten.

"Dein Bruder liegt im Südspital", fuhr Mika fort, "wie geht's ihm?"

"Du weißt, dass er auf ein Herz wartet." Roxanne schluckte.

"Ja, unverändert also."

"Unverändert."

"Roxanne", sagte Mika, "was wolltest du im Tunnel und was willst du mit der Blaupause?"

Sofort drehte sich Roxanne zur Ausgangstür.

"Verdammt, bleib bitte noch eine Minute", rief Mika. Die Gäste der umliegenden Tische sahen erneut auf. Auch Tina schaute weiter geladen zu ihnen und schüttelte den Kopf. Mika hielt Roxannes wieder zurück zu sich. "Du wirst es mir sagen müssen, damit ich dich verstehe."

"Verstehen? Du meinst verpfeifen", lachte Roxanne.

"Nein, ich meine verstehen. Vielleicht kann ich dir helfen."

"Ich kann es dir nicht erzählen. Du würdest versuchen, mich davon abzuhalten."

Die Lautstärke der Stimmen und der Musik, die Hitze, der Geruch nach Schweiß und Tabak störten Mika zum ersten Mal, seitdem sie im Pub arbeitete. Ihr wurde schwindelig.

"Wie geht's Liane? Ich habe mich oft gefragt, wie es wohl ist, alles zu haben."

"Wie kommst du jetzt darauf? Und ich habe nicht alles."

"Doch, hast du."

"Eine blinde Mutter, keinen Vater, keine Geschwister, Sozialinkompetenz?"

Roxanne fing wieder damit an, sich die Schläfen zu massieren. "Seit wann arbeitest du hier?", fragte sie benommen.

"Das spielt keine Rolle. Lenk nicht ab."

"Du hast es nicht anders gewollt. Ich werde den Tunnel wieder betreten und im Serverraum des Südspitals versuchen, die Reihenfolge der Spenderorgan-Warteliste zu verändern. Und wenn du versuchst, mich davon abzuhalten, finde ich einen Weg, dein Leben zu versauen." Roxanne lehnte sich gegen die Wand neben der Garderobe und wartete auf eine Reaktion.

"Shh!" Mika legte ihre Hand auf Roxannes Mund und sah sie überrascht an. "Entschuldigung", flüsterte sie und entfernte sofort wieder ihre Hand. "Du kannst so etwas doch nicht so leichtfertig hier zwischen all den Menschen sagen."

"Ach, das hören die nicht. Außerdem sind die alle betrunken und ich wirke eh wie eine Verrückte auf die", erklärte Roxanne.

Mika lachte. "Ja, das tust du wohl. Nichtsdestotrotz werden wir jetzt leiser sprechen, o.k.? Das sind internationale Datenbanken, soweit ich weiß, du wirst im Server des Krankenhauses keine Listen verändern können."

"Nicht die Listen, aber seine Daten, damit er beim Berechnen des Algorithmus hochrutschen kann, mit etwas Glück."

"Jetzt brauche ich einen Drink", sagte Mika. "Wie willst du das schaffen? Kann man das einfach so machen?"

"Natürlich nicht", lachte Roxanne.

Mika senkte beschämt den Blick.

"Ich lasse mir seit Wochen von Leuten, die ich dir nicht vorstellen werde, Dinge beibringen. Sie kennen die Systeme. Ich kenne den Tunnel."

Jetzt lachte Mika.

"Was ist so lustig?", wollte Roxanne wissen.

"Entschuldige, ich glaube nicht, dass irgendjemand auf dieser Welt die Tunnel gut genug kennt, um in einem der Räume lange genug bleiben zu können. Nicht mal furzen könntest du da unten, ohne erwischt zu werden."

"Ach ja?"

"Ja, selbstverständlich. Denk an die Sicherheitsstufen. Bei deinem dummen Einbruch vor drei Monaten wärst du ohne meine Hilfe eingebuchtet worden."

Sie starrten einander wissend an.

"Nein", sagte Mika, "auf keinen Fall." Sie schlug wieder gegen die Wand.

"Du bist heute so prügelfreudig", stellte Roxanne fest, "das ist heiß."

"Ich werde dir nicht dabei helfen, dein Leben weiter zu zerstören, sondern dich davon abhalten, klar?" Mika wich zurück, weg von Roxannes Händen. "Egal, was du vorgibst, heiß zu finden, wo du mich berührst und was du noch so im Sinn hast, um mich vom Denken abzuhalten."

"Mika, du kannst mich nicht davon abhalten." Roxanne legte ihre Hand wieder auf Mikas. Sie zog sie zu sich und küsste sie wieder. "Du weißt, dass mich nichts davon abhalten wird." Dann ging sie. In der geöffneten Tür stehend blickte sie noch einmal zurück zu Mika, bevor sie in der Nacht verschwand.

"Wo will sie dich nicht noch weiter reinziehen?", fragte Tina, die hinter ihr aufgetaucht war, um die Wand zu inspizieren. Sie hielt ihr eine Schürze entgegen. "Ich war kurz davor euch beide rauszuschmeißen, aber ich brauche dich heute noch."

Mika schaute nachdenklich zur Tür.

Ihre Chefin verdrehte die Augen. "Ich breche gleich im Strahl", sagte sie.

"Es ist schön hier", sagte Mika und band sich die Schürze um.

Im Morgengrauen schloss Mika erschöpft, aber zufrieden die Pubtüren von außen ab, ging zur Straßenbahn – und erblickte Roxanne, die zitternd auf einer der Bänke an der Haltestelle saß.

"Roxanne! Oh Gott, du erfrierst noch!" Mika schnellte zu ihr und legte ihre Jacke um sie. "Wieso bist du nicht reingekommen?"

Roxanne schaute sie verweint an. "Es geht ihm schlechter, Mika. Wenn er nicht schnell ein Herz bekommt, wird er es nicht schaffen."

"Was heißt schnell? Wie lange hat er noch?"

"Das konnte mir kein Arzt genau sagen, aber Ärzte sagen nichts Genaues, wenn die Zeit knapp wird." Roxanne schluchzte lauter.

Mika setzte sich zu ihr, legte ihre Arme um sie und sagte: "Ich helfe dir."

"Was?" Mit verweinten Augen im gelben Laternenlicht wirkte Roxanne hilfloser als je zuvor.

"Wie willst du so etwas alleine schaffen?" Mika stellte die Frage und wusste, dass sie es auch nicht zu zweit schaffen konnten. Dass Roxanne sie ausnutzte, ging ihr nicht mehr durch den Sinn.

Auf dem Heimweg schwiegen sie. Die Straßenlichter fluteten Roxannes Gesicht im Sekundentakt. Mika schaute sie nachdenklich an. Sie würde sich für Roxanne noch einmal strafbar machen, wieder das Tunnelprojekt gefährden, an das sie ohnehin nicht mehr glaubte. Sie würde sich im Studium wieder mehr engagieren müssen, um Louisa Roths Vertrauen nicht komplett zu verlieren. Immerhin würde sich ihre Mutter freuen, wenn sie wieder häufiger in die Uni ginge.

Erst in Lianes Wohnung, wo sie wie selbstverständlich hingegangen waren, weil Mika nicht wusste, wo Roxanne lebte, und in Mikas Zimmer angekommen, ergriff Mika das Wort und forderte Roxanne dazu auf, sich auszuruhen.

"Ich weiß jetzt, warum du ausgerechnet im Tunnelprojekt gelandet bist", sagte Roxanne, als Mika das Licht in ihrem Zimmer ausschaltete, kurz bevor sie den Raum verließ. "Wie du meinen Bruder angesehen hast..."

"Schlaf jetzt", unterbrach Mika sie und zog die Tür bis auf einem kleinen Spalt zu.

"Ich weiß auch längst, woher diese Beschreibungen rühren", fuhr Roxanne trotzdem weiter fort, "deine Mutter..."

"Ich sagte, du sollst schlafen", sagte Mika, "sonst fange ich auch an, Fragen zu stellen. Du hast meine Mutter und mich mitgenommen, weil deine Privatsphäre dir nicht so wichtig ist wie die Kontrolle über deine Macht, die du dir einbildest. Du hattest Angst vor meinem Wissen. Diese Angst ist größer als die Liebe zu deinem Bruder." Mika schloss die Tür.

"Das stimmt nicht", rief Roxanne in die Dunkelheit, in der Mika sie zurückgelassen hatte. "Das stimmt nicht!", rief sie ein zweites Mal.

Mika hatte Roxanne gehört. Sie kämpfte gegen den Drang an, wieder in das Zimmer zu rennen und ihre

Gefühle rauszulassen. Stattdessen rutschte sie mit dem Rücken die Wand neben ihrer Zimmertür hinab und hörte Roxanne leise wimmern.

"Los, du kannst sie nicht so alleine lassen", flüsterte Mika in den Flur. Also ging sie wieder in ihr Zimmer, legte sich auf ihr Bett und umarmte Roxanne, bis sie aufhörte zu zittern.

"Das ist schön", flüsterte Roxanne in die Nacht, kurz bevor sie einschlief.

Schweißgebadet schreckte Mika Stunden später auf, um festzustellen, dass sie alleine in ihrem Bett lag. Fluchend sprang sie auf und tastete im Morgengrauen nach einem Lichtschalter. Vom Schlaf benommen suchte sie nach ihrem Headset, um Roxanne anzurufen, bis sie innehielt. "Vielleicht will sie nicht, dass ich sie anrufe. Vielleicht wollte sie weg von mir", sagte sie leise zu sich selbst. Dann bemerkte sie Roxannes Kleidung, die noch neben dem Bett auf dem Boden lag. Mika setzte sich auf die Bettkante und atmete tief ein. "Du verlierst wirklich den Verstand, sie ist nur auf der Toilette", lachte sie. Also wartete sie mehrere Minuten, bis ihr Puls wieder hochschnellte vor Sorge. Schnell ging sie zur Badezimmertür, die sie nur angelehnt vorfand. "Roxanne?", flüsterte Mika, nachdem sie leise angeklopft hatte. Es blieb still. Mika stieß vorsichtig die Tür auf – und sah sie.

"Oh mein Gott, Roxanne", stöhnte sie auf und schnellte zu ihr. "Roxanne!", wiederholte sie. "Oh Gott, was tust du da?", schrie sie. Doch Roxanne reagierte nicht, sondern ließ die Rasierklinge zwischen Daumen und Zeigefinger weiter ihren Oberschenkel hinabgleiten. Mika kniete sich vor sie und nahm die Klinge vorsichtig aus ihren Händen, ohne sich groß anstrengen zu müssen. Dann legte sie ein sauberes Handtuch auf den roten Oberschenkel und ein weiteres auf die Blutlache unter ihnen.

"Was machst du nur?", flüsterte sie, hielt ihren Kopf zwischen ihren Händen und küsste ihre Stirn. "Du musst auf dich aufpassen, Roxanne, was soll das?"

Doch Roxanne starrte ins Leere.

Mikas Rufe hatten Liane geweckt. Sie stand in der Badezimmertür und fragte, ob sie Hilfe holen sollte und was passiert sei.

"Mama, wir wollten dich nicht wecken, es ist alles gut, nur eine kleine Magenverstimmung", log Mika zum wiederholten Male in so kurzer Zeit ihre Mutter an.

"Wirklich? Du kannst mich nicht abwimmeln. Ich habe Magentabletten, die kann ich holen", bot ihre Mutter an.

"Ich weiß, wo sie sind", entgegnete Mika. "Danke, aber wir kommen zurecht. Geh lieber wieder schlafen."

"Ich bin deine Mutter, ich kann doch nicht so leichtfertig wieder schlafen gehen", protestierte Liane, während sie sich umdrehte und das Bad wieder verließ.

"Danke", flüsterte Mika ihr hinterher, ahnend, dass ihre Mutter nur ging, weil Mika es sich wünschte.

"Roxanne, ich bin hier, sieh mich an, bitte", versuchte Mika Roxanne aus ihrem Trancezustand zurückzuholen. "Ich weiß, dass du leidest. Aber ich will nicht, dass du das alles hier alleine durchstehen musst, bitte komm zurück in die Gegenwart", flehte sie. "Ich kann dir helfen, du kannst mir vertrauen." Sie fing an, mit Roxanne in ihren Armen vor und zurück zu wippen.

"Ich will für dich stark sein und die Gewalt in deinem

Herzen spüren, ich will das alles abbekommen, ich halte das aus, für dich, für dich, weil deine Seele wunderschön ist und weil ich dich von deiner Vergangenheit ablenken kann, weil ich weiß, dass du tief in dir drin dieses große Herz hast, das nach Liebe verlangt, die ich dir geben kann."

"Du redest Müll", hustete Roxanne in den kalten Raum hinein, bevor sie sich in Mikas Schoß legte.

Kapitel 17

Der Frühling erhellte die Wohnung früh am Morgen. Offene Fenster fluteten die Räume mit Frischluft und Vogelgesang. Völlig unpassend zum Drama der Nacht, dachte Mika, während sie Kaffee in ihr Zimmer trug.

"Es gibt im Tunnel mittlerweile ein mehrstufiges, getestetes und verbessertes Sicherheitssystem", sagte sie und setzte sich neben Roxanne auf den Teppichboden.

"Wie sieht es aus?"

Mika zögerte. "Das ist nicht gut."

"Was? Der Einbruch? Du kannst noch abspringen, aber sag es mir jetzt, damit ich die Zeit für die Planung eines Alleingangs nutzen kann."

"Nein, nein, ich helfe dir. Ich habe Angst."

"Wovor? Eingesperrt zu werden?"

"Davor, dass du eingesperrt wirst." Mika sah sie entrüstet an.

"Das ist kitschig, weißt du das?"

Mika zog Roxanne zu sich. "Ja, ich weiß."

Roxanne drückte sie wieder von sich. "Wir dürfen keine Zeit verlieren und ich muss mich konzentrieren."

"Du hast recht. Also, es ist ein mehrstufiges System. In der ersten Stufe geht der Alarm los, die Türen werden automatisch verriegelt, die Lichter gehen aus. In der zweiten Stufe werden die Wände elektrisch. Das ist echt hart, Roxanne."

"Wow! War das deine Idee?"

"Es ist nahezu unmöglich, das System zu überleben. Ich will nicht, dass wir das machen, verstehst du? Gibt es keinen anderen Weg? Ich meine, ich weiß, wie unknackbar die Tunnel mittlerweile sind. Ich hätte Roth noch nichts von meinen Vorschlägen verraten dürfen."

"Wie sieht die dritte Sicherheitsstufe aus?"

"In der zweiten Stufe geht auch noch die Sprinkler-Anlage an. Die Kombi aus Wasser und Strom brauche ich dir nicht zu erklären, oder?"

"Sind die dumm? Was ist denn mit den Servern?"

"Die zweite Stufe betrifft nur die Gänge."

"Dann müssen wir schnell im Serverraum sein, bevor wir gebraten werden." Roxanne zeigte auf den Raum, den sie meinte, auf der Blaupause, die vor ihnen auf dem Boden ausgebreitet lag.

"Es geht dir doch bestimmt auch darum, fliehen zu können, also nicht nur reinzukommen, oder?", fragte Mika. "Außerdem gehen tatsächlich auch kurz darauf die Sprinkler in den Serverräumen an. Während des Zeitversatzes werden alle Daten gesichert oder kopiert, sodass es halbwegs egal ist, was mit den Originalservern passiert. Es wird halt nur teuer, sie zu ersetzen."

"Und das passiert immer, wenn ein vermeintlicher Einbrecher die Tunnel betritt? Wie häufig müssen die Server ersetzt werden?"

"Na ja, das System sollte schon den Ernst der Lage erkennen. Und dennoch, du musst auch fliehen können, selbst wenn du die Daten im Zeitversatz ändern kannst, wirst du nicht rauskommen."

"Ah, richtig, Punkt für dich." Roxanne schaute Mika nachdenklich an. "Aber weißt du, das ist egal. Wichtig ist nicht, dass ich nicht erwischt werde, sondern, dass

Luca in der Warteliste nach oben rutscht, ohne dass jemand das merkt."

"Sie werden es merken, eins und eins zusammenzählen."

"Meinst du?"

Nach dieser unschuldig wirkenden Frage wurden Mikas Gesichtszüge sanfter. "In der dritten Sicherheitsstufe wird Verstärkung gerufen, die Ausgänge werden alle bewacht, auch die der Gebäude, die mit den Tunneln verbunden sind, umliegende Fahrzeuge werden durchsucht, der öffentliche Verkehr wird eingestellt."

Roxanne schwieg.

"Es gibt aber einen Weg, das alles zu umgehen."

Roxannes Augen blitzten auf. "Erzähl!"

"Ich kann versuchen, die nötigen Codes für die Räume zu bekommen, die wir betreten wollen. Du kannst über die ekeligen Kloaken-Tunnel fliehen. Die werden zwar auch bewacht, aber dazu fällt uns noch etwas ein. Die Kollegen werden dann denken, ich wäre versehentlich für die gesamte Aktion verantwortlich gewesen, wenn wir dich versteckt bekommen."

"Wir? Du meinst, ich."

"Nein, in dem Fall meine ich auch mich. Du brauchst meine Fingerabdrücke zusätzlich zu den Karten."

"Aber dann ist doch auch klar, wer hinter dem Einbruch steckt, oder?"

"Außer es läuft alles gut und niemand stellt sich die Frage, weshalb dein Bruder in der Liste nach oben gerutscht ist." Mika wirkte nicht besonders zuversichtlich.

"Wo ist der Haken?" Roxanne rutschte ungeduldig auf dem Teppich hin und her.

"Hanne lässt mich nie aus den Augen. Ich kann nicht mal die Toilette aufsuchen, ohne dass sie vor der Tür wartet."

"Oh." Roxanne ging im Zimmer auf und ab. "Wir könnten Schlafmittel in ihren Kaffee mischen. Oder deinen Daumen abhacken."

"Das ist absurd", lachte Mika nervös.

"Warum? Und keine Sorge, ich meine das mit dem Schlafmittel."

"Na ja, sie schläft sowieso manchmal vor den Monitoren ein."

"Na also."

"Sie wacht aber bei jedem noch so kleinen Geräusch wieder auf."

"Dann brauchen wir eben ein starkes Schlafmittel."

"Kann es denn so einfach sein?", fragte Mika skeptisch.

"Für meinen Bruder darf es vielleicht auch mal einfach sein."

Mika stand auf, ging zum Fenster und fragte: "Hast du dich schon mal gefragt, welcher Patient stattdessen auf das Herz verzichtet, das dein Bruder dann bekommt?" Dann drehte sie sich um und sah gerade noch, wie Roxanne das Zimmer verließ. Kurz darauf hörte sie, wie die Wohnungstür ins Schloss fiel. "Du hast also schon mal darüber nachgedacht", stellte sie fest.

"Mika?", rief Liane in den Wohnungsflur. "Kommst du bitte mal?"

Mika trottete zu ihrer Mutter in die Wohnküche. Liane reichte ihr das altmodische Telefon. "Ein gewisser Doktor Sergejev möchte dich sprechen."

Mit einem fragenden Blick nahm Mika den Hörer entgegen.

"Hallo?"

"Hallo, Frau Lindblad, mein Name ist Doktor André Sergejev. Ich arbeite mit Frau Professorin Louisa Roth zusammen an der Sicherheit in unserem unterirdischen Verbindungssystem und sie hat mir von ihren Verbesserungsvorschlägen erzählt."

"Meinen Sie die Tunnel?"

"Ja, junge Dame, die Tunnel."

"Ich weiß, wer Sie sind. Ihr Name steht in meinem Projektbrief."

"Wie dem auch sei, ich würde mich Ihnen gerne persönlich vorstellen und Ihre Vorschläge besprechen. Kommen Sie doch bitte morgen früh, sagen wir 8 Uhr, in das Büro der Professorin und bringen Sie etwas Zeit mit."

Er legte auf, ohne eine Zusage abzuwarten. Perplex ließ Mika den Arm mit dem Hörer in der Hand sinken.

"Was ist? Was wollte der Mann?", fragte Liane, als sie keine Stimmen mehr hörte.

"Ich bin mir nicht sicher. Ich glaube, meine Arbeit im Tunnelsystem wird nach diesem Semester nicht getan sein."

"Das ist gut, oder nicht? Ist das gut? Du bist ein Genie, ich weiß es. Wird Zeit, dass die ganze Welt es endlich sieht." Liane fing an, Kreise um Ihre Tochter zu drehen. Das hatte sie in Mikas Kindheit oft getan, um ihre Freude auszudrücken.

Mika ging jedoch zum Fenster, um Roxanne noch beim Fortgehen beobachten zu können. Sie sah sie bei der Bank vor dem Gebäude stehen, gekrümmt und brüllend. Erst als Mika sie sah, hörte sie auch ganz

dumpf und leise den Schrei aus den Tiefen von Roxannes Kehle. Dann drehte sie sich zum Gebäude um
und blickte zum Fenster, hinter dem Mika stand.

Mikas Headset klingelte.

"Mama, mein Headset klingelt, es ist Roxanne."

Ihre Mutter hatte sich mittlerweile auf das kleine Sofa
fallen lassen. Sie wirkte zufrieden. "Ja und? Geh ran",
sagte sie knapp.

"Hallo?", fragte Mika.

"Hallo", hauchte Roxanne zurück, "es tut mir leid, ich
habe überreagiert, nicht nachgedacht. Du liegst richtig, du darfst dich so etwas fragen und natürlich habe
ich mich schon oft selbst gefragt, wer Lucas Platz statt
seiner einnehmen würde. Magst du mich doch noch
einmal reinlassen?"

Mika legte auf, öffnete zwei Minuten später die Wohnungstür und fand Roxanne mit einem gequälten Lächeln vor.

"Als wäre sie nur weggegangen, damit du telefonieren
kannst", lachte Liane.

"Mit wem hast du telefoniert?", fragte Roxanne.

"Oh, mit einem Professor, es ist ganz toll...", begann
Liane zu glücklich vom Sofa aus zu erzählen.

"Erzähle ich ihr später", unterbrach Mika ihre Mutter.
Unter anderen Umständen hätte sie ihr einen wütenden Blick zugeworfen. Sie zog Roxanne hinter sich in
ihr Zimmer.

"Was wollte sie mir erzählen?", fragte Roxanne verwirrt.

"Erst erzählst du mir, was du mir erzählen willst."

Roxanne nickte. "Es ist mir schlichtweg egal, wessen
Platz Luca einnimmt."

"Das ist deine Erklärung? Damit bereinigst du jeden moralischen Verstoß?"

"Ja."

"Was, wenn die Person, die vor ihm auf der Liste steht, auch eine Schwester hat, die alleine bleibt, wenn er kein Herz bekommt?"

"Ist mir egal."

"Wie kann dir das egal sein? Was, wenn es jemand ist, der sich für den Weltfrieden einsetzt und kurz davor ist, ein Krebsheilmittel zu finden?"

"Ist mir egal", Roxanne zögerte, "auch wenn du der Meinung bist, ein Friedenstifter sei tausendmal mehr wert als ein Junkie. Das denkst du doch, oder? Es ist mir trotzdem egal."

Mika seufzte.

"Mein Bruder ist mein Herz." Roxanne sagte das mit bebender Stimme.

Mika fand schlagartig Klarheit in ihrer Begründung.

Und Roxanne fuhr fort: "Und es wäre mir auch egal, wenn dir etwas zustoßen würde, wenn dafür mein Bruder gerettet wird."

Mika blinzelte. "Das war unnötig."

Roxanne senkte ihren Kopf und sagte. "Du hast recht, entschuldige, es ist nur..."

"Es ist nur, dass du Nachdruck verleihen musst, damit ich Ruhe gebe", unterbrach Mika sie.

"Nein, ja, ich weiß auch nicht."

"Und ich weiß nicht, was ich noch sagen soll."

"Du musst nichts sagen", erklärte Roxanne, "sondern verstehen, dass ich dich meinetwillen in Gefahr bringe. Ich bin egoistisch. Mir ist durchaus bewusst, dass das Ganze schiefgehen kann. Es ist mir aber egal. Es ist mir egal, wenn es nicht funktioniert, und es ist mir egal, wenn jemand anderes an Lucas Stelle stirbt, sollte es doch funktionieren."

Eine Pause entstand, in der beide einander nicht ansahen.

"Meine Mutter wollte dir erzählen, dass mich jemand anrief, der mit mir weiter an der Sicherheit der Tunnel arbeiten will", ergriff Mika schließlich wieder das Wort. Sie konnte Roxanne nicht in die Augen sehen und starrte stattdessen weiter auf den Boden.

"Starr den Boden nicht an, als wärst du ein Kind, das seine Eltern enttäuscht hat", sagte Roxanne sanft. "Es ist dein Leben. Wir tun beide, was wir wollen, o.k.?", fügte sie hinzu. "Das sind tolle Neuigkeiten", sagte sie dann noch. "Ich meine, auch für mich, oder? Wenn du noch diese Woche so etwas wie einen Spezialstatus im Tunnel bekommst, wird es für uns viel leichter, einzubrechen."

Mika sah Roxanne ungläubig an. "Roxanne, das bedeutet, dass ich die Sicherheit der Tunnel nicht gefährden darf."

Roxanne hörte damit auf, Freude vorzutäuschen. "Ich verstehe."

"Ich glaube nicht", lachte Mika ihre Freundin aus.

"Ich verstehe das besser, als du denkst." Roxanne näherte sich Mika, um ihre Schulter zu küssen und zur Zimmertür zu gehen.

"Was tust du, ich habe meiner Mutter gesagt, wir würden den ganzen Tag an dieser Seminararbeit arbeiten."

"Ich habe diese Pseudo-Seminararbeit. Du hast jetzt eine ganz andere", entgegnete Roxanne, an die Tür gelehnt.

"Ich verstehe", flüsterte Mika, "aber das heißt nicht, dass wir gegeneinander arbeiten müssen", rief sie Roxanne hinterher. "Dreh mir jetzt nicht schon wieder den Rücken zu!" Doch Roxanne hatte das Zimmer verlassen und ging langsam weiter, bis sie die Wohnungstür erreichte.

"Ich kann nicht anders", sagte sie, bevor sie die Wohnung verließ.

"Ich hasse dich", rief ihr Mika hinterher.

"Na! Mika Lindblad! Entschuldige dich auf der Stelle bei Roxanne", rief nun Liane aus der Wohnküche.

Mika zog sich in ihr Zimmer zurück und knallte die Tür hinter sich zu. Dann ging sie zum Fenster und beobachtete, wie Roxanne sich entfernte, ohne zurückzublicken.

Kapitel 18

Bestärkt durch Roxannes Sturheit, ging Mika am folgenden Morgen motiviert in die Uni, ins dritte Stockwerk hinauf, zwei Stufen auf einmal nehmend, zu Raum Nummer 312, an dessen Tür sie energisch klopfen wollte, bis sie deutlich ein Streitgespräch hören konnte. Sie blieb mit erhobener Hand vor der Tür stehen.

"Ich warne Sie, Doktor, wenn Sie nur einen Fehler machen, sind Sie raus. Sie wissen, dass ich das ernst meine", sagte eine Frauenstimme, es war Louisa Roth.

"Ja, ja", räusperte sich eine Männerstimme, "Sie müssen langsam mal damit aufhören, jedem zu misstrauen."

Louisa Roth lachte. "Ich misstraue nur Ihnen."

"Sie verspätet sich. Wenn sie nicht bald hier ist, müssen wir einen neuen Termin finden", sagte die Männerstimme.

Daraufhin klopfte Mika, obwohl sie kurz zuvor noch mit dem Gedanken gespielt hatte, fortzugehen.

"Herein", hörte sie die Männerstimme und war sich nun sicher, dass dies die Stimme aus dem Telefonat am Vortag ist. Erst mit der Hand am polierten Türknauf dachte sie darüber nach, was dieser Termin bedeuten könnte. Für sie, aber hauptsächlich für Roxanne. Roxanne würde sich nicht davon abbringen lassen, die Warteliste zu verändern, dessen war sich Mika sicher.

"Herein", wiederholte der Bariton hinter der Tür, die Mika noch immer nicht geöffnet hatte. Sie dachte daran, wie sie dieses Kapitel ihres Traumberufs mit einer Lüge beginnen würde, ließ den Türknauf los und drehte sich um, kurz bevor Doktor Sergejev selbst öffnete. "Haben Sie hier geklopft?", fragte er sie.

Sie hätte nein sagen oder sich irgendwie rausreden können, stattdessen nickte sie. "Ja, Entschuldigung."

"Kommen Sie doch bitte herein. Worum geht's?"

"Frau Lindblad", hörte Mika Professorin Roth aus dem Inneren des Büros rufen. "Kommen Sie, Sie haben die Einladung hereinzukommen wahrscheinlich nicht gehört."

"Ach, Frau Lindblad! Freut mich sehr, Sie kennenzulernen. Ich bin André Sergejev." Doktor Sergejev hielt ihr seine große Hand entgegen.

Mika bewunderte sein dichtes, kohlrabenschwarzes Haar, in dem sich hier und da eine silberne Strähne trotz seiner Jugend verirrt hatte. Sie schätzte ihn auf Mitte dreißig.

Als er bemerkte, dass Mika ihn musterte, versteckte er nervös seine Krawatte im Hemd. "Meine Tochter wollte ihr Frühstück nicht für sich behalten, wissen Sie?", erklärte er und lachte.

"Kein Problem", sagte Mika, die auch seinen russischen Akzent mochte. Alles in allem wirkte er sympathisch mit dem Breifleck auf der Kleidung. "Ich frühstücke auch ungerne."

"Setzen Sie sich, bitte", unterbrach Louisa Roth die beiden. "Doktor Sergejev wollte sie gerne kennenlernen, weil er von Ihren Lösungsansätzen fasziniert ist."

Sie setzten sich auf zwei Sessel vor dem Schreibtisch, Professorin Roth nahm dahinter Platz.

"Ja, genau", nahm der Doktor den Faden auf, "ich bin positiv überrascht, Frau Lindblad. Ich würde mich gerne etwas länger mit Ihnen über Ihre Weitsicht unterhalten. Und ich würde gerne in den kommenden

Semestern enger mit Ihnen zusammenarbeiten und Ihnen die Aufgabe der Notfallmaßnahmen in der Tunnelsicherheit gerne als Fokus Ihrer Promotion anbieten. Außerdem würde ich Ihnen gerne die Möglichkeit vorstellen, sich das Studium von unserem Bundesnachrichtendienst finanzieren zu lassen. Das ginge, wenn Sie sich dazu bereit erklären würden, ihre Doktorarbeit für den Nachrichtendienst zu schreiben und gegebenenfalls direkt dort in den Beruf einzusteigen." Er holte Luft und ließ die Worte auf Mika wirken. "Ich habe zu viel gesagt, oder? Das ist zu viel Information, um sie schnell zu verdauen, ich verstehe. Sie haben selbstverständlich das letzte Wort. Überlegen Sie es sich."

"Ich würde mich verpflichten...", begann Mika zusammenzufassen.

"Nun, was heißt verpflichten?", unterbrach sie Doktor Sergejev. "Sie würden eher sparen und hätten sofort einen Job." Er zögerte. "Sie könnten die Welt verändern." Dann lachte er. "Entschuldigen Sie, ich bin so leicht zu begeistern. Ich selbst bin Mediziner. Habe nichts mit Geoinformatik zu tun. Sicherheit liegt mir sehr am Herzen. Ich will damit sagen, dass ich dieses Projekt mitfinanziere und die Besten dafür engagieren will", sagte er, bevor er wieder zögerte, "am liebsten würde ich selbst daran arbeiten, aber die Zeit, Sie wissen schon."

"Sie sind Mediziner?", fragte Mika nach, während sie versuchte, den Rest des Gesagten zu erfassen. "Und Sie finanzieren an dieser Fakultät die Tunnelsicherheitsprojekte und machen irgendetwas für den BND?"

"Tja, ich gebe zu, das klingt verwirrend", lachte er. "Ich bin hauptberuflich Arzt, ja. Aber ich will auch die Tunnelsicherheit unterstützen, weil mir Daten wichtig sind, Sie kennen die Serverräume im Untergrund, ja?"

Mika nickte. "Ich war noch nie in einem der Räume, aber..."

Er unterbrach sie. "Gut", sagte er, "diese Räume brauchen mehr Schutz. Dokumente, die für den Staat unermesslich wichtig sind, befinden sich unter anderem da unten und mein Weg zur Sicherheit des Tunnelsystems führte mich über den Bundesnachrichtendienst. Die Daten müssen geschützt werden." Doktor Sergejev kratzte sich am Hinterkopf. "Also", fuhr er fort, "über Studien zu Krankheiten höchster Geheimhaltung knüpfte ich zahlreiche Kontakte. Es gibt auch genügend Daten über Verbrecher, die bei uns schon im Krankenhaus behandelt wurden. Solche Dinge brachten mich zum Nachrichtendienst. Dadurch entstand auch der Kontakt zu Professorin Roth, die für die Arbeit für den Bundesnachrichtendienst zum Teil auch aus meinem Etat finanziert wird."

"Denken Sie in Ruhe darüber nach, Frau Lindblad. Wir haben keine Eile", sagte die Professorin rasch, bevor Doktor Sergejev die Unterhaltung weiter verkomplizieren konnte.

"Nun ja, Eile...", begann André Sergejev jedoch erneut, bevor er von Louisa Roth unterbrochen wurde: "Keine Eile."

"Und das Tunnelprojekt? Was ist damit?", fragte Mika.

"Was soll damit sein? Es wird sich für Sie nichts ändern, wenn Sie lieber so weitermachen möchten wie bisher. Ihre Arbeit ist auch in kleinen Portionen wertvoll für uns."

240

Doktor Sergejev kratzte sich immer wieder am Kopf. Es fiel ihm offensichtlich schwer, nichts mehr zu sagen. Schuppen fielen auf seinen zerknitterten Kittel. Mika fragte sich, ob er darin geschlafen hatte und warum er auf dem Campus überhaupt einen Kittel trug.

"Ja", hustete Doktor Sergejev, "denken Sie in Ruhe darüber nach und melden Sie sich bitte bei uns, wenn Sie eine Entscheidung getroffen haben. Auf Wiedersehen", verabschiedete er sich.

"Doktor Sergejev, Professor Roth", hörte Mika sich sagen, "danke für die Einladung." Sie wollte auch aufstehen.

"Frau Lindblad", sagte jedoch ihre Professorin, "bleiben Sie bitte noch ein paar Minuten bei mir?"

"Selbstverständlich", antwortete Mika.

"Es versteht sich von selbst, dass dieses Angebot unter uns bleibt, ja?", unterstrich Doktor Sergejev schon im Türrahmen stehend.

Mika blickte langsam zu ihm auf. "Natürlich", sagte sie. Doktor Sergejev nickte, die Tür hinter ihm fiel zu und er war fort.

Mit fragenden Augen schaute Mika Professorin Roth an. Sie trug einen schwarzen Lederrock und eine viel zu enge, rote Seidenbluse. "Ich habe Ihnen noch etwas zu sagen", begann sie langsam, während sie um ihren Tisch herumging, um sich auf Mikas Seite dort anzulehnen, "und wünsche mir ihr vollstes Vertrauen."

Mika nickte.

"Ich weiß nicht recht, wie meine Worte am besten rüberkommen, aber ich bitte Sie hiermit, vorsichtig zu sein. Meine Warnung bezieht sich auf Doktor Sergejev." Die Pause, die entstand, drückte. Mika fing damit an, die Titel auf den Buchrücken im Regal hinter ihrer Professorin zu lesen, stellte jedoch schnell fest, dass sie die Sortierung sinnlos fand.

"Verzeihen Sie bitte mein Schweigen, ich versuche gerade, eine passende Begründung für meine Sorge in Worte zu fassen."

"Lassen Sie es einfach raus", lachte Mika völlig unpassend.

"Doktor Sergejev hat versucht, über mich an Daten zu kommen", fuhr ihre Professorin bedächtig fort.

"Was für Daten?"

"Das spielt keine Rolle. Die Sache ist, dass er Sie glauben lassen wird, er braucht die Daten für einen guten Zweck. Sie müssen aber an Ihre Aufgabe denken. Ihre höchste Priorität ist die Datensicherung und die Sicherheit im Tunnelsystem allgemein, verstanden?" Louisa Roth klang bestimmender als zuvor.

"Ja, selbstverständlich", antwortete Mika. "Das ist mein Bestreben und ich werde Sie nicht enttäuschen." Sie glaubte nicht daran, dass Doktor Sergejev etwas im Schilde führte. "Ich halte es aber sehr wohl für wichtig, warum er an Daten kommen will." Mika neigte den Kopf. Ihre Professorin wollte etwas von ihr, und selbst wenn sie die Studentin vom Projekt befreien wollen würde, hatte sie jetzt nichts mehr zu verlieren. Der Bundesnachrichtendienst wollte offenbar mit ihr arbeiten.

"Er spielt den Doktor für seine kranke Tochter. Kein Weg ist ihm dadurch zu weit. Familie benebelt unseren Verstand. Er ist nicht mehr rational", erklärte Louisa Roth.

Mika stellte fest, dass ihre Professorin den Schreibtisch gedreht hatte, sodass sie das Fenster auf ihrer linken und die Tür auf ihrer rechten Seite hatte, wenn sie hinter dem Schreibtisch saß. Mika lächelte. "Sie haben den Schreibtisch umgedreht", sagte sie.

"Ja, wenn die zukünftige Sicherheitsbeauftragte dieser Stadt mir einen Rat gibt, werde ich ihn befolgen. Sie haben Zeit, Frau Lindblad, um in Ruhe darüber nachzudenken", stellte die Professorin klar, nachdem Mika erklärt hatte, dass sie gerne mit ihr und Doktor Sergejev enger zusammenarbeiten würde und dass sie auch gerne das duale Studium in Anspruch nehmen würde. "Mir war schnell klar, dass man solche Chancen nicht gehen lassen sollte."

Louisa Roth lächelte. "Gut, dann lassen Sie uns doch morgen mit Doktor Sergejev über die Details sprechen und einen Vertrag aufsetzen, ja?"

Mika wurde nervös, sie wollte die Berechtigung, ohne Hanne durch die Tunnel zu wandern. "Was ist mit meinem Projekt? Ich meine, wie gehe ich zum Beispiel heute mit Hanne Breitbach um?"

"Sie gehen heute noch in den Tunnel?" Die Professorin nickte anerkennend. "Wissen Sie was? Ich rufe sie gleich an und kündige unsere neue Übereinkunft an. Sie soll Sie einfach in Ruhe arbeiten lassen. Aber es wäre sehr nett von Ihnen, Frau Lindblad, wenn Sie nicht gleich damit angeben würden, wie privilegiert Sie sind."

Mika nickte energisch. "Selbstverständlich. Ich werde mich nicht anders verhalten als sonst, nur eigenständiger sein."

"Wunderbar, dann sehen wir uns trotzdem morgen, ja?"

Mika erhob sich und ging steif zur Tür. "Ja und danke", sagte sie auf der Schwelle zum Flur. Sie hätte vor

Glück schreiend durch das Gebäude rennen können. Sie wollte Roxanne anrufen und ihr sagen, wie dumm die Professoren waren und dass sie ihr unwissentlich helfen würden, dass es leicht wie ein Kinderspiel war. Stattdessen zog sie sich mit ihren Gedanken wie schon zuvor in der Toilette in eine Kabine zurück und lauschte den Tropfen der fünf undichten Wasserhähne.

Ich werde Roxanne nichts davon erzählen, sondern weiter versuchen, sie von ihrem Vorhaben abzuhalten, und mein eigenes Projekt nicht gefährden, dachte sie. Ich will die Sicherheit und ich mag den Gedanken, für den Bundesnachrichtendienst zu arbeiten. Ich will meine Mama schützen, sie stolz machen und ich will Roxanne vor einer Haftstrafe bewahren. Ich will anderen Menschen nicht die Chance auf ein passendes Herz nehmen. Sie sagte es sich immer und immer wieder, erst in Gedanken, dann leise und alleine auf der Fakultätstoilette.

Viermal atmete Mika tief ein, bevor sie den Mut zusammenbekommen hatte, die Toilettenräume wieder zu verlassen und den hässlichen Teil des Tages anzutreten.

Ein Blick auf die Vorlesungssaaltür reichte, um ihren Blutdruck in die Höhe schießen zu lassen. Sie entschied sich dagegen, die Vorlesungen wahrzunehmen. Sie wollte schlafen, um für den Abend ausgeruht zu sein.

Das Tageslicht und das satte Grün der Bäume und Rasenflächen stach Mika in den Augen. Sie setzte ihre Kapuze auf und lief nach Hause.

"Wie verrückt ist das alles, bitte?", murmelte sie vor sich hin, während sie über den Rasen ging, der sie nur noch wenige Schritte von ihrer Haustür trennte. "Wieso passiert das alles mir, jetzt, wo ich endlich im Tunnel alles darf?"

"Was passiert dir?" Roxanne saß vor Mikas Wohngebäude auf der mittlerweile schmerzhaft liebgewonnenen Bank.

"Musst du mich jedes verdammte Mal erschrecken?" Mika hob instinktiv ihre Hände zum Schutz an ihren Hals. "Wolltest du dich nicht aus meinem Leben raushalten?", fragte sie kühl, während sie mutig an Roxanne vorbeiging.

"Wie war's?", fragte Roxanne.

"Wie war was? Die Dusche heute Morgen? Der Kaffee?" Mika ging weiter.

Roxanne folgte ihr. "Hör auf, mich so zu behandeln, o.k.? Du weißt, dass ich das Superheldengespräch meine. Auch wenn mich die Duschgeschichte ebenfalls brennend interessiert", lachte Roxanne.

Sie gingen nun nebeneinander auf den Gebäudeeingang zu.

"Dich interessiert die Duschgeschichte brennend, ja?" Mika hatte sich Roxanne zugewandt. Sie sahen einander an, ihr Atem ging schwer durch die Luft, die sie trennte.

"Beantworte meine Frage."

"Brennend." Auf Roxannes Stirn erschien diese eine tiefe Falte, die Mika gut kannte. Sie war nachdenklich, wütend oder, neu für Mika, rasend.

Mika trat auf sie zu, küsste sie und dann drehte sie sich um. Sie ging auf die Hauseingangstür zu und merkte, dass Roxanne ihr folgte. Sie nahm die Treppen, um den engen Fahrstuhl zu vermeiden, stieg die Stufen langsam hinauf und betrat ihre Wohnung. Die

Wohnungstür ließ sie geöffnet, in der Hoffnung, Roxanne würde ihr folgen. Und sie folgte ihr. Mika wartete im Flur, griff nach Roxannes Hand, zog sie hinter sich in die Dusche, drehte den Hahn auf und zog sich aus.

"Wo ist Liane?", fragte Roxanne langsam, als würde sie ihre geballte Konzentration auf ihre Aussprache legen.

"Bei einer Musikgruppe, die unser Nachbar ihr empfohlen hat", antwortete Mika ebenso langsam und stieg in die Dusche.

"Du lässt dir zu viel Zeit", flüsterte Roxanne in Mikas Ohr.

Mika legte ihre Arme um Roxanne und küsste sie wieder. Doch Roxanne schob sie von sich, drückte sie gegen die Badezimmerkacheln und drehte Mikas Gesicht zur Seite.

"Was tust du da?", fragte Mika, den Druck in ihrem Kiefer trotzend.

"Shh."

Kapitel 19

"Ich kenne dich gar nicht", sagte Mika. Sie hatte sich getraut, die Stille zu brechen, nachdem sie mehrere Minuten geschwiegen hatten. Sie ging in Gedanken jede Bewegung durch, die sie in der Stunde zuvor erlebt hatte, und zuckte immer wieder zusammen. Ihr Kiefer, ihre Arme und Beine schmerzten so sehr, dass sie befürchtete, von blauen Flecken übersät zu sein. Ausnahmsweise hielt sie es für Glück, dass ihre Mutter sie nicht sehen würde. Mika lag mit nassen Haaren neben Roxanne auf dem Teppich ihres Zimmers.

"Was nützt es dir, von dir sagen zu können, du würdest mich kennen?"

"Ich will es nicht sagen können, sondern wissen", erklärte Mika. "Ich will verstehen, was hier gerade passiert ist, und", sie beugte sich über Roxanne, strich ihr über die Wange und ihre Hand wurde von Roxanne sofort festgehalten, "und", fuhr sie fort, "warum du Zärtlichkeit nicht zulässt."

"Du kannst immer sein lassen, was dir nicht passt, du bist frei. Du musst mich nicht kennen." Schärfe lag in Roxannes Stimme. Sie verhielt sich wie ein ungeduldiger Boxer, der seinem Gegner für seinen Sieg ein Ohr abbeißen würde. Zufriedenheit konnte Mika in Roxannes Stimme nicht erkennen.

"Ich bin glücklich, wenn ich dich über dich sprechen höre, und dieses Gefühl wird da sein, wenn ich mich morgen an die Dinge erinnere, die dich ausmachen, wenn du sie mir nur erzählen würdest."

Roxanne lachte. "Wirst du je aufhören, so kitschig zu sprechen und in der Realität ankommen? Ich kann hier sein, jetzt, in dieser Sekunde, auf dich und deinen Körper fokussiert. Es gibt kein Glück. Dass, was du von mir haben kannst, ist das Gefühl, zufrieden zu sein im Jetzt. Keine Ahnung, ob du dich morgen freuen wirst oder was auch immer. Ich bin jetzt hier mit dir."

Mika schaute an ihre Decke mit all den selbstgezeichneten Gesichtern und entschied, nicht weiter nachzuhaken. "Zufriedenheit im Jetzt erkenne ich aber auch nicht."

"Sei still", befahl Roxanne, "und genieße die Ruhe mit dir selbst und deinen Gedanken. Physisch liege ich entspannt und zufrieden hier, o.k.?" Sie ballte ihre Fäuste und atmete tief ein. "Ich weiß auch nichts über dich."

"Weil du keine Fragen stellst."

"Ha! Du weißt etwas von mir", rief nun Roxanne.

Mika schaute sie dann doch an, auf der Suche nach einem Lächeln. "Ich weiß, dass du einen Bruder hast und du dich gut verkleiden kannst und..."

"Siehst du?", unterbrach Roxanne die Aufzählung.

"Aber", sie rückte näher an Roxanne heran, "was lässt dich vor Glück weinen? Was war das Schönste, das dir bisher passiert ist? Wo...", sie zögerte, "wohnst du?"

Roxanne rollte sich weg.

"Ist das so schwer?", hakte Mika schließlich nach. "willst du dich nicht gebraucht und gewollt fühlen? Begehrt, vielleicht?"

"Mika, ich bin anders als du, verstehst du? Du kannst nicht von dir auf andere schließen. Tut mir leid, dich enttäuschen zu müssen. Wenn ich diese Logik durchschauen wollte, würde ich vermutlich feststellen, dass ich bereits gebraucht und gewollt werde, begehrt sogar. Von dir. Liebe ist aber wie ein unbekanntes Land für mich, Vertrauen, Glaube, all diese abstrakten Dinge auf einem Weg, zu dem mir die Landkarte fehlt, verstehst du? Und ich vermisse das alles nicht."

Wieder entstand eine Pause. Mika wurde kalt. Sie überlegte aufzustehen, wollte aber nicht noch mehr vom Abend kaputtmachen. "Entschuldige, dass ich gefragt habe", sagte sie.

"Nein, es tut mir leid. Ich denke nach", antwortete Roxanne. "Ich denke an die Dinge, die dir vermutlich wichtig sind, und sehe, dass wir gar nicht so verschieden sind."

"Oh doch", lachte Mika.

"Im Ernst, sei nicht scheiße, sonst erzähle ich gar nichts mehr."

"Siehst du, wir sind uns nicht ähnlich. Du bist so schnell eingeschnappt, wirst so schnell wütend und ich will so viel wissen und bin, wie du sagst, kitschig."

"Ich meine aber diese Gründe, weswegen wir vor Glück weinen würden. Du bist wahnsinnig verletzlich, wenn es um deine Mutter geht. Ich habe gesehen, wie beschützend du schon wirst, wenn jemand das Salz nicht an die richtige Stelle stellt. Es sind die kleinen Dinge, die für dich und mich eine Welt bedeuten. Es sind deine Mutter und Luca, oder nicht?"

"Aber in welchen Momenten ist das passiert? Beschreibe deine schönsten Erinnerungen."

Roxanne atmete tief ein. "Luca hat mich das Schwimmen gelehrt. Wir waren ständig zusammen im Meer, als wir kleiner waren, bevor das Leben kompliziert wurde. Ich glaube, in meinem Kopf ist nichts zu finden, das diese Erinnerung an das Meer mit ihm übertrifft." Und mit zitternder Stimme fuhr sie fort: "Er war immer so witzig. Es hätte die Welt in Flammen stehen können und er hätte mich trotzdem zum Lachen gebracht. Unter allen Monstern, mit denen er selbst immer wieder kämpfen musste, war er immer dieser lustige Kerl."

Mika fiel es schwer, zu atmen. Sie wusste nicht, wie sie dem Moment, den sie selbst heraufbeschworen hatte, die Schwere nehmen könnte.

"Er ist immer der wichtigste Mensch für mich gewesen, weißt du? Meine Familie und der Grund, weiterzugehen. Seine Meinung war für mich immer schon die Einzige, die zählte, und ich weiß, dass er auch auf mich immer zählte. Wir haben uns auch irgendwie immer verstanden und was andere als Fehler wahrnahmen, haben wir weggelacht. Er war perfekt, so wie er war." Roxannes Tränen rannen wie kleine Rinnsale über ihr Gesicht. "Er hat mich zweimal davor bewahrt, zu ertrinken, und ich schaffe es nicht, ihn zu retten."

"Er war nicht perfekt, sondern er ist es noch, Roxanne. Luca ist noch hier und er wird es auch noch sehr lange sein. Und du hast ihn jeden Tag gerettet, indem du das alles auch für ihn warst, da bin ich mir sicher."

"Ja, du hast vermutlich recht. Er fehlt mir nur manchmal so sehr, dass ich nicht mehr leben möchte, aber ich weiß, dass das dazugehört."

"Das Leben ist voller solcher schönen Erinnerungen und in Zukunft wirst du noch mehr schaffen."

"Aber was, wenn er es nicht schafft?"

Mika legte sich auf die Seite und lehnte ihren Kopf an Roxannes Schulter. Zum ersten Mal sprachen sie über diese Möglichkeit. "Er wird es schaffen", antwortete sie. Über die Wahrheit musste sie erst in Ruhe nachdenken, wenn Roxanne nicht mehr neben ihr lag.

"Ja, da hast du deine Geschichte. Für mich gibt es keine schöneren Erinnerungen als die, die ich mit Luca geschaffen habe. Danach kommt irgendwann das Geräusch von Zügen oder Straßenbahnen aus dem Hintergrund, wenn man sie nicht sieht, weißt du, was ich meine?"

"Ja", stimmte Mika zu.

"Ich mag das Geräusch, weil es Hektik und Termine bedeutet, von denen ich mich niemals leiten lassen will, die aber gleichzeitig beweisen, wie viel Leben in meiner Nähe existiert."

"Warum magst du keinen Regen?"

"Die Frage brennt dir schon lange unter den Nägeln, oder? Es ist ironischerweise immer etwas bei Regen passiert. Es regnete, als er sie kennenlernte, sie haben ständig im Regen getanzt, er nahm ihre Drogen im Regen und kippte zum ersten Mal im Regen um. Es regnete, als der Krankenwagen ihn holen kam." Roxanne machte eine Pause und atmete tief ein.

"Freifall?", fragte Mika.

"Spielt das eine Rolle?", fragte Roxanne. "Genug von mir. Was wünschst du dir?"

"Wie meinst du das? Außer, dass meine Mutter ein glückliches, angstfreies Leben führen kann?"

"Genau, was erwartest du vom Leben für dich persönlich?", fragte Roxanne und Mika wunderte sich, ob sie sich übereinander lustig machten.

"Ich will so viel mehr", sagte sie langsam.

"Was genau?"

"Ich will verreisen. Ich meine, ganz früher war es unmöglich zu reisen und heute auch. Warum leben wir jetzt und nicht dazwischen?"

"Es gibt in jeder Zeit Vor- und Nachteile. Es war lange nicht einmal möglich, als Frau mit einer Frau zusammenzuleben."

"Ich meine, bis vor kurzem hat sich kaum einer Gedanken darüber gemacht, ob er nachhaltiger leben müsste. Mir scheint, als wäre uns allen egal, was mit unserer Welt passiert, wenn wir nicht mehr leben. Es wäre nicht schwer, ein Gleichgewicht herzustellen. Aber viele Menschen sind gierig und geben nicht gerne etwas von ihrem viel zu großen Kuchen ab."

Roxanne zuckte mit den Schultern. "In jeder Ära sind wir Menschen egoistisch. Entweder wir kämpfen um unser Überleben, ziehen für unser Königreich in Kriege, scheißen auf Armut für unseren eigenen Profit oder versuchen Wartelisten zu manipulieren. Das nimmt sich nichts."

Eine Pause entstand.

"Wie kommst du eigentlich an den Job in der Bar und was läuft da zwischen dir und der Frau am Tresen?"

Mika lächelte: "Eifersüchtig?"

Roxanne zischte.

"Die Frau am Tresen ist meine Chefin und ich habe sie bei meinem Selbstverteidigungskurs kennengelernt." Mika holte tief Luft.

"Du hast mir gar nichts davon erzählt?"

"Wir reden nicht sonderlich viel miteinander, Roxanne", flüsterte Mika.

Sie sahen einander an wie Fremde. "Du hast recht", gab Roxanne zu. "Ein Selbstverteidigungskurs also", wiederholte sie. "Das erklärt diese Kraft in dir, die ich damals im Klo erwartet hätte."

Wieder entstand eine Pause. Roxanne schaute Mika nachdenklich an. "Wo ist dein Vater?", fragte Roxanne schließlich nach einigen Momenten.

Mika hielt die Luft an.

"Was ist?"

"Es, es ist", stotterte Mika, "das ist leicht gefragt, dabei ist die Antwort so schwer."

"Du musst nicht antworten, ich war taktlos, entschuldige", sagte Roxanne schnell.

Mika griff nach ihrer Bettdecke und rollte sich in ihr ein. "Er war feige. Dieser klassische Bilderbuch-Idiot, der die Familie verlässt, wenn es mal schwieriger wird. Wenn die Frau erkrankt und ein ungeplantes Kind hin und wieder anstrengend wird."

Beide schwiegen erneut für einige Sekunden.

Dann fuhr Mika fort: "Das ist ja nicht einmal so richtig traurig. Das Traurige an der Geschichte ist, dass wir ihn erst vermisst, dann gehasst und verflucht haben und dann, Jahre nach seiner rasanten Flucht, Post vom Amt bekommen haben, mit der uns mitgeteilt wurde, dass er einen Hirntumor hatte, der ihm langsam die Zurechnungsfähigkeit nahm. Wir wissen also nicht genau, ob er nur ein Idiot war oder von einem Tumor beeinflusst zum Idioten wurde. Immerhin hat meine Mutter sich irgendwann ja mal in ihn verliebt."

"Darf ich dich noch etwas fragen?", hörte Mika Roxanne sagen. Sie nickte. "Ist deine Mama seit ihrer Geburt blind?", flüsterte Roxanne. "Ist es o.k., dass ich das frage?"

"Sie war früher stark kurzsichtig und vor ein paar Jahren diagnostizierte man bei ihr Retinitis Pigmentosa. Ihre Netzhaut degenerierte nach und nach, die Sehzellen starben ab bis zur Farbblindheit. Sie nimmt ganz selten noch Schatten wahr, aber das hilft nicht zu erkennen, ob sie überfallen wird."

"Aber wurde sie denn überfallen?"

"Ja", lachte Mika unpassend, "häufig, vor allem, als sie noch keinen Blindenstock bei sich trug, weil sie dachte, sie sähe noch genug."

Roxanne küsste Mikas Hand. "Das ist scheußlich", sagte sie, "dann müssen alle kurzsichtigen Menschen viel vorsichtiger sein. Jeden Tag."

"Oder Verbrechen werden reduziert und Sicherheit wird maximiert", sagte Mika.

"Du kannst die Welt nicht retten, Mika", stellte Roxanne eilig und energisch fest.

"Ich kann aber auch nicht nur dasitzen und nichts tun."

"Ich bin für dich auch eine Verbrecherin, wieso tust du nichts gegen mich?"

Mika setzte sich auf und schaute Roxanne aus den Augenwinkeln an. Sie fuhr in Gedanken mit den Fingerspitzen über ihre Haut und sagte: "Was kann ich denn gegen dich tun?" Beide lachten. "Du hast diese ganzen Narben", stellte Mika fest, bevor Roxanne sich auf die Suche nach ihrer Kleidung machte. "Nein, warte! Ich sage das nicht vorwurfsvoll, ich meine, ich hatte Angst, es wäre so, und jetzt sehe ich, dass es so ist", erklärte sie. Sie sah auch eine Narbe, die eine Katze oder einen Fuchs darstellte und erinnerte sich an die Worte der Krankenschwester wenige Wochen zuvor. Sie zeigte auf die Narbe: "Ich weiß, dass du diese wohl 'Fuchs' nennst."

"Hör auf, das macht es nicht besser." Roxanne antwortete lauter als nötig. "Hör auf, dich überall einzumischen, verdammt! Was weißt du schon?"

"Ich war in Sorge. Das ist doch wohl erlaubt, oder nicht?" Mika griff nach ihrer Hand und zog sie wieder zu sich. "Es ist o.k.", sagte sie, "ich will, dass es dir gutgeht. Du sollst keinen Grund mehr haben, so etwas zu tun."

"Du glaubst, du kannst das? All die schlechten Gedanken aufhalten? Ganz schön großkotzig für jemanden, der keine Ahnung hat."

"Ich kann es versuchen."

Roxanne entfernte sich trotz Mikas Händen, die sie immer wieder zu ihr zogen. "Also, wie war dein Superheldengespräch?"

Ein langer Seufzer verließ Mikas Kehle. "Ich darf nicht darüber reden."

"Verstehe."

"Wann wirst du es tun?"

"Ich darf nicht darüber reden." Roxanne stand auf und zog sich an.

"Wirklich? Du willst die Trotzschiene fahren? Können wir nicht versuchen, nett zueinander zu sein?", fragte Mika, doch Roxanne zog sich hastig an und ließ die Tür ohne weitere Worte hinter sich ins Schloss fallen. Mika blieb allein in ihrem Zimmer zurück. "Ich weiß immer noch nicht, wo du wohnst", sagte sie in den leeren Raum hinein. Und ihr wurde sofort klar, dass Roxanne an diesem Abend versuchen würde, die Warteliste zu manipulieren.

Kapitel 20

"Mama", sagte Mika, im Türrahmen der Küche stehend, bevor sie den Fußmarsch zur Südklinik antrat. Sie wollte nach Luca sehen, irgendeinen Grund dafür finden, den Einbruch doch noch zu verhindern. Sie hoffte, mit Luca sprechen zu können, sie hoffte auf ein Wunder. Zumindest die Ärzte sollten ihr irgendetwas Positives berichten, wenn Luca es noch nicht konnte. Sie brauchte einen Grund, mit dem sie Roxanne retten könnte. Dafür hatte sie plötzlich viel weniger Zeit, als sie ursprünglich eingeplant hatte. Bevor sie selbst ihre Reise zum Tunnel startete. "Ich sage dir viel zu selten, dass ich dich liebe und dass ich mir keine tollere Familie vorstellen kann als diese."

Ihre Mutter saß am Küchentisch und sah in ihre Richtung, ohne sie zu sehen. "Was ist denn mit dir los? Hast du schlecht geträumt?", lachte Liane. Ihre Gesichtszüge wurden weicher, ihre Augen kleiner. Mika hatte die Zehn auf der Skala ihrer unangenehmen Gefühle erreicht. Sie fühlte sich schuldiger denn je.

"Wieso sage ich so selten etwas, das mir diese Reaktion von dir schenkt, Mama?"

"Das machst du sehr oft. Öfter, als du denkst. Verurteile dich nicht selbst, Kind. Ich weiß, dass du es nicht immer leicht hast."

"Ich bin sehr glücklich und ich wünschte, ich könnte dein Leben etwas aufregender gestalten und würde mich nicht so verbissen darum bemühen, es sicherer werden zu lassen."

"Mein Leben ist aufregend dank dir, Liebes. Ich sehe deine Welt, weil du sie mir beschreibst. Achterbahnfahrten sind für mich nicht aufregend, verstehst du?"

"Ich beschreibe so gut wie nichts mehr", stellte Mika fest, "es tut mir so leid."

Liane stand auf und ging auf ihre Tochter zu. "Das ist ein gutes Stichwort. Darf ich dich noch um eine Sache bitten, bevor du dich auf den Weg machst?", fragte sie.

"Ja, sag mir."

"Beschreibe Roxanne für mich, bitte."

"Ich habe keine Zeit", sagte Mika.

"Dann beschreibe sie in wenigen Worten", entgegnete Liane.

"Das ist gar nicht so leicht", lachte Mika.

"Das habe ich mir gedacht", entgegnete Liane. Ihr Gesicht entspannte sich weiter, "versuche es, bitte."

"Also gut", flüsterte Mika. Sie lehnte sich an die Wand und atmete tief ein. "Sie ist ungefähr so groß wie ich und sie hat sehr dunkle Augen. Sie sind nicht grau, wie ich dachte, als ich sie das erste Mal sah, sondern dunkelbraun, und diese dunkelbraune Iris wird von einem breiten dunkelgrünen Limbus umarmt, wie ein Garten, der einen Teich umrahmt. Neben ihren Augen und ihren Mundwinkeln sind tiefe Lachfalten, für die wahrscheinlich ihr Bruder verantwortlich ist", schmunzelte sie. "Sie hat auch manchmal eine einzige Zornesfalte zwischen ihren dichten Augenbrauen. Sie ist so charakterstark und ich glaube, ihre Gefühle trägt sie immer in dieser Falte, schwer zu verstecken. Ihre Lippen sind dünn, ihre Nase klein, so wie ihre Ohren, zu denen ich dir keine Details geben kann, weil sie ihre dunkelbraunen Haare meistens darüber fallen lässt. Sie ist hübscher, wenn sie ihre Haare zusammenbindet, dann sieht man ihr Gesicht besser..."

Liane lächelte und Mika hielt inne. Sie wollte sich nicht ertappt fühlen.

"Sie scheint wunderschön zu sein", sagte Liane.

"Sie ist wirklich wunderschön", bestätigte Mika.

"Beschreibe sie von innen, so wie du sie siehst", bat Liane.

"Von innen kennst du sie sicherlich so gut wie ich."

"Ich bin mir sicher, dass das nicht stimmt."

Mika zögerte. "Gut, ich will es versuchen. Sie kämpft jeden Tag, darum steht sie immer unter Strom, und wenn sie für eine Sekunde Ruhe findet, fühlt sie sich unwohl, als wäre es ihr nicht erlaubt, Ruhe zu finden. Ich vermute, dass es daran liegt, dass sie glaubt, nicht zu verdienen, sich wohlzufühlen, solange es Luca nicht gutgeht. Sie erscheint mir so unergründlich und doch fühlt es sich so an, als würde ich sie seit meiner Geburt kennen. Dabei weiß ich kaum etwas von ihr, alles, was sie interessiert und bewegt, muss ich ihr aus der Nase ziehen. Sie lächelt, wenn andere lächeln, so selbstlos ist sie, und dennoch ist sie der egoistischste Mensch, den ich kenne, weil sie keine Rücksicht auf andere nimmt, wenn es um Luca geht. Was ich aber nachvollziehen kann", erklärte sie mit belegter Stimme. "Manchmal habe ich das Gefühl, dass ihre Schritte schwer sind. Sie trägt große Lasten auf ihren Schultern, die ihr keiner abnehmen kann. Alles, was sie berührt, scheint zu brennen oder ihr Schmerzen zu verursachen, weswegen sie Ventile braucht und immerzu sucht, aber auch dabei lässt sie sich nicht helfen. Sie ist äußerst impulsiv, aber versucht Ausbrüche zu unterdrücken und erst einmal die Situation zu analysieren. Wenn ihr das nicht gelingt, wenn ihre Sicherungen durchbrennen und ihr Herz schmerzt oder Eifersucht einsetzt, wird sie anders. Dann sind ihre Augen dunkler und ich weiß auch, dass sie die Momente schwer bereut. Sie ist schwach und doch stark, wenn sie sich für jemanden einsetzt. Sie ist so emotional, dass ihr beim Anblick von kleinen Dingen die Luft wegbleibt – Regen, Schnee, alte Häuser, der Morgen, wenn es neblig ist, das Geräusch von Zügen." Mika holte erneut tief Luft. "Ich glaube, ich könnte viel mehr erzählen, aber ich will dir beichten, dass mir das sehr schwerfällt, Mama."

"Danke."

Eine Träne löste sich und bahnte sich einen Weg über Mikas Wangen.

"Weinst du?", fragte Liane.

"Was? Nein", antwortete Mika schnell.

"Ich dachte, ich hätte da etwas auf meinem Mama-Radar gespürt", sagte Liane und zwinkerte ihrer Tochter unbeholfen zu.

"Ich bringe dir bei, ordentlich zu zwinkern, wenn ich wieder da bin."

"Bleib nicht zu lange weg, bitte."

Mika verließ die Wohnung und brach im Hausflur vollständig in Tränen aus. Mit schweren Schritten schleppte sie sich zur Klinik.

"Hallo Luca", sagte sie am Krankenbett von Roxannes Bruder. "Ich hatte auf ein Wunder gehofft und darauf, dich sprechen zu können. Ich hatte gehofft, du wärst wach und könntest mir helfen, deine Schwester zu retten, so wie sie versucht, dich zu retten. Ich glaube, ich habe dich zu Unrecht verurteilt. Ich weiß nicht, wie es ist, einen Bruder zu haben, aber ich weiß, wie es ist, nur einen Menschen zu brauchen." Mika sah auf Lukas dunkle Adern in seinen Armbeugen. "Wieso hast du nicht besser auf dich aufgepasst? Hast du nicht an Roxanne gedacht? Ich bin mir sicher, dass du das hast. Du hast sie sicher nicht verletzen wollen, nein. So beschreibt sie dich nicht. Das passt nicht zu dir."

Sie setzte sich zu ihm auf die Bettkante. "Immer wieder lasse ich die vergangenen Wochen Revue passieren und finde keine Ordnung in diesem riesigen Chaos. Das ist das Leben, oder? So etwas passiert jedem mindestens einmal, habe ich recht? Die Wünsche erfüllen sich und die Gefahr kommt. Die Liebe kommt."

Jemand hustete im Türrahmen und unterbrach Mika. Sie drehte sich um und sah nur, wie die Tür sich langsam schloss, aber niemand dastand. Sie eilte hinaus und sah Roxanne an, die im Flur stand und gebeugt hustete. "Alles gut, ich, ich habe mich verschluckt", erklärte sie.

"Was machst du hier? Wie lange hast du zugehört?"

"Lange genug, außerdem darf ich eher fragen, was du hier zu suchen hast."

"Ich weiß nicht, was ich sagen soll", stammelte Mika.

"Liebe, hast du zu ihm gesagt?", fragte Roxanne mit großen, vorwurfsvollen Augen, "Liebe? Das ist doch keine Liebe."

"Fick dich." Mika wandte sich von Roxanne ab, bevor ihr wieder die Tränen kommen konnten.

"Dreh dich um", verlangte Roxanne, doch Mika konnte nicht, aus Angst, durch Roxannes Anblick Stärke zu verlieren. Stattdessen ging Mika zur Tür und blieb mit der Türklinke in der Hand regungslos stehen, als sie Roxanne hinter sich fühlte.

"Wieso zitterst du?"

"Ich habe Angst, vor Herzklopfen das Bewusstsein zu verlieren. Und weil du das nicht hören willst, frage ich mich, warum du mich nicht einfach gehen lässt."

Roxanne legte ihre Hand um Mikas Hals, sanft, unbedrohlich. "Komm, dreh dich um, es tut mir leid", sagte sie. Mika blieb regungslos.

"Ich kann nicht, Roxanne, ich will endlich aus diesem Gefühlschaos raus. Dich nervt das alles und mich auch. Klingt für dich vielleicht unglaublich, es ist aber die Wahrheit." Mika wagte es, Roxannes Hand zu suchen und sie langsam von ihrem Hals zu ziehen. "Ich kenne diese Haltung ironischerweise gut und dennoch bist du mir so fremd. Ich verstehe dich nicht. Wenn du nichts empfindest, lass mich doch bitte los. Wenn du meine Hilfe nicht zulässt, lass mich einfach gehen. Wenn du der Meinung bist, mich immer wieder wegstoßen zu können, musst du auch damit rechnen, dass ich irgendwann ganz fort bleibe. Das ist eigentlich dein Ziel, oder? Denken wir an das, was du heute Abend vorhast."

"Shh", entgegnete Roxanne. Ihre Hand schnellte wieder an Mikas Hals, diesmal weniger sanft.

Mika krümmte sich schlagartig vor Schmerz. "Lass das, lass es, bitte, Roxanne", flehte sie. Da ließ Roxanne sie los, Mika drehte sich um und ihr stockte der Atem. Roxanne weinte. Sie sahen einander an. "Ich weiß nicht, ob ich mich entschuldigen sollte", stammelte Mika, "ich weiß nichts mehr."

Sie gingen gemeinsam ins Krankenzimmer. Roxanne trat zum Krankenbett. Hinter ihr fielen die letzten Sonnenstrahlen des Tages durch das Fenster auf das Bett.

Mika stand unschlüssig mitten im Raum und hatte plötzlich das Gefühl, mehr Luft zu benötigen. Also trat sie schweratmend wieder zur Zimmertür, öffnete sie – und sah Doktor Sergejev vor sich stehen. "Mein Gott, was ist denn nur los? Was machen Sie denn jetzt hier?", fragte sie verwirrt.

"Na hören Sie mal, junge Dame, ich arbeite hier", antwortete der Arzt lachend.

"Wie bitte?" Mika starrte ihn noch immer verwirrt an.

Doktor Sergejev schob seine Lesebrille auf die Stirn und ließ die Hand mit seinem Tablet sinken. "Aber was machen Sie hier, Frau Lindblad?"

"Ihr kennt euch?", mischte sich jetzt Roxanne vom Fenster aus ein.

"Du kennst Doktor Sergejev auch?" Verwirrt schaute Mika Roxanne an und schlagartig verletzt wieder fort. "Egal, ich habe schon alles gesehen."

"Ich bin Lucas behandelnder Arzt und suche nach Lösungen für Patienten wie ihn", erklärte Doktor Sergejev.

"Patienten wie ihn?", fragte Mika.

"Komm schon", entgegnete Roxanne, "kannst du bitte aufhören, dumme Fragen zu stellen?"

Noch enttäuschter als in der Minute zuvor sah Mika ihre Freundin wieder an. Ihre Hände wurden zu Fäusten.

Neben Doktor Sergejev räusperte sich jemand. "Oh, Entschuldigung, wie unhöflich von mir", sagte er jetzt schnell. "Das hier ist Maren Baum, Doktorandin, sie promoviert bei mir und wir forschen gemeinsam an aktuellen genetischen Entwicklungen. Sie haben sicherlich mitbekommen, dass die Rate männlicher Föten in den letzten Jahren stark gesunken ist?"

"Hallo", sagte seine Doktorandin und drückte Mikas Hand, für Roxannes Geschmack eine Sekunde zu lang.

"Hallo, ich bin Roxanne", warf sie rasch mit zusammengebissenen Zähnen ein. "Selbstverständlich haben wir das mitbekommen", sagte Roxanne und erinnerte sich an das Gespräch in Mikas Küche.

"Können wir kurz unter vier Augen sprechen, Doktor?", wollte Mika wissen.

"Wenn es um Luca geht, gehen nur sechs Augen." Roxanne wurde abermals wütend.

"Dann geht es offensichtlich nicht um Luca", fauchte Mika.

Doktor Sergejev begleitete Mika in ein Sprechzimmer. "Das sind keine erfreulichen Töne, die ich da höre", lachte er. "Was kann ich für Sie tun? Haben Sie bereits eine Entscheidung getroffen?"

"Nein, verzeihen Sie. Ich wollte nur weg. Ich gehe gleich, entschuldigen Sie bitte auch, dass ich Ihre Zeit verschwende."

"Sie verschwenden meine Zeit nicht", versicherte er ihr. "Kann ich Ihnen ein Glas Wasser bringen?"

Sie verneinte. Liebe überkam sie wieder. Sie stand vor Lucas Arzt und ihr Interesse daran, Louisa Roth nicht zu enttäuschen, verblasste. "Sie sind Lucas Arzt."

"Oh ja, ich habe ihn hierher verlegen lassen, weil wir seinen Fall so besser behandeln können." Nachdenklich fuhr er fort: "Dieser junge Mann und die arme fürsorgliche Schwester können einem leidtun. Ein reizendes Mädchen."

Mikas Herz überschlug sich bei seinen Worten.

"Wie dem auch sei, ich wollte mich sowieso noch einmal mit Ihnen unterhalten", fuhr er fort.

Es geht los, dachte Mika.

"Professorin Louisa Roth ist eine großartige Forscherin auf ihrem Gebiet. Sie hat das Tunnelsystem so sicher werden lassen, wie es heute ist. Alles, was für die menschliche Sicherheit existenziell ist, befindet sich im Tunnel, wissen Sie?"

"Alles?"

"Ja, Gold, Gemälde, Server, Akten, also nicht nur Materielles, sondern auch viele Daten. Außerdem sind die Tunnel mit Bunkern und Nahrung für die ganze Stadt für mehrere Wochen versehen."

"Das wusste ich gar nicht."

"Lassen Sie sich bei Gelegenheit einmal herumführen. Sie dürfen jetzt ja alles wissen. Jedenfalls wollte ich darauf hinaus, dass es Roth um die Sicherheit dieser Güter vor der Sicherheit des Individuums geht."

Da hatte Mika, was sie hören wollte. Doktor Sergejev lästerte gleich hemmungslos los.

"Professorin Roth verantwortet nicht nur die Tunnel, sondern aufgrund ihres Erfolgs bald auch das nationale Sicherheitssystem, das in der Hauptstadt gegründet werden soll. Wenn eine Bombe irgendwo auf die Welt niedergeht, ist es Roths Aufgabe, alle wichtigen Daten für die Nachwelt zu sichern, wenn Sie mir erlauben, ein derart drastisches Beispiel zu nennen."

"Wieso erzählen Sie mir das?"

"Es ehrt Professorin Roth, zielstrebig genau das zu tun, was der Staat von ihr erwartet. Sie bekommt die Anerkennung, die Sie verdient, verstehen Sie?"

"Sie behaupten, Professorin Roth stellt ihre Reputation über das Leben von Menschen."

"Ich behaupte das nicht nur. Roth würde gerne elitäre Studenten heranzüchten. Sie braucht die Besten der

Besten in ihrem Team und will sich ihre Küken so heranziehen, wie sie diese für die aktuelle Entwicklung ihrer Projekte benötigt. Denn es geht um ihr Lebenswerk und ihren Ruhm. Das muss Ihnen doch aufgefallen sein."

Obwohl Mika abgelehnt hatte, holte Doktor Sergejev ihr ein Glas Wasser.

Du darfst dich nicht beirren lassen, ermahnte Mika sich selbst, er sagt das nur, weil er an die Daten will.

"Ich will ehrlich zu Ihnen sein. Ich suche schon lange nach einer Möglichkeit, an bestimmte Akten heranzukommen, die im Sicherheitstrakt unter diesem Krankenhaus vom Tunnel aus zugänglich sind, illegalerweise. Ich schätze, das ist kein Geheimnis, dennoch bitte ich Sie um Verschwiegenheit, sofern Sie meine Meinung teilen", fuhr der Arzt nun bedächtig fort, ohne Mika aus den Augen zu lassen.

Sprachlos schaute diese ihn an "Sie glauben, ich könnte Ihre Meinung teilen?"

Ein sanftes Lächeln flog über seine Lippen. "Ich erkläre Ihnen jetzt, warum ich glaube, dass es so sein könnte."

"Ich habe keine Zeit für Geschichten, Doktor Sergejev, tut mir sehr leid", sagte Mika nun kalt und wandte sich zur Tür.

Er setzte sich trotzdem auf einen Hocker vor sie und fing an zu erklären: "Ich suche schon sehr lange nach der genauen Bezeichnung für die Krankheit meiner kleinen Tochter Eve. Sie ist erst vier Jahre alt. Ich weiß, dass hier unter dem Krankenhaus viele Forschungsdaten aus der Krebstherapie liegen, die mir wahrscheinlich weiterhelfen würden, auch wenn Eve keinen Krebs hat. Ich glaube, dass hier unter uns viele

Daten zu allen möglichen erforschten Krankheiten liegen, und hoffe irgendwie auf die Nadel im Heuhaufen. Sie können das vielleicht nicht ganz verstehen, wie es ist, nur einen Menschen retten zu wollen und ohne ihn sterben zu wollen."

Mika fühlte sich bis ins Mark getroffen. "Doch, das kann ich." Er hatte ihr Herz erwischt, als hätte er es so geplant. Sie versuchte, die traurigen Umstände nicht ganz ernst zu nehmen. "Wieso kommen Ärzte nicht an so wichtige Forschungsdaten, wenn sie damit ein Menschenleben eventuell retten könnten?", wollte sie wissen.

Er lachte. "Sie wurde aufgegeben. Ihre Ärzte kämpfen nicht mehr. Ich bin nicht ihr behandelnder Arzt, wissen Sie, sondern ihr Vater, und ich werde sie nie aufgeben." Dann atmete er ein paar Mal tief ein und aus. "Ihre Akte mit allen Forschungsergebnissen wird mir verwehrt. Ich darf als einfacher Angehöriger nicht reinschauen, geschweige denn auf eigene Faust weiter nach Lösungen suchen, wissen Sie? Aber ich kann sie nicht aufgeben. Ich hatte geglaubt, Professorin Roth würde das verstehen, darum habe ich mich ihr anvertraut und ihr Vertrauen verloren."

Mika ließ sich nicht anmerken, dass sie bereits von ihrer Professorin vor diesem Moment gewarnt worden war.

"Ich denke", sagte Doktor Sergejev, "dass sie von mir nicht die beste Meinung hat. Und ich weiß auch, dass sie mich gerne aus ihren Angelegenheiten raushalten würde, aber ich fördere größtenteils ihre gesamte Forschung und ich bin ihre direkte Verbindung zum BND. Seit jeher bin ich die Rekrutierungsverbindung zwischen der Universität und dem BND. Sie wird mich aber nicht mehr lange brauchen. Sie selbst wird in meine Fußstapfen treten. Sie ist so gut, dass der Staat sich mittlerweile direkt an sie wendet."

"Oh."

"Das ist nicht weiter schlimm, keine Sorge", fuhr er fort, "weil ich bald kein Interesse mehr an dieser ganzen Sache haben werde. Wenn ich Eve nicht retten kann, sind mir der Tunnel und der Bundesnachrichtendienst egal."

"Und wenn Sie sie retten können?"

"Nun ja, wenn ich sie retten kann, und dafür brauche ich Sie, dann ist mir mein Ruhm auch nicht mehr wichtig. Dann habe ich Eve gerettet."

Mika nickte. "Warum liegen diese ganzen Daten in einem abgeschlossenen Server und sind nicht für Ärzte zugänglich? Und warum genau unter diesem Krankenhaus?"

"Weil diese Daten aus Forschungen stammen, die abgebrochen wurden. Diese Art von Forschung hat viele dunkle Seiten. Es gibt auch einige sehr hässliche Ergebnisse und Versuche, die auf keinen Fall an die Öffentlichkeit dringen dürfen. Das ist unser und auch das Bestreben der Regierung. Roth sorgt dafür und ist auch aus diesem Grund dermaßen wichtig."

"Und weil sie viel weiß, richtig?"

"Ah", lachte er, "das ist nebensächlich. Um ihre Loyalität macht sich keiner Sorgen. Eher aufgrund von ihrem Hochmut. Und um auf Ihre Frage zurückzukommen, warum die Daten ausgerechnet hier unter diesem Krankenhaus liegen: Sie liegen auf zwei weiteren Servern. Dieses hochmoderne Sicherheitssystem, das zu gut überwacht wird, befindet sich nicht nur hier in Berlin. Dass eins dieser Sicherheitssysteme ausgerechnet unter diesem Krankenhaus liegt, ist eher Zufall. Die Tunnel sind lang und die angrenzenden Räume zahlreich."

"Wie kann ich sichergehen, dass Sie nicht doch mit den Daten an die Öffentlichkeit wollen? Vielleicht sind Sie ein Schwindler und wollen damit jemanden erpressen oder so", warf Mika ein.

Er runzelte die Stirn. "Sie können, wenn Sie möchten und die Zeit dafür haben, mit mir durch die Dokumente gehen, die Sie finden, auf ihrem eigenen Datenträger, und jedes Blatt eigenhändig löschen, das wir durchgegangen sind und das uns nicht weiterhilft."

"Sie kennen mich nicht und...", begann Mika.

Doch Doktor Sergejev unterbrach sie: "Sie fragen sich, warum ich Ihnen das alles erzähle, ohne sicher sein zu können, dass Sie mit dieser Information zu Louisa Roth gehen. Ich habe nichts mehr zu verlieren. Eve hat keine Kraft mehr. Wenn ich nicht bald an diese Daten komme, ist jedes bisschen Hoffnung verloren."

"Warum machen Sie es nicht selbst?", fragte Mika und überlegte noch zu erwähnen, dass sie als Anwärterin der Forschungsabteilung des BND niemals sensible Daten auch nur teilweise herausgeben dürfte.

"Sie glauben, ich hätte Zugriff auf die Server im Tunnel?"

Mika musterte sein Gesicht. Sie hatte Mitleid mit ihm und ärgerte sich darüber. Zu viele Geheimnisse von Menschen, die sie kaum kannte, schwirrten durch ihren schmerzenden Kopf.

"Wie kann ich wissen, dass das kein Test ist? Sie wollen, dass ich für den Bundesnachrichtendienst arbeite. Ihnen geht es darum, die nationale Sicherheit zu optimieren, professionell. Und jetzt wollen Sie, dass ich vertrauliche Daten klaue?"

"Ich verstehe Ihre Zweifel. Mehr als mein Wort kann ich Ihnen nicht geben." Sergejev seufzte. Er wirkte nachdenklich. Dann sah er Mika an und sagte: "Ich kann Ihnen anbieten, mehr von meinem Etat in die Forschung von Retinitis Pigmentosa zu investieren und dafür weniger in die Tunnelsicherheit. Im Grunde ist mir die Tunnelsicherheit wichtig, aber ich will mir nicht anmaßen, zu glauben, dass die Erforschung der Krankheit Ihrer Mutter Ihnen weniger wichtiger ist. Wenn ich Eve nicht retten kann, nachdem ich an die Forschungsergebnisse gekommen bin, ist mir ohnehin keine Datensicherheit mehr Investitionen wert. Witzigerweise schneide ich mir damit selbst ins Fleisch, wenn ich an die Daten nicht herankomme, weil alles so sicher wird."

Mika leerte das Glas, stand auf und schaute aus dem Fenster. Nebel umarmte die umliegenden Hochhäuser. Sie dachte an ihre Mutter und daran, dass sie so etwas Schönes nie mehr sehen würde. "Welche Forschungsergebnisse, glauben Sie, liegen im Tunnel?", fragte sie und hörte, wie er erleichtert ausatmete.

"Alle Forschungsergebnisse der letzten vier Jahre, die im Archiv-Speicherort liegen, sind die, die mich interessieren. Das Kopieren davon wird nicht so schnell gehen, denn ich brauche sie alle."

Das Gefühl, ein Stein würde Mikas Kehle herunterrutschen, überkam sie. "Wann?"

"Sobald wie möglich."

Sie dachte an Roxanne und daran, dass ihr Handeln vorrangig jemand anderem galt. "Ich kann Ihnen nichts versprechen." Ein drittes Mal einbrechen würde nicht funktionieren, wenn sie Roxannes Einbruch überhaupt ungesehen hinter sich bringen könnten.

"Ich weiß. Ich weiß auch, dass ich Sie hier um etwas sehr Riskantes bitte. Und ich weiß nicht, wie ich mich für den Versuch sonst noch erkenntlich zeigen kann, ungeachtet des Ergebnisses."

"Sie können sich erkenntlich zeigen", sagte Mika zögernd. "Die Forschung von Retinitis Pigmentosa zu unterstützen, ist ein guter Anfang. Können Sie vielleicht auch irgendetwas für Luca tun? Können Sie da etwas in Bewegung setzen? Irgendeine Entscheidung treffen, die ihm zugutekäme?"

"Nein, es tut mir leid. Er wird nicht mehr lange durchhalten." Doktor Sergejev schüttelte bedauernd den Kopf. Dann gab er ihr einen Datenträger. "Hier drauf ist genug Platz für alle Daten aller Behörden des Landes."

Ohne noch einmal zu Luca zu gehen, um Roxanne nicht zu begegnen, steuerte Mika den Ausgang der Klinik an. Als sie auf den Fahrstuhl wartete, hörte sie jedoch Roxannes Stimme: "Woher kennt ihr euch?", rief sie ihr von hinten zu.

"Na toll", seufzte sie, "lass mich einfach, bitte." Sie wandte sich langsam um.

Roxanne kam durch den menschenleeren Flur auf sie zu. "Sag mir, woher ihr euch kennt. Es geht um Luca, nicht um mich, ja?"

"Nicht um dich?" Mika schnaubte.

"Sie haben dir einen Job angeboten, oder?"

"Sie haben ihn mir nicht nur angeboten, ich habe angenommen."

Roxanne blieb ein paar Schritte vor ihr stehen und starrte ungläubig in die Leere. "Du hast nichts gesagt, weil du deswegen kalte Füße bekommen hast, oder? Das Angebot spielt dir wunderbar in die Karten, oder nicht? Du Verräterin."

Mika schüttelte den Kopf. "Lass das."

"Selbstsüchtig bist du!" Roxanne wurde lauter.

"Ich sagte, du sollst das lassen!"

"Was? Die Wahrheit aussprechen?"

"Die Wahrheit?", Mika war nun auch lauter als beabsichtigt.

Ein Patient kam zusammen mit einer Pflegerin den Flur entlang an Mika und Roxanne vorbei spaziert und sah neugierig zu ihnen hinüber. "Wir stehen wieder im Mittelpunkt", stellte Mika fest. Sie schaute von den Zuschauern wieder zu Roxanne und sprach leiser: "Du lügst jedes Mal, wenn du den Mund aufmachst, dabei glaubst du, du würdest die Wahrheit sprechen."

"Du bist also nicht selbstsüchtig?", lachte Roxanne mit dem düsteren Blick der mutmaßlichen Dealerin, die Mika gegen die Toilettentüre gedrückt hatte.

"Du glaubst wirklich, du würdest die Wahrheit aussprechen und dass ich selbstsüchtig bin? Du weißt gar nichts."

"Du bist lächerlich", sagte Roxanne.

Mika hatte sich von ihr weggedreht und den Fahrstuhl erneut gerufen.

"Beantworte meine Frage", rief Roxanne. Sie griff nach Mikas Arm und drehte sie wieder zu sich. "Und was sollte der Scheiß mit der Doktorandin?"

"Fass mich nicht an", fauchte Mika und riss sich los. Dann entfernte sie sich langsam und rückwärts, als der Fahrstuhl seine Türen öffnete. "Unfassbar, dass dich ein Handschlag so rasend machen kann."

"Tu nichts Unüberlegtes, klar?", rief Roxanne. "Du bist nicht ganz bei Sinnen und viel zu aufgewühlt."

Mika lachte. "Stell dich vor einen Spiegel, Roxanne!" Ohne sich umzudrehen, reckte sie zum ersten Mal in ihrem Leben ihren Mittelfinger in die Höhe.

Kapitel 21

Der Weg zum Tunnel erschien Mika hässlich. Anders als an ihren ersten Tagen als Doktorandin im Tunnelprojekt. Anfangs hatte sie ihn geliebt, den Fluss, an dem sie vorbeigehen musste, die Tauben, die Pfützen, den Wind auf der Brücke. An diesem Tag jedoch hasste sie ihn. Sie sah den Müll auf dem Weg, den Matsch, die Risse im Asphalt und ihr wurde speiübel. Sie hörte die Schnellstraße, hupende, aggressive Autofahrer. An diesem Tag zog die Kälte schmerzhaft durch ihre Knochen und der tauende Fluss unter der Brücke hatte eine Anziehungskraft wie die Sünde.

Sie hatte es sich zum Ziel gesetzt, Roxanne davon abzuhalten, erneut in die Tunnel einzubrechen, mit ganzer Kraft. Dafür hatte sie den erstbesten Plan akzeptiert, den ihr Kopf zu bieten gehabt hatte, und sich auf dem Weg zum Tunnel Kuchen besorgt. "Ich werde das faule Wachpersonal mit Kuchen ablenken und Roxanne davon überzeugen, dass sie das Schicksal nicht verändern kann." Mika wollte ihr beweisen, dass das Leben zwar nicht immer fair war, aber auch gute Seiten hatte.

"Da ist ja die neue Leitung." Hanne pfiff verächtlich.

"Leitung?"

"Die neue dumme Leitung, die nicht weiß, was Leitung bedeutet."

Mika biss die Zähne zusammen und setzte ihr freundlichstes Lächeln auf. "Ich habe Kuchen mitgebracht."

"Oh wie schön. Ich mag Sie. Schleimen Sie sich bitte jeden Tag aufs Neue bei mir ein", entgegnete Hanne Breitbach. "Hier ist übrigens ihr neues Headset. Es ist bereits mit WLAN-Empfang ausgestattet, damit Sie hier unten erreichbar sind. Leiten Sie am besten ihre privaten Telefonate hierauf um, falls Sie das wünschen. Das soll ich Ihnen von Frau Roth ausrichten."

Mika nickte zustimmend, legte den Kuchen ab, nahm das Headset und verließ den Kontrollraum wieder. Hanne Breitbach und ihre Handlanger aßen wie abgelenkte Hyänen. Anders als zuvor betrat Mika den Tunnel ohne Erlaubnis. Nur wenige Meter vom Kontrollraum entfernt ergriff sie das Schwindelgefühl, das sie regelmäßig überfiel, seitdem Roxanne ihr Leben betreten hatte. Sie fing an geistesgegenwärtig die Rufumleitung einzurichten, obwohl sie kaum geschlafen und wieder vergessen hatte zu essen. Die Mauern der Nebentunnel wirkten enger als in ihrer Erinnerung, die Luft hing schwerer in ihren Lungen und ihr Herz schlug schneller mit jedem Schritt. Reiß dich zusammen, Mika, du fliegst noch auf, wenn du noch ein bisschen röter wirst, dachte sie, während sie unterwegs ihre Uniform zurechtrückte.

Sie ging durch die Gänge in Richtung Südklinik. Die Landkarte des Untergrunds hatte sie mehrfach durchgesehen, obwohl sie jede Abzweigung von Anfang an blind hätte wiedergeben können. Sie kannte die Blaupause auswendig und trotzdem fürchtete sie sich davor, falsch abzubiegen und den Coup zu verpassen oder ihn gar zu gefährden. Die Blaupause hätte sie auch auf ihrem Headset abrufen können, sie hatte sich aber entschieden, sie nicht zu öffnen, um ja keine Spuren von dem geplanten Betreten des Serverraums der Klinik zu hinterlassen.

Im Tunnelviertel unter der Klinik wurden die Gänge wieder breiter und heller. Mika atmete auf. Wenn eine

274

Klinik in der Nähe einer Justizvollzugsanstalt errichtet wird, sehen auch die Fluchtwege anders aus, dachte sie. Sie bewegte sich ganz selbstverständlich durch die Schleusen, wie an jedem anderen normalen Tag. Jede Auffälligkeit versuchte sie sich selbst schönzureden, immerhin war dies ihr erster Tag alleine und unabhängig im Tunnelsystem. Merkwürdiges Verhalten ließe sich leicht erklären.

Sie wusste nicht, wann Roxanne ankommen würde, ob sie sich wieder verkleidet hätte oder ob sie vielleicht jede Überlegung, einzubrechen, wieder verworfen hatte.

Mika kannte die Wege in jedem einzelnen Bereich der Tunnel inzwischen so gut, dass sie die Anzahl der Schritte von Abschnitt zu Abschnitt blind hätte gehen können. Darüber wollte sie mit niemandem sprechen, aus Furcht, von ihrer Mutter als paranoid bezeichnet zu werden. Anstrengend war ihr Kopf für sie selbst schon. Für das Einprägen der Schritte war sie sich jetzt jedoch dankbar. Auch dafür, Kuchen besorgt zu haben. Ich bin genial, dachte sie. Das Gelächter eines schelmischen Bösewichts muss ich aber noch üben.

Mika ging zehn Schritte, bog links ab, ging achtzehn weitere Schritte, bog wieder links ab und war nun nur noch fünfunddreißig Schritte von der Tür entfernt, hinter der sich alle Daten befanden, die Roxanne und Doktor Sergejev suchten. Ein Knistern aus der Nähe weckte sie aus ihrer Vorsicht. Sie ging im gleichen Tempo weiter wie zuvor, schaute auf ihre Uhr und wollte die Tür genau in der Sekunde öffnen, in der die Aufnahmen im Kontrollzentrum andere Gänge zeigten. Doch das Klingeln ihres Headsets hielt sie davon ab. Sie musste sich entscheiden, ließ den Türknauf los und ging weiter, als würde sie einfach patrouillieren.

"Lindblad", sprach sie in den Hörer.

"Hallo Frau Lindblad, schön, dass ich Sie erreiche, hier spricht Marianne Groll aus dem Südspital. Ich melde mich, weil Sie als Notfallkontakt auf meiner Liste stehen. Ich konnte Luca Jacobs Schwester leider nicht erreichen", sagte eine Stimme im Headset.

"Ja, ich bin sein Notfallkontakt", wiederholte Mika unbeholfen, "gibt es Neuigkeiten? Wie geht es Luca?"

"Vielleicht setzen Sie sich", sprach die sanfte Stimme von Marianne Groll und in Mika verzog sich die Hoffnung auf gute Nachrichten. Sie sah sich um. Es befand sich selbstverständlich kein Stuhl in ihrer Nähe. "Ist gut, ich sitze", log sie.

"Luca hatte eine Sepsis. Er hat es leider nicht geschafft. Es tut mir leid."

"Er hat was?"

"Er hat sich einen Infekt zugezogen. Seine Wunden und die Vorerkrankung haben sein Immunsystem an seine Grenzen gebracht. Sein körpereigenes Abwehrsystem konnte die Krankheitserreger nicht bekämpfen. Eine Blutvergiftung war sozusagen vorprogrammiert." Mika schwieg.

"Bitte kommen Sie zu uns, wenn Sie psychologische Betreuung wünschen. Wir werden weiterhin versuchen, Lucas Schwester zu erreichen, um über das weitere Vorgehen zu sprechen."

"Das weitere Vorgehen", wiederholte Mika geistesabwesend.

"Ja, das weitere Vorgehen."

Mika stellte ihr Headset ab. Die Wände drehten sich und sie musste sich abstützen.

Kapitel 22

Roxanne schaute Mika mit einem Hauch eines Lächelns hinterher, während sie rückwärts in den Fahrstuhl des Krankenhauses ging und ihr den Mittelfinger zum Abschied schenkte.

"Das ist mein letztes Bild von dir", flüsterte sie zu den geschlossenen Fahrstuhltüren, bevor sie selbst das Treppenhaus wählte. Sie stieg bis in die Tiefen des Krankenhaus-Kellers hinab. Sie blieb auf der vorletzten Ebene stehen. Die einzige Tür, die das Treppenhaus dort von Kellerräumen trennte, war verriegelt.

"Showdown", sagte sie, "halte durch, Luca."

Roxanne holte einen Bunsenbrenner der Größe eines Kugelschreibers aus ihrer Hosentasche hervor, zog eine Mütze mit einer Aussparung für die Augen über den Kopf und verschaffte sich Zugang zum Müllraum des Krankenhauses. Hinter Behältnissen unsteriler Operationsinstrumente fand sie einen für sie hinterlegten Koffer mit der Uniform der Spezialeinheit Berlins zusammen mit einem weiteren kleinen Rucksack. Sie zog sich um und warf sich den Rucksack um die Schultern. Ihre Uhr signalisierte ihr mit Wärmesensoren, dass die Luft hinter der Tür zum Keller noch rein war. Sie kehrte zurück in das Treppenhaus und stieg ein weiteres Stockwerk in die Tiefe. Tiefer hätte sie über das Treppenhaus nicht gehen können. Die Tür, die sie dort vorfand, konnte sie problemlos elektronisch mit einer magnetischen Zutrittskarte öffnen, die an ihrem geliehenen Anzug hing.

Erst da tätigte sie ihre ersten Schritte im ersten Hochsicherheitstrakt des Berliner Tunnelsystems. Ihre Uhr signalisierte ihr wieder freie Bahn und ein Knopfdruck in die Ansicht der Kameras des Systems offenbarte ein Bild von Mika, wie sie dank Kuchen die Beamten davon abhielt, die Monitore im Auge zu behalten. Sie verschwand in den Toilettenräumen und kletterte darüber kinderleicht in die Kanalisation. Sie wusste dank Mika, dass ausschließlich Wärmekameras in den Abschnitten Bewegung melden würden. Ihr Anzug wurde dafür angefertigt, keine Wärme erkennen zu lassen, außer die ihres Gesichts. Sie musste kriechen, um den Anschein einer Ratte zu erwecken, sollte jemand Verdacht schöpfen. Angeekelt vom Kloakendunst kroch sie durch den dreckigsten Ort, den sie in ihrem Leben je gesehen hat. Sie unterdrückte einen Würgereiz, wie Mika es bereits vor ihr getan hat. Sie musste sich beeilen und den Raum finden, bevor Mika es tat. Schnell zu kriechen ließ das Wasser unter ihr mit jedem vorangekommenen Zentimeter aufspritzen, bis sie schlussendlich doch brechen musste. "Luca", flüsterte sie, "ich schaffe das."

Sie musste über mehrere Räume kriechen, bis sie endlich an dem angekommen war, bei dem ihre Uhr vibrierte. Sie ging davon aus, direkt über der Bewachungskamera des passenden Raums zu liegen. Mit dem Kugelschreiber-Bunsenbrenner verschaffte sie sich Zutritt zum Serverraum. Aus der Luke heraus schloss sie einen Datenträger aus dem Rucksack an der Kamera an. Erst als ihre Uhr grünes Licht gab, kletterte sie durch die Luke im Dach in den Serverraum. Roxanne sah sich im Raum um. Er war klein, zehn bis zwölf Quadratmeter groß, dachte sie. An zwei von vier Wänden waren Regale voller Aktenordnern und die Tür, die sie vom Tunnel trennte, an den anderen beiden Wänden waren je ein Monitor und blinkende Server.

Sie ging zu einem der Monitore, packte ihren Rucksack weiter aus und schloss einen Laptop daran an. Sofort tauchten alle Optionen auf ihrem Bildschirm auf, welche die Server im Raum hergaben. "Volltreffer", sagte sie. Im Suchfeld gab sie den Namen ihres Bruders ein. Sobald sie die Eingabetaste wählte, dröhnte der Alarm los. Sie erschrak dermaßen, dass ihr Laptop auf den Boden knallte. Dennoch lief die Suche nach Lucas Daten. Roxanne lächelte.

Kapitel 23

"**A**lles in Ordnung?", erklang da Hannes Stimme aus Mikas Headset. "Brauchen Sie Hilfe?"

Mika schüttelte den Kopf und drückte auf den Knopf in ihrem linken Ohr. "Nein, danke. Ich komme gleich zurück."

"O.k.", sagte Hanne Breitbach, besorgter, als Mika es für möglich gehalten hätte. "Wir wollen gleich nach oben in die Sonne, nur für ein paar Minuten, kommen Sie doch mit. Das wird Ihnen guttun."

Mika antwortete nicht. Die gehen raus, dachte sie, ich muss zu Roxanne.

Erneut ging sie den Gang entlang, um die Schritte von Anfang an zu zählen. Dabei kam sie sich komisch vor und sie hoffte, dass die Wächter sie nicht mehr beobachteten. Sie konzentrierte sich nur noch auf das bevorstehende Ziel. Sie holte ihr Tablet hervor und suchte die Kameraeinstellung, mit der sie das Kontrollzentrum sehen konnte. Die Wächter waren noch an ihren Plätzen. Verdammt fluchte sie innerlich. Dann versuchte sie, sich auf die Bildschirme zu konzentrieren, um weiterzugehen, wenn sie wusste, dass sie nicht gefilmt würde. Das System kam ihr komplizierter vor, als sie es Hanne Breitbach vor Einführung der neuen Kameraeinstellung zu erklären versucht hatte. Zwei Sekunden pro Schritt, den sie gehen konnte, waren zu wenig. Adrenalingeladen wagte sie es, den Weg zum gesuchten Serverraum wieder anzutreten, als sie auf ihrem Tablet sah, dass sie im Kontrollzentrum vom Bildschirm verschwunden war.

Aus heiterem Himmel läutete der Alarm los. Die Lichter des Abschnitts, in dem Mika sich befand, wechselten von grellweiß zu rot blinkend.

Schnell betrat sie den Serverraum, in dem sie Roxanne bereits mit einem Laptop an einem der zahlreichen Server in voller Wächter-Montur vorfand.

"Was willst du hier? Verpiss dich!", fauchte sie durch eine strumpfartige Maske hindurch, ohne den Blick vom Bildschirm zu nehmen.

"Wie hast du es ungesehen in diesem Aufzug hier reingeschafft?", stotterte Mika. "Und was ist mit der Kamera hier?"

"Soll ich meinen Ausweis etwa gleich auf den Tisch legen? Die Kamera habe ich gehackt. Und jetzt verschwinde. Der verschissene Alarm wird uns noch beide die Freiheit kosten!"

"Roxanne", stammelte Mika, "ich muss dir etwas sagen."

"Bitte nicht jetzt, bitte geh, sei still und behalte deine Liebesbekenntnisse für dich. Du hast das beschissenste Timing, weißt du das?"

Mika rang nach Luft, fühlte Doktor Sergejevs Datenträger in ihrer Hosentasche, konnte keinen klaren Gedanken fassen.

Mika ging rückwärts zu den von Doktor Sergejev beschriebenen Servern und ließ ihren Datenträger in einen Slot schlüpfen und startete über den kleinen Bildschirm die Kopie des gesamten Archivs.

In ihrem Ohr hörte Mika Hanne Breitbach sprechen. "An alle Einheiten, alle Gänge werden jetzt verriegelt, sucht jeden Raum ab, Mika Lindblad, bitte zurückziehen. Denk an den Strom in Stufe zwei, bis dahin müssen wir alle hier raus sein und den Spezialeinheiten ihren Job machen lassen!" Doch "Mika reagierte nicht. "Mika Lindblad, ich wiederhole, bitte zurückziehen!"

"Warum ist der Alarm jetzt losgegangen? Wie kann ich ihn stoppen? Warum bist du hier? Warum tust du mir das an? Verdammt!", fluchte Roxanne.

"Roxanne", rief Mika verzweifelt. Sie schlug sich selbst an den Kopf und hasste sich dafür, in Stresssituationen keinen klaren Gedanken fassen zu können.

"Es dauert nicht mehr lange, ich glaube, ich hab's gleich. Du hast das gesamte System zu sicher gemacht. Kein Wunder, dass sie gleich kommen und wir hier festsitzen."

"Mika Lindblad, wir kommen zu dir in den Südtrakt."

"Sie haben noch nicht alles umgesetzt, da bin ich mir sicher", murmelte Mika mehr zu sich selbst, dann sagte sie lauter: "Sie kommen, Roxanne."

"Aber ich hab's gleich. Sollen die mich ruhig festnehmen, Hauptsache Luca lebt."

"Roxanne", wiederholte Mika, "hör mir zu..."

"Mika, ich werde gleich festgenommen, lass mich bitte diesen Mist wenigstens beenden."

Mika nahm all ihren Mut zusammen und stellte sich vor ihre Freundin, "Luca ist tot."

Plötzlich verstummte der Alarm um sie herum. Roxanne hörte nur noch ein dumpfes Pfeifen und begann zu schwanken. Sie schaute nicht auf. "Nein", sagte sie, aber Mika wiederholte ihre Worte nicht. "Das ist nicht möglich", sagte Roxanne, "wir waren doch vorhin bei ihm."

"Eine Sepsis."

"Wieso hast du nichts gesagt?"

"Ich habe es doch gerade versucht..."

Roxanne sank zu Boden. Mika kniete sich vor sie.
"Bitte lass uns hier verschwinden", flehte sie. Roxanne streifte ihre Maske vom Kopf.
"Setz die Maske bitte wieder auf, Roxanne", flehte Mika sie an.
"Woher weißt du das?"
"Dein Handy war wohl aus", erklärte Mika, "deshalb hat das Krankenhaus mich angerufen."
"Wann?"
"Roxanne, wir müssen hier weg!"
"Wann?!", wiederholte Roxanne ihre Frage mit Tränen in den Augen.
"Vor nicht einmal zehn Minuten."
"Geh", sagte Roxanne leise.
"Was? Nein, nicht ohne dich."
"Geh", brüllte Roxanne, "das ist nicht dein Kampf, du hast deine Mutter. Ich habe niemanden mehr!" Jedes Wort ächzte Roxanne unter Tränen hervor.
"Du hast mich", wimmerte Mika.
"Mika Lindblad, bitte melden, wir sind jetzt im Südtrakt. Wirst du als Geisel festgehalten? Wenn ja, bitte zweimal den Headset betätigen, ansonsten stürmen wir gleich alle Räume nacheinander. Verstanden?"
"Ich muss dir noch etwas sagen, bevor sie hier sind", sagte Roxanne.
"Nein, ich will nichts hören, bitte fliehe mit mir", flehte Mika, doch Roxanne hielt sie fest.
"Der Fuchs ist keine Bezeichnung für ein 'es' oder den Zustands meines Bruders", erklärte sie, "so nennen Luca und ich die Person, die uns das angetan hat."
"Was? Wen?"

"Sie war mit mir in der Bar, als ich wortlos an dir vorbeigegangen bin." Roxanne schluckte. "Sie hat mich erpresst. Luca hat sie geliebt, aber sie wollte offenbar nur ihre Rauschmittel loswerden und er wurde abhängig. Darum habe ich auch gesagt, du wärst niemand", erklärte sie.

"Ich wusste, dass ich sie schon einmal irgendwo gesehen habe", sagte Mika wütend.

"Wo?"

"Hier im Tunnel, sie ging an meinem ersten Tag an mir vorbei. Hanne Breitbach hat ihr die Blaupause des Tunnels geschickt."

"Wirklich? Ich weiß, dass sie versucht hat, an Forschungsergebnisse zu Freifall zu kommen. Vielleicht wollte sie sich Zugang zum Server verschaffen."

Vor der Tür hörten sie lauter werdende Schritte.

"Danke für deine Liebe", sagte Roxanne, "ich wünschte, sie wäre für dich so schön wie für mich. Hör auf, dich ständig aufzugeben für so etwas."

"Ich würde das alles immer wieder tun, Roxanne." Mika dachte darüber nach, den Button auf ihrem Headset zweimal zu tätigen, um Zeit zu schinden.

Roxanne trat näher. "Ob du das wirklich tun würdest oder ob es einfach ein Traum ist, an den ich gerne denke, werden wir irgendwann nicht mehr unterscheiden können. Ich kann nur sicher sagen, dass ich mit dir durch diese schwierige Welt laufen und schlendern könnte. Und, wie du gesagt hast, stehen bleiben und atmen. Und dich bewundern. Und dann dreht sich die Welt weiter." Sie fuhr mit der Hand über Mikas Haar. "Das wird mir fehlen", sagte sie. "Jetzt aber müssen wir hier durch und wenigstens eine von uns sollte in Freiheit bleiben."

"Ich kann denen sagen, du würdest mich als Geißel nehmen und wir fliehen einfach gemeinsam", schlug Mika vor.

"Nein", sagte Roxanne sanft, "du wirst hier als Heldin rausgehen." Dann stieß sie Mika mit aller Kraft gegen die gegenüberliegenden Regale. Die Wucht des Aufpralls entzog Mika für einen Augenblick den Orientierungssinn und sie fiel zu Boden. "Roxanne", stammelte sie, "Roxanne." Mika zitterte vor Kälte, die Sprinkler-Anlage war in der Zwischenzeit auch in den Serverräumen angegangen. Es war nur noch eine Frage der Zeit, bis das Wasser die ersten Starkstromrohre an den Wänden erreichte und alle gebraten wurden, die keine Schutzausrüstung hatten. "Hätte ich doch nur an die Schutzausrüstung gedacht", murmelte Mika.

Die Spezialeinheit stürmten den Raum, stürzten sich auf Roxanne, die für eine Sekunde gegen eine der stromgeladenen Rohre an den Wänden geprallt war. Ein schriller Schrei verließ ihre Kehle, Blut lief ihr aus der Nase. Fast bewusstlos hing sie in Handschellen an einem uniformierten Arm. Hinter sich zog Mika unbeobachtet den Datenträger aus dem Slot. Ich muss funktionieren, sagte sie zu sich selbst, während Roxanne aus halbgeschlossenen Augen zu ihr aufschaute. Sie schob den Miniatur-Datenträger in das dafür vorgesehene Armband.

"Gut gemacht, Frau Lindblad", murmelte Hanne Breitbach in den lauten Raum hinein. Mika konzentrierte sich darauf, sie nicht mit ihrer eigenen Waffe zu erschießen. Doch dann überkam sie ein neues Gefühl, das die Zehn auf ihrer Skala der unangenehmen Gefühle bei Weitem übertraf: Die Angst um Roxanne flutete ihren gesamten Körper. Sie sah, dass

Roxannes Augen kaum noch offen waren. Dann fiel Mika in Ohnmacht.

Kapitel 24

Das leise Piepen eines EKGs war das Erste, das Mika nach ihrem Zusammenbruch hörte. Langsam öffnete sie die Augen und bemerkte trotz des gedimmten Lichts im Krankenzimmer, dass Doktor Sergejev an ihrem Krankenbett saß.

"Sie haben uns einen ganz schönen Schreck eingejagt", sagte er. "Wie fühlen Sie sich?"

"Wo bin ich?" Mika sah sich um. Das gedimmte Licht war ihr noch in den folgenden Minuten viel zu hell und die Antworten hörte sie zunächst nur undeutlich. André Sergejevs Stimme hallte in ihrem Kopf und schlug Wellen, die sich wie kleine Nadelstiche anfühlten. Sie fasste sich an den Hinterkopf und verzog das Gesicht.

"Sie sind in der Südklinik", antwortete er leiser, vermutend, dass seine Stimme ihr Schmerzen verursachte. "Soll ich nach einem Schmerzmittel rufen? Sie haben eine Platzwunde am Hinterkopf, die nicht zu ignorieren ist."

"Nein, vielen Dank", flüsterte Mika noch immer mit zugekniffenen Augen.

"Sie sind hart im Nehmen. Ich bewundere Sie", sagte er.

"Sie sind nicht hier, um mir zu sagen, wie bewundernswert ich bin, oder?", fauchte sie. "Entschuldigung", sagte sie dann schnell, "ich wollte nicht anklagend klingen."

"Schon gut. Sie haben ja recht. Woran erinnern Sie sich?"

"Lassen Sie mich nachdenken", sagte Mika, ihr Kopf pochte ununterbrochen. "Ich weiß nicht genau, Roxanne war mit mir im Serverraum und dann kamen die Wächter." Sie verstummte. Sie musste vorsichtig sein, was sie preisgab. Andererseits saß sie mit jemandem in einem Raum, der auch kein weißes Hemd trug.

"Erzählen Sie mir, wie es dazu kam, und wir überlegen, ob die Version gut genug für die polizeiliche Vernehmung ist."

"Sie verhören mich", stellte Mika fest.

"Nein", entgegnete er, "ich helfe Ihnen. Wie kam es dazu, dass Sie ausgerechnet in dem Raum gelandet sind, in dem sich Roxanne Jacobs befand?"

"Nein, ich meine, ist es so? Werden die mich verhören? Warum?"

Der Arzt lachte leise. "Frau Lindblad, natürlich werden Sie verhört. Sie waren am Tatort. Sagen Sie mir bitte, woran Sie sich erinnern."

"Ist gut", willigte Mika ein, "ich wollte die Chance nutzen, endlich ungestört durch die Tunnel zu gehen und mehr Informationen für meine Arbeit sammeln", begann sie das Lügenkartenhaus aufzubauen.

"Gut, und weiter?"

"Dass ich in dem Gang gelandet bin, der am Serverraum grenzt, in dem sie eingebrochen war, war purer Zufall. Mir war lediglich ein kleines Stück Plastik auf dem Boden vor der Tür aufgefallen. Ich ging hin und öffnete die Tür und fand Ro...", ihre Stimme brach, als sie den Namen aussprechen wollte, "ich fand sie dort drin."

"Wieso haben Sie den Raum einfach betreten, ohne die Wächter zu informieren? Dürfen Sie die Serverräume überhaupt betreten?", fragte er eindringlich.

Mika fasste sich an den Kopf. "Muss das jetzt sein?"

"Vor der Tür sitzen zwei Kerle in Anzügen, die nicht so nett wie ich sein werden. Sie werden keine Rücksicht auf Ihre Kopfschmerzen nehmen", flüsterte er energisch genug, um Mika einzuschüchtern. "Sobald die merken, dass Sie wach sind, kommen sie rein."

"Ja, o.k.", sagte Mika einsichtig, "also ja, ich darf nicht in die Serverräume. Ich hätte zumindest Frau Breitbach über mein Headset informieren müssen. Ich war aber nervös. Das war mein erster Tag im neuen Job. Es war das erste Mal, dass ich alleine durch die Gänge gehen durfte. Ich habe intuitiv reagiert. Mir ist in diesem Moment nicht in den Sinn gekommen, wie ich hätte korrekterweise handeln müssen. Außerdem tut es mir leid. Ich weiß jetzt, dass es falsch war, aber es ist zu spät." Mika fasste sich an ihre Brust. Sie unterdrückte Tränen.

"Das kann Sie nicht nur das duale Studium kosten, sondern überhaupt die Promotion bei Professorin Roth, ist Ihnen das bewusst?"

"Ja", flüsterte Mika zwischen den Zähnen hindurch.

"Was ist mit Ihnen?", wollte Doktor Sergejev wissen, als er ihren verspannten Kiefer bemerkte. "Sind das die Schmerzen oder ist sonst noch etwas passiert? Sie müssen ehrlich sein, Frau Lindblad. Bedenken Sie, dass Sie keinen Anwalt zu Rate ziehen können, bevor die Herrschaften im Anzug den Raum betreten."

"Es ist Professorin Roth. Irgendwie habe ich ein sehr schlechtes Gefühl. Sagen Sie mir, ist Luca wirklich tot?"

Er runzelte die Stirn. "Ja, es tut mir sehr leid", sagte er. "Standen Sie sich sehr nahe?"

Mika atmete aus. "Wie traurig", sagte sie nur.

"Was wollten Sie über Professorin Roth sagen?"

"Ich habe die Daten", sagte sie. Farbe kam in Doktor Sergejevs Gesicht.

"Es müsste alles durchgelaufen sein", erklärte sie. "Ich habe Roxanne geholfen", fügte sie dann aus einem Impuls hinzu.

"Ich weiß", sagte er und stand auf.

"Wo ist sie jetzt?"

"Sie befindet sich in Untersuchungshaft und wird vermutlich eine Weile im Gefängnis verbringen." Er musterte Mika und fügte hinzu: "Sie müssen vorsichtig sein, wem Sie welche Details verraten." Er legte eine Hand auf ihre. "Roxanne hat mir vor ein paar Tagen erzählt, dass Sie nicht zu wissen scheinen, was Sie für einen Einfluss auf sie hatten. Sie haben ihr Leben verändert."

"Was sagen Sie da?"

Er räusperte sich. "Es gibt Dinge, die Sie besser nicht wissen sollten."

"Los, sagen Sie mir, was Sie wissen, oder ich gehe mit unserem Geheimnis zu Louisa Roth", drohte Mika, bevor sie lachte.

"Sie sind nicht so klug, wie ich bisher dachte", sagte er nur. "Wenn Sie das tun, werden Sie nie wieder einen Fuß in die Welt der Wissenschaft setzen. Sie können mit Ihrem Wissen natürlich machen, was Sie wollen. Und auch wenn ich Ihnen das jetzt sage, sollten Sie das aus Nächstenliebe für sich behalten. Roxanne war stark selbstmordgefährdet, vor allem als herauskam, dass wir für ihren Bruder so gut wie nichts mehr tun können."

Dann nahm er Mika den Datenträger ab und ging ohne weitere Worte. "Warten Sie", rief Mika ihm noch hinterher: "Könnten Sie meine Mutter bitte anrufen und ihr sagen, dass ich hier bin und dass sie sich keine Sorgen machen muss?"

"Sie ist bereits auf dem Weg hierher. Außerdem habe ich meinen Investmentplan bereits ändern lassen und eine Pressekonferenz terminiert, in der angekündigt wird, dass ich in die Erforschung von Retinitis Pigmentosa investiere. Das hat übrigens Professorin Roth überhaupt nicht gefreut", lachte er.

"Ist es denn klug, gleich nach dem Einbruch einen so wichtigen Schritt zu gehen? Was ist, wenn man herausfindet, dass meine Mutter an dieser Krankheit leidet?"

André Sergejev lächelte. "Ja, das ist ein kluger Gedanke. Allerdings habe ich meine Entscheidung öffentlich so begründet, dass allen klar ist, dass ich der Person, welche die Sicherheit aller Daten mit ihrem Leben schützen wollte, etwas Gutes tun wollte. Die Welt weiß jetzt von der Krankheit Ihrer Mutter. Sie sind eine Heldin."

Mika schluckte schwer und schüttelte kaum merklich den Kopf. Bevor sie ihre Tränen nicht mehr zurückhalten konnte, stellte sie noch eine weitere Frage: "Also was mir vorhin noch in den Sinn gekommen ist, wobei Sie mir vielleicht noch helfen könnten: Was wissen Sie über den Fuchs?"

Doktor Sergejev blieb auf dem Weg zur Tür stehen und drehte sich langsam zu ihr um. "Was haben Sie da gesagt?"

"Haben Sie mich akustisch nicht verstanden?"

"Woher wissen Sie...?", fragte er.

"Beantworten Sie bitte erst meine Frage", verlangte Mika schnell.

"Der Fuchs ist nichts, worüber wir hier sprechen sollten. Mir stellen sich die Nackenhaare auf, wenn ich nur an den Fuchs denke. Ich möchte nicht darüber sprechen, aber sehr wohl hören, was Sie wissen." Er kam zu ihr zurück, bedrohlich nahe. Die Adern auf seiner Stirn und an seinem Hals pulsierten.

"Luca", stotterte Mika, während sie sich fragte, wo sie reingeraten war, "Freifall", fuhr sie fort.

"Sprechen Sie in ganzen Sätzen mit mir", sagte er leise und doch so scharf, dass sich Mika weiter in ihr Kissen drückte. Er muss es bemerkt haben und seine Gesichtszüge wurden sanfter. "Sie kennen die Person, von der wir sprechen, nicht persönlich", stellte er fest.

"Aber wir haben scheinbar den gleichen Feind." Er trat einen Schritt zurück. Seine Augen waren zwar auf Mika gerichtet, doch er schien durch sie hindurchzuschauen. "Es tut mir leid."

"Erinnern Sie sich an unser Gespräch in der Südklinik darüber, dass ich Ihnen zugetraut habe, die Forschungsergebnisse, die Sie jetzt in der Hand halten, gegen irgendwen zu verwenden, und Sie mir angeboten haben, die Daten mit Ihnen durchzugehen? Ich würde Ihnen gern dabei helfen, sie zu prüfen", sagte Mika. "Aber nicht, weil ich Ihnen nicht vertraue, sondern weil ich denke, dass wir zu zweit schneller wären."

"Ich weiß nicht, was ich sagen soll", stotterte er.

"Sagen Sie einfach ja. Der Fuchs und Frau Breitbach müssen für das, was sie getan haben, bezahlen. Die Welt muss gewarnt werden", stotterte nun auch Mika vor sich hin.

"Sie wissen nicht, welches Fass Sie da öffnen. Wir sollten in Ruhe darüber sprechen und nachdenken, bevor wir handeln. Ich habe bereits so viel Zeit investiert, um überhaupt Teil des Projekts zu werden. Der Fuchs und Frau Breitbach sind Ihr kleinstes Problem, Frau Lindblad."

In diesem Moment sprang die Tür auf. "Mika", rief ihre Mutter, während sie ans Krankenbett stolperte. "Ich habe mir solche Sorgen gemacht." Sie hatte das Zimmer mit großer Hast betreten und den Blindenstock kaum als Hilfe benötigt, um das Bett ihrer Tochter zu finden.

"Mama", sagte Mika unter Tränen, "schön, dich zu sehen." Sie umarmten sich und Doktor Sergejev bewegte sich rückwärts zum Ausgang, während er sich fragte, ob er Eve in einer schöneren Zukunft auch so umarmen würde.

"Ich nehme dich mit nach Hause, sobald sie dich gehen lassen. An so vielen Menschen musste ich noch nie vorbei, um meine eigene Tochter zu sehen."

"Meinst du, ich darf bald nach Hause, wenn so viele Menschen vor der Tür stehen? Wollen die mich alle ausfragen? Doktor Sergejev, Sie müssen nicht gehen."

"Ich habe keine Zeit", sagte er und zwinkerte ihr zu.

"Du bist nur ohnmächtig geworden, natürlich darfst du bald nach Hause", erklärte Liane ihrer Tochter. "Und wenn nicht, bleibe ich so lange hier, bis sie dich gehen lassen. Was diese ganzen Leute von dir wollen, verstehe ich auch nicht. Hast du etwa eine Bank überfallen?", fragte sie lachend.

"Nein, natürlich nicht", murmelte Mika.

"Dann verdienst du Freiheit oder habe ich etwas falsch verstanden?"

Mika antwortete nicht und Liane stellte keine weiteren Fragen. "Ich möchte sie sehen, Mama", sagte sie nur leise.

"Wo ist sie jetzt? Wir können sie anrufen."

"In Untersuchungshaft."

"In Untersuchungshaft?", wiederholte Liane. "Das ist ja grässlich, wieso um alles in der Welt ist sie in Untersuchungshaft?"

"Weil sie Daten fälschen wollte." Mika kniff sich selbst und fragte sich, wieso sie das alles ihrer Mutter erzählte.

"Dafür kommt man ins Gefängnis? Wieso kommt mir das so absurd vor? Wurden diese Daten von Menschen geschützt, die sie erschlagen musste, um daran zu kommen?"

Mika lachte nervös. "Sie waren im Tunnel."

"Verstehe", sagte Liane, "und du hältst es für eine gute Idee, sie zu besuchen?"

"Nein", hörten sie da eine Stimme durch den Türspalt sagen. "Sie werden Roxanne Jacobs nicht besuchen, bis die Gerichtsverhandlungen vorüber sind."

"Professorin Roth", erschrak Mika. Sie wurde sich ihrer Tonlage schnell bewusst und fragte sich, ob die Professorin sie bemerkt hatte.

"Sie waren befreundet", stellte Louisa Roth fest.

"Ja", weitere Lügen würden das instabile Kartenhaus nur zerbrechlicher werden lassen, dachte Mika. "Befreundet ist vielleicht übertrieben, aber ja, wir kannten uns." Mika griff nach Lianes Hand und drückte sie, damit sie nichts Gegenteiliges behauptete.

"Und dennoch haben Sie sie gefasst."

"Ja", flüsterte Mika, um nicht zu weinen.

294

"Das war sicher nicht leicht für Sie", fuhr die Professorin fort.

Mika schüttelte den Kopf.

"Es ist in den letzten Wochen, seitdem Sie Teil des Projekts sind, so viel passiert, dass ich mich frage, ob es nicht zu viel für Sie war."

Mika sah sie an. Die Falten auf der Stirn der Professorin kamen ihr neu vor. Der Stress der letzten Wochen schien auch ihr zugesetzt zu haben. Sie widersprach ihr nicht. Sie hatte auch genug vom Tunnelsystem.

"Ich werde Sie erst einmal beurlauben", beschloss Louisa Roth. "Von Anfang an war das Ganze ein viel zu riskantes Abenteuer für Sie, wenn ich nur an Frau Breitbachs Tauschgeschäfte denke, die Sie miterleben mussten."

"Woher wissen Sie davon?", fragte Mika nicht vollkommen überrascht. Sie versuchte, die Wut in sich zu verstecken. "Ich wollte das Thema selbst anreißen."

"So? Was wollten Sie dazu sagen?" Louisa Roth ließ sich nichts anmerken.

"Ich wollte Sie fragen, ob Sie wissen, dass Hanne Breitbach Tauschgeschäfte im Tunnel betreibt."

"Woher wissen Sie denn davon und seit wann?"

Mika wurde ungeduldig. "Ich habe sie gesehen. Ich sah, wie sie die Blaupause des Tunnelsystems weitergegeben hat und sie hat mir gedroht. Ich habe aus Angst nichts erzählt, aber ich wollte mit Ihnen darüber sprechen, sobald ich mich sicherer fühle. Dieses Gefühl hat sich allerdings nicht eingestellt", erklärte Mika selbstbewusst. "Aber woher wissen Sie davon, Frau Professorin Roth?"

"Jemand hat dir gedroht?", fragte Liane entsetzt.

Die Dozentin wandte sich Liane zu, als würde sie erst jetzt bemerken, dass sie mit Mika nicht alleine war. Dann zögerte sie und sah wieder zu Mika. Diese vermutete, dass sie überlegte, ob sie sich rechtfertigen musste. "Hanne Breitbach hat es mir selbstverständlich erzählt", sagte sie schließlich.

"Was hat sie Ihnen erzählt?", hakte Mika überrascht nach.

"Na, dass Sie sie mit einem Boten gesehen haben. Das war ein Test und wir haben uns gefragt, wann Sie endlich mit dieser Information zu mir kommen würden."

"Eine Botin, um genau zu sein", presste Mika zwischen den Zähnen hindurch. "Sie hat Ihnen also erzählt, dass sie die Sicherheit im Tunnel aufs Spiel setzt, indem sie Blaupausen vom System weitergibt? Und das war nur ein Test? Da kann man natürlich schnell Geschlechter verwechseln."

"Richtig. Sie können logisch denken." Die Professorin sah sie mit schmalen Augen an. Sie versuchte Mika einzuschüchtern, ohne dass Liane etwas bemerkte.

"Sie sind eine schlechte Schauspielerin", stellte Mika kühl fest.

"Mika Lindblad! Sei etwas respektvoller", ermahnte ihre Mutter sie.

Da drehte sich Louisa Roth mit einem Chloroform-Tuch zu ihr um – Mika sah ihre Mutter bewusstlos zu Boden sinken. Sie schrie auf, doch ihre Professorin trat schnell zum Tropf, der zu Mikas Arm führte, holte eine Spritze hervor und führte sie in den Schlauch ein. Mika reagierte sofort und riss sich die Nadel aus dem Arm. Von Schwindelgefühl ergriffen prallte sie mit dem Hinterkopf gegen den Monitor, der augenblicklich lautere Töne von sich gab.

Louisa Roth schnellte auf Mika zu. Sie hielt sie fest, wieder ihre Spritze in der Hand. Dann hörten sie die Tür zufallen, beide hielten inne und sahen auf. Doktor André Sergejev war eingetreten, mit einer Kamera, die auf die beiden gerichtet war. "Bravo Louisa", sagte er leise.

Eine längere Pause entstand. Louisa Roth wirkte plötzlich nicht mehr so selbstbewusst wie zuvor und sagte mit zittriger Stimme: "Wenn du mir die Kamera nicht gibst, bringe ich sie um."

"Das will ich sehen. Nicht nur ich, die ganze Welt mit Sicherheit auch", sagte er sachlich.

"Was?", kreischte Mika.

Im Bruchteil einer Sekunde stieß Roth Mika mit voller Wucht zurück, zog eine Waffe aus ihrer Jackentasche und richtete sie auf Doktor Sergejev. "Und wie sieht es jetzt mit meiner Forderung aus?", fragte sie.

Er reagierte nicht, sondern hielt die Kamera stumpf weiter auf sie gerichtet, als würde ihm keine bessere Lösung einfallen.

Sie entsicherte die Waffe. "Ich bluffe nicht, wie du weißt."

Da schluckte er und ließ die Kamera sinken.

Doch nun packte Mika der Mut, ohne weiter nachzudenken, sprang sie hinter dem Bett hervor, ergriff den Schlauch vom Tropf und schlang ihn um den Hals der Professorin und zog. Louis Roth schlug um sich und ein Schuss fiel. Sofort stürmten Sicherheitsbeamte in den Raum, schnell erfassten sie die Situation und nahmen Louisa Roth fest.

Mika war zu Boden gesackt, lag wimmernd da und verfolgte die Szene halb bei Bewusstsein. Doktor Sergejev hielt besorgt ihren Kopf vom gefliesten Fußboden hoch. Sie hörte, dass er immer wieder sagte: "Tapferes Mädchen", bis ihr schwarz vor Augen wurde.

Kapitel 25

"Hallo Frau Lindblad", hörte Mika Doktor Sergejevs Stimme. Sie war gerade erwacht, nun in einem anderen Krankenzimmer. Ihr Bein war geschient und verbunden, um ihr Bett herum standen Doktor Sergejev, ihre Mutter und eine Frau im Anzug mit einem Namensschild am Revers. Mika erkannte das Symbol des Bundesnachrichtendienstes. "Wie fühlen Sie sich?", fragte sie.

Mika lachte und ächzte dann vor Schmerzen auf. "Bestens", flüsterte sie.

"Oh Mika", weinte Liane, "du liebe Güte, mein armes Kind!"

"Sie haben mir und sich selbst aufs Äußerste mutig das Leben gerettet und damit das Angebot, für den Bundesnachrichtendienst tätig zu werden, immens bekräftigt", bemerkte Doktor Sergejev. Daraufhin stellte er ihr die Frau im Anzug vor, die für den Abschluss aller Formalitäten anwesend sei, wie er erklärte.

"Was ist mit Professorin Roth passiert? Und wo sind eigentlich die Anzugträger, die mich befragen wollten?", fragte Mika.

Doktor Sergejev lächelte schmal. "Sie wird mit Sicherheit verurteilt und, nun ja, ihre Stelle ist frei geworden", sagte er mit einem Augenzwinkern. "Die Befragung kann noch etwas warten, bis Sie wieder bei klarem Verstand sind und Sie niemand mehr bedroht."

"Wie geht's dir, Mama?", wollte Mika nun wissen.

"Gut, Kind, danke, dass du fragst. Du bist so tapfer, dass ich mich über einen blauen Fleck an der Stirn kaum beklagen darf", lachte ihre Mutter und Mika tastete nach ihrer Hand.

"Ich bin froh, dass dir nicht mehr passiert ist, und es tut mir leid, dass du das alles miterleben musstest", gestand Mika leise.

"Ach, das braucht dir nicht leidzutun." Liane winkte ab. "Ich bin froh, dass ich noch etwas Action in meinem Leben haben durfte."

"Und was ist mit Roxanne?"

"Frau Jacobs wurde zurecht verurteilt", begann André Sergejev zu erklären und deutete mit den Augen auf seine Begleitung mit dem BND-Symbol.

"Sie wurde zu einer Haftstrafe von zehn Jahren verurteilt wegen Diebstahl vertraulicher Staatsdokumente, Urheberrechts- und Datenmissbrauch und schwerer Körperverletzung", führte die BND-Frau nun sachlich aus.

"Aber was hatte Louisa Roth mit Roxanne zu tun?", fragte Mika verwirrt.

"Sie stellen viele Fragen", bemerkte die Staatsbeamtin, "nicht das schlechteste Zeichen." Dann lächelte sie. "Roxanne Jacobs wurde im Auftrag von Louisa Roth von Frau Berit Plattenberg erpresst. Sie hat versucht, Drogen für Louisa Roth zu vertreiben, und dafür auch das Vertrauen ihrer Mitmenschen missbraucht. Die Droge Freifall hat sich an ihrer Universität rasant verbreitet. Sie wurde auch Doktor Sergejevs Tochter als Wundermittel gegen ihre Krankheit angepriesen, bevor sie so verbreitet war und ihre Nebenwirkungen bekannt wurden. Wir sind erst sehr spät auf das Ausmaß der Drogenverbreitung aufmerksam geworden, als Ärzte mehr und mehr Fälle meldeten."

Doktor Sergejev stützte sich am Bettende ab. "Glauben Sie nicht, ich hätte das Mittel nicht untersucht", rechtfertigte er sich.

"Jedenfalls", fuhr die uniformierte Frau fort, "war Frau Plattenberg im Auftrag von Professorin Roth mit dem Ziel unterwegs, Freifall zu verbreiten. Wir nehmen an, Frau Roth hat wiederum Frau Plattenberg erpresst. So richtig sind wir noch nicht hinter die Beziehungen aller gestiegen. Wir wissen aber, dass Eve Sergejev nur ein Versuchsobjekt für Professorin Roth war", erklärte sie und warf André Sergejev einen entschuldigenden Blick zu. "Freifall schärft den Verstand der Süchtigen, lässt aber auch ihre Organe, nun, sagen wir faulen, um den Fachjargon zu umgehen. Professorin Roth wollte sich Elite-Studenten aufbauen, um wachsen zu können und das Projekt zu kontrollieren, das ihre Geheimnisse verborgen hielt. Durch Freifall konnte sie mit ihrer Studentenarmee mehr und mehr wichtige Projekte betreuen, ihre Beziehungen zu anderen Universitäten und dem Parlament ausbauen und so mehr Forschungsgelder erhalten. Sie galt als Vorreiterin und vorbildliche Professorin. Doch eigentlich war sie am Ende nicht mehr als die Anführerin einer Bande dummer Zombies", schloss die Dame.

André Sergejev räusperte sich.

"Verzeihung", fügte sie daraufhin hinzu.

"Was hatte Hanne Breitbach damit zu tun?", fragte Mika.

"Louisa Roth kann einer Verbrecherin nicht selbst die Blaupause eines hochsicheren Tunnels geben, damit sie an Forschungsergebnisse zu ihrer Substanz kommt, um sie zu vernichten, richtig?", bemerkte die Dame.

"Große Verbrecher haben immer ihre Handlanger", fügte Doktor Sergejev hinzu.

"Roth ist ein Drogenboss? Deswegen wollte die Breitbach nicht, dass ich Vorschläge mache, die den Tunnel sicherer werden lasen", Mika konnte die Überraschung in ihrer Stimme nicht kaschieren. "Roth hatte aber doch einen tollen Job und Anerkennung und bestimmt auch ein schickes Gehalt..."

André Sergejev lachte. "Psychopathen sehen so etwas vermutlich nicht. Sie hatte ein ganz anderes Ziel. Außerdem vermuten wir, dass sie selbst in einem viel größeren Drogenkartell nur eine Marionette von vielen ist", erklärte er weiter und die Frau im Anzug warf ihm einen drohenden Blick zu. "Aber sie wird noch verhört", sagte nur noch.

"Und dieser Kurier gehört dann auch dazu", stellte Mika benommen von den neuen Erkenntnissen fest.

"Welcher Kurier?", wollten Doktor Sergejev und die Anzugträgerin gleichzeitig wissen.

"Jemand hat von Hanne Breitbach am Anfang des Semesters die Blaupause des Tunnels als elektronische Nachricht zugeschickt bekommen und Frau Breitbach hat zu mir gesagt, sie hätte nur jemanden in die Tunnel geordert, der eine Lieferung zu sich nach Hause bringen sollte", erklärte Mika – und dachte daran, dass die Botin die Frau war, die Roxanne den "Fuchs" genannt hat.

Doktor Sergejev lachte auf. "Das Geschenk war dann wohl für Professorin Roth, vermutlich Verdienste aus dem Drogenverkauf."

"Wie ist der Name dieser Person?", fragte die Anzugträgerin.

"Ich weiß es nicht, aber ich würde sie erkennen."

"Ich wette, dass wir hier von Berit Plattenberg spre-
chen. Wenn Sie die Dame identifizieren könnten, wä-
re uns das eine große Hilfe", erklärte die Agentin er-
freut. "Und was sagen Sie zu unserem Angebot?",
fragte sie dann.
"Darf ich mit Doktor Sergejev unter vier Augen spre-
chen?", fragte Mika zurück.
"Selbstverständlich", sagte die Dame und verließ das
Zimmer.
"Mama", sagte Mika, "ist es in Ordnung, wenn du uns
auch kurz alleine lässt?"
Unter Protest folgte Liane der Agentin.
"Ist alles in Ordnung? Das sind wieder viel zu viele
Informationen auf einmal, richtig?", fragte Doktor
Sergejev.
"Ach, hören Sie bitte alle auf damit, mich wie ein
Kind zu behandeln", wehrte sich Mika. "Ich schaffe es
schon, das alles zu verarbeiten." Sergejev lächelte.
"Warum ist Professorin Roth hergekommen? Sie hat
doch sicher nicht völlig den Verstand verloren. Was
hat sie dazu bewegt, mit einer Waffe mein Kranken-
zimmer zu betreten", fragte Mika.
"Ich habe sie hergelockt", gestand der Arzt.
"Wie?"
Sergejev lächelte. "Ich habe zu ihr gesagt, dass ich
Informationen hätte, dass Sie gewisses Videomaterial
veröffentlichen wollen, was ihr die Karriere und
schlimmstenfalls ihr Leben kosten würde. In gewisser
Weise habe ich sie auf dem Gewissen, nicht Sie."
"Ich weiß nicht, was ich sagen soll."
"Ruhen Sie sich aus."
"Aber", fuhr Mika fort, "noch etwas, darf ich Roxanne
wiedersehen?", fragte sie und zeichnete beim letzten

Wort Gänsefüßchen in die Luft. "Vorhin schien es, als wollen sie andeuten, ich dürfte keine freundschaftliche Verbindung zu ihr haben."

"Nein."

Einige Sekunden lang schauten sie beide schweigend aus dem Fenster.

"Frau Lindblad", sagte Doktor Sergejev dann langsam, "Sie haben an meiner Ehrlichkeit gezweifelt, als ich gesagt habe, ich wolle an die Forschungsergebnisse der Krankheit meiner Tochter gelangen."

"Ja, ich schäme mich dafür", gab Mika betroffen zu.

"Nein, darauf will ich nicht hinaus", erklärte er, "Sie haben geglaubt, ich würde die Daten für unschöne Entscheidungen nutzen, etwas wie Erpressung. Sie hatten nicht ganz Unrecht damit."

Mika schluckte, Doktor Sergejev auch.

"Ich möchte Sie so viel wissen lassen, dass ich mich für meine Tochter an diesen Schweinen rechen werde", fuhr er langsam fort.

Mika nickte, unentschlossen, etwas zu entgegnen.

"Sie sollten das Angebot annehmen", sagte er noch.

"Doktor, darf ich Sie um einen großen Gefallen bitten? Und Bitte stellen Sie keine Fragen dazu", bat Mika den Arzt. "Unsere Wohnung wird vermutlich bald durchsucht, wenn es nicht jetzt schon geschieht. In meinem Zimmer ist unter meinen Socken ein Tütchen mit Freifall-Pillen. Könnten Sie bitte dafür sorgen, dass sie so schnell wie möglich vernichtet werden?"

Doktor Sergejev schaute Mika plötzlich fragend und skeptisch an. "Das können sie doch nicht...", begann er, "selbstverständlich, ich kümmere mich darum."

Eine Pause entstand. "Danke", sagte sie.

Dann legte er einen Brief unter ihr Kopfkissen und verließ den Raum.

Mika wartete, bis es in den Krankenhausgängen still geworden war, die Krankenschwestern ihre letzte Nachtrunde gedreht hatten und das Haus sich nicht mehr bewegte, um den Brief hervorzuholen. Sie hielt ihn mit zittrigen Fingern zwischen ihren Händen, als wäre er ein zerbrechliches kleines Kunstwerk. Ein Fuchs war auf den Umschlag gezeichnet worden. Nicht wie der auf Roxannes Haut, sondern einer mit einem Lächeln. Vorsichtig öffnete Mika den Umschlag und faltete das vergilbte Blatt auseinander, das sie darin fand. Sie las:

"Meine Fuchszähmerin,

wie sich herausgestellt hat, bist du der Superheld in unserer aller Geschichte, und ich selbst bleibe sprachlos. Nicht zum ersten Mal, seitdem wir uns kennen. Du hast dich in mein Herz geschlichen und mich trotz aller Unannehmlichkeiten des Durchschnittslebens geheilt. Jetzt sitze ich hier zwischen gleichaltrigen Mörderinnen und sehne mich nach deinen Armen, die ich leider viel zu oft verletzt habe. Die Sehnsucht ist aber so echt, dass ich sie kaum aushalte. Ich vermisse dich. Das werde ich ab jetzt für immer, denn ich weiß, wie es für dich weiterzugehen hat. Du darfst mich nicht in deinem Leben haben, niemals mehr.

Weißt du, was nicht ganz in dieses vorläufige Ende unserer Geschichte passt? Unser Feind ist hier, zumindest eine von ihnen, und ich befürchte, meine Hände werden nicht ruhen. Ich hoffe sehr, hier auch dem Fuchs zu begegnen. Die Freiheitsstrafe reicht für diese Menschen nicht, wenn du mich fragst. Sie sollten alle an Freifall ersticken.

Ich will dich hiermit aber nicht belasten, sondern schon mal um Vergebung bitten. Du hast gesagt, ich wäre nicht alleine, nach allem, was passiert ist. Du hast gesagt, ich hätte dich an meiner Seite, aber davon wird Luca nicht wieder wach.

"Wir werden einander sicher nicht vergessen und es wird ein Kinderspiel für jede von uns, die andere zu finden, wenn auch ohne Wortwechsel und ohne, dass die andere es weiß. Das Gefühl, in deiner Nähe zu sein oder von dir beobachtet zu werden, wird mich bis ins hohe Alter tragen.

Und wenn ich doch irgendwann vor dir stehe und von dir erkannt werden sollte, wirst du diesen Brief aus deiner Tasche holen, ihn zerreißen und die Einzelteile vom Wind forttragen lassen, ohne deine Augen von meinen zu nehmen. Eine schöne Vorstellung, die ich in meinem Kopf immer wieder wiederhole, bis ich nicht mehr weiß, dass ich sie erfunden habe.

"Mit etwas Glück regnet oder schneit es an diesem Tag, an dem ich dich wiedersehe, sodass alle Spuren geflutet und weggetragen werden und meine Einsamkeit ein Ende findet. Mit etwas Glück müssen wir nicht lange darauf warten.

Mach's gut und halte dich an André."

Mika griff nach ihrem Headset und versuchte Doktor Sergejev zu erreichen. "Es tut mir leid, Sie um diese Uhrzeit zu belästigen, Doktor, aber ich muss Ihnen etwas sagen", flüsterte sie in die Nacht, nachdem er das Gespräch angenommen hatte.

"Entschuldigen Sie sich nicht. Ich schlafe nicht viel zurzeit", sagte er. "Und ich weiß ja, was vorgefallen ist. Ich kann nur annähernd nachempfinden, wie es Ihnen geht."

"Ich mache es", verkündete sie, bevor sie begriff, was er gesagt hatte. "Was sagen Sie da? Etwas ist vorgefallen?"

"Ich dachte, Sie rufen mich deswegen an", erklärte er.

Noch vor dem Morgengrauen verließ Mika das Krankenhaus und machte sich auf den Weg zum Industriegebiet. In ihrem Headset ließ sie sich von den aktuellen Nachrichten beschallen und wurde mit jedem Schritt, den sie weiter auf das verlassene Haus mit den dunkelroten Klinkersteinen zuging, langsamer. Das Headset schaltete sie aus und warf ihn in den zufrierenden Fluss, der nur wenige Meter neben ihr in der Dunkelheit durch sein Bett floss. Die Kletterrosen am Gebäude bereiteten sich auf den Winterschlaf vor, das hohe Gras wuchs unter einer Eisdecke, die sich fast unberührt vor Mika ausbreitet. Neben den Fußspuren, die sie selbst hinterließ, gab es die einer weiteren Person.

"Eine Großfahndung hält die Stadt in diesen Morgenstunden wach", hatte die Stimme in ihrem Ohr auf dem Weg noch gesagt.

Als Mika noch vier Schritte von der unscheinbaren Eingangstür entfernt war, öffnete sie sich wie von Geisterhand. Trotz aller sonst priorisierten Sicherheitsvorkehrungen betrat Mika furchtlos das Haus.

ENDE